綾束乙
㊞甘塩コメコ

novel スピラ

追放された期待外れ聖女ですが、聖婚により魔霊伯爵様に嫁ぐことになりました

レシェルレーナ
年齢数百歳の氷の魔霊。
氷の魔獣・氷狐を操り土地を
凍らせて、人々を困らせる
デリエラ
レニシャの前に『聖婚』で
ヴェルフレムに嫁いだ聖女
ヴェルフレムに
愛想を尽かして逃げ出した

ヴェルフレム・ラルスレード
辺境・ラルスレードを治める魔霊伯爵。数百年の時を生きる
レニシャ・ローティス
“期待外れ”と蔑まれ、辺境の魔霊伯爵の下に追いやられた聖女

「──レニシャに、何をしようとした？」
スレイル
神殿の神官。
聖婚のためレニシャをつれて
辺境領ラルスレードにやってきた

追放された期待外れ聖女ですが、聖婚により魔霊伯爵様に嫁ぐことになりました

綾束乙
ill 甘塩コメコ

novel スピラ

contents

第一章　期待外れ聖女は辺境の魔霊伯爵へ嫁ぐ

秋の爽やかな陽射しが、大理石で造られた壮麗な神殿に降りそそいでいた。聖都の中心である大神殿の隣には、光神ルキレウスの聖なる力をその身に宿す聖女や神官達が祈りの日々を過ごす宿舎が併設されている。

塵《ちり》ひとつなく掃き清められた廊下を、レニシャは大きな荷物を抱えて歩いていた。

「あら、期待外れの落ちこぼれよ」

レニシャの姿を見つけた聖女のひとりが、くすくすと嘲笑する。応じたのは別の聖女だ。

「聖女の力があると言っても、まったく発現できないものねぇ。あんな大荷物を抱えて……。ついに大神官様に見限られて、聖都を追い出されるのかしら？」

「やだぁ。大神官様はお優しいもの。違うわよ。でもそうねぇ。追放に近いわよね。これから辺境の魔霊伯爵に嫁がされるんでしょ？」

「いくら光神ルキレウス様の御力を知らしめるための『聖婚』とはいえ、伯爵位なんて名ばかりの魔霊なんかに嫁がされるなんてねぇ……。まあ、先方だって聖女でありさえすればいいんだから、落ちこぼれにはうってつけじゃない？」

「ねぇ、知ってる？　昔、『聖婚』で嫁がされた聖女は、魔霊の妻でいることに耐えられなくって、気鬱《きうつ》になった挙げ句、病死したらしいわよ。失踪《しっそう》した聖女もいるんだとか……。恐ろしいわよねぇ」

「やだ怖い！　でも、それって本当に病死や失踪だったのかしら。本当は魔霊に喰われてたりして……」

「いくら光神ルキレウス様の御力の前に膝を屈したといっても、なんせ相手は魔霊だものねぇ。ああ、よかった。私達は辺境なんかに追放される落ちこぼれじゃなくって」

くすくす、くすくす、と聖女達の嘲弄《ちょうろう》がレニシャの耳に忍び込む。

レニシャはきゅっと唇を引き結んで反論したい気持ちを自制すると、一礼して足早に聖女達の前を通り過ぎた。

つい先ほど、大神官様から成人となった祝いの言葉と、『聖婚』の命を受けたばかりだが、すぐに魔霊伯爵・ヴェルフレムが暮らす辺境領ラルスレードに出立することになっている。

レニシャが『聖婚』の聖女として、成人すると同時に魔霊伯爵に嫁ぐことは何年も前に決まっていたので、今日までにすでに荷造りは済ませていた。のんびりしていては、一緒に辺境に赴く神官のスレイルに叱られてしまうだろう。聖女達の嘲笑を振り払うように、レニシャは荷物を抱えて足早に玄関へ向かう。

宿舎の玄関を出ると、そこにはすでに神殿の紋章がついた馬車が停まり、扉の前に旅装姿のスレイルが立っていた。

「遅い！　いつまで待たせる気だ！」

「す、すみませんっ！　着替えるのに手間取ってしまって……っ」

なんせ、聖女の正装である装飾過多の白いドレスを着たのは、今日の成人の儀が初めてだったのだ。辺境領では自分だけで着替えなければいけないため、帯の結び方や装飾品をつける位置など、宿舎付きの侍女に教えてもらいながら着替えていたら、予想以上に時間がかかってしまった。

御者に大きな布袋に入れた荷物を渡しながら詫びると、「はぁぁっ」と特大の溜息をつかれた。

スレイルは、今日、成人を迎えたばかりの十八歳のレニシャより、六歳年上だと聞いているが、冷徹な印象を与える切れ長の目のせいか、もっと年上に見える。神官服に包まれた身体は痩せ型なものの、小柄なレニシャより頭ひとつ高いので、高圧的に睨まれるとつい反射的に身をすくめてしまう。

『聖婚』の支度のために何度か打ち合わせをしたことがあるが、スレイルにとって、辺境行きの神官として選ばれたことは不本意極まりないらしく、顔を合わせるたびにイライラと棘《とげ》のある言葉ばかり投げつけられる。

神殿にまつろわぬ魔霊の中には、人を害する者もいる。魔霊伯爵は神殿の傘下にあるはずだが、スレイルは「穢《けが》らわしい魔霊めが！」と侮蔑《ぶべつ》を隠そうともしない。

「まあ、とにかく来たのだからよいでしょう。……もしや、『聖婚』を嫌がるあまり、逃げ出したかと思いましたよ」

「そんなことっ！」

刺すような視線とともに投げられた言葉に、レニシャは即座にかぶりを振る。

「そんなこと、天地がひっくり返ってもありえませんっ！　だって――」

ぐっ！　と両の拳を握りしめてスレイルを見上げる。

「私、『聖婚』で辺境領に行ける日を、首を長くして待っていたんですからっ！」

「…………は？」

スレイルが虚をつかれたように目を見開く。

他の人がどう思っているかなんて、どうだっていい。けれどもレニシャ自身は、辺境領のことを知って以来、ずっとずっと行ってみたいと願っていた。

聖女と呼ばれながらろくに力も振るえぬ期待外れの落ちこぼれゆえに、魔霊伯爵の『聖婚』相手に選ばれたのなら、落ちこぼれであることに感謝したいとさえ思っている。

僻地《へきち》の寒村で、農家の長女として暮らして十二年。聖女の力を見出され、神殿に引き取られて六年。神殿で暮らすようになり、毎日が光神ルキレウスへの祈りや教義や礼儀作法、式典の礼法などの講義で埋め尽くされるようになって以来、ずっとずっと願っていたのだ。

――畑仕事がしたい、と。

故郷の貧しい農村では決して覚えられなかっただろう読み書き計算や、さまざまな知識を授けてもらえたことには、心から感謝している。

けれど、レニシャは先祖代々の農民だ。神殿の片隅にある花壇の世話しかできなかったこの六年間、どれほど寂しかったことか。

「辺境領ラルスレードは、王国北端にもかかわらず、魔霊伯爵様の御力ですっごく農業が盛んなんだそうですねっ！　しかも魔霊伯爵様の御屋敷には、何代か前の『聖婚』で赴かれた聖女様が造られた珍しい植物を集めた温室があるんだとか！　いったいどんな植物が生えているんでしょう⁉　見るのがとっても楽しみですっ！」

「あ、ああ……」

「お待たせして本当にすみませんでした！　さぁっ！　早く行きましょうっ！」

呆気に取られて固まるスレイルを促し、レニシャはいそいそと馬車に乗り込む。

『聖婚』の相手である魔霊伯爵ヴェルフレムがどんな人物なのか、不安ではないといえば嘘になる。けれど、神殿が下した『聖婚』の決定は、レニシャがどうあがこうとも、覆《くつがえ》るものではない。

それなら、これから始まる新生活に夢を馳《は》せているほうが、よほど心の安寧《あんねい》につながる。

心の奥で渦巻く不安には目を向けないよう蓋《ふた》をして、レニシャは馬車の座席に腰かけた。

◆　◆　◆

「伯爵様。少し前に先ぶれがございました。聖都から来られた聖女様と神官様がまもなく到着されるようです」

「……ああ。先日、聖都から『聖婚』を知らせる手紙が来ていたが……。もう本人達が着くのか」

家令の青年・ジェキンスの声に、執務机に向かっていたヴェルフレムは書類から顔も上げずに呟いた。

「お出迎えのためにお着替えをなさいますか？」

気遣わしげに問われた言葉に、はんっ、と鼻を鳴らす。

「盛装で歓迎する必要などなかろう。聖女とて、望んで嫁いでくるわけではないのだからな」

炎の精霊であるヴェルフレムが聖アレナシスによって北端の辺境領ラルスレードに封じられて早三百年。聖アレナシスがヴェルフレムに施した封印が解けぬようにという『聖婚』の名目のもと、代々、聖女と付き添いの神官が聖都から辺境領ラルスレードに遣わされている。

だが、五年前、先代の聖女が突然失踪し、付き添いの神官も逃げるように聖都に戻ったため、いままで『聖婚』の妻の座は空位になっていた。

ヴェルフレムが自由になることを恐れる聖都の神官達の意図はわからなくはないものの。

「今度の聖女はまだ成人を迎えたばかりだろう？　どんな甘言で言いくるめたのかは知らんが、どうせまた泣き暮らすに違いないんだ。わざわざ出迎えて怯えさせる必要はあるまい」

嫌悪を隠そうともしない主の言葉に、ジェキンスが困ったように眉根を寄せる。ジェキンスにとっても、失踪した先代の聖女のことは、心に刺さった棘《とげ》なのだろう。

「ですが……。聖女様も神官様も、一日も早くラルスレード領へ来られようと急がれているご様子。すでに夕食の時刻は過ぎておりますが、今夜からお屋敷に滞在されたいと……。お部屋の支度を整えるよう、侍女達に指示を出しております」

ジェキンスの言葉に、ヴェルフレムは窓の外を見やる。いつの間にこんな時間になっていたのか。執務をしている間に、すっかり日が沈んでおり、窓の外には深い闇が淀んでいた。

「……気に食わんな」

「はい？」

ヴェルフレムの低い呟きに、ジェキンスが首をかしげる。

「夜は光神ルキレウスの力が及ばぬ時間だ。翌朝を待たず、わざわざそんな時間に我が屋敷を訪ねてくるとは、俺を侮《あなど》っているか、はたまた、聖女が不在の五年の間に、どれほど封印が解けているのか確かめたいのか……。真意がどちらにあるかは知らんが、端《はな》からこちらを試そうという態度は、気に食わん」

不機嫌を隠そうともせず、ヴェルフレムは言葉を紡ぐ。

「あいつが死んで長い時が過ぎ、『聖婚』の目的が形骸化《けいがいか》して久しいのは承知しているが……。神殿に見下されてまで、おとなしく歓迎してやる気にはなれん」

聖アレナシスが、死の間際に勝手に定めた『聖婚』のしきたり。

だが、その真意を知る者は、数百年の時を生きるヴェルフレムを除いて、ひとりも残っていない。いまさら、ヴェルフレムが真実を告げようと、神殿が受け入れるわけがないと理解している。

だからこそ、神殿からあてがわれる聖女を毎回、受け入れてきたが……。

「では、お出迎えはわたくしが代わりに……」

「いや。着替えて俺が出迎えよう。聖都から、何日もかけてはるばる来たのだ。ここはやはり、丁重に出迎えてやらねばな」

「……ど、どうぞ、お手柔らかにお願いいたしますね……」

この屋敷で生まれ育ったジェキンスは、ヴェルフレムの意を覆すことは不可能だと悟っているのだろう。困り顔で頼むジェキンスに、ヴェルフレムは返事の代わりにはん、と鼻を鳴らした。

◇　◇　◇

「ふわぁぁ〜っ！」

聖都から、馬車で旅して約二十日。ようやく着いた辺境領ラルスレードの伯爵邸の前で、レニシャは壮麗な屋敷を見上げて感嘆の声をこぼした。

聖都に立ち並ぶお屋敷にも負けない立派な建物。いまはすでにとっぷりと日が暮れているため、細かい部分までは見えないが、優に三階はあるだろう。前庭を見下ろす窓の数は、両手両足の指を合わせても足りないに違いない。

「口を閉じなさい！　みっともない！」

スレイルから針より鋭い叱責《しっせき》の声が飛んできて、レニシャはあわてて口を閉じた。

いまレニシャが着ているのは、旅装ではなく聖女の正装である白いドレスだ。

夕食を摂った宿屋で湯浴みした後、頑張ってひとりで着付けたが、じゃらじゃらと装飾がついているので、本当にちゃんと着られているのか、甚《はなは》だ不安だ。スレイルが指摘しないので、おそらく大きく間違っていないのだとは思うが。

スレイルもまた、高位の神官であることを示す、立派な白い神官服を纏《まと》っている。

北の辺境である上に、秋も深まってきた夜更けのため、身体に吹きつける風は冷たい。だが、いまだけはマントを羽織ってせっかくの正装を隠すわけにはいかない。

「よいですか。わたし達は大神官様の命により、魔霊の封印を保持するという重要な役目のために、このような辺境の地にまで遣わされたのです！　伯爵などと呼ばれていても、魔霊は魔霊！　聖アレナシス様が施した封印が万が一にでも解かれるような事態になれば、本性を露《あら》わにして暴れ回ることでしょう！　決して侮《あなど》られるわけにはいかないのですよ！」

「は、はいっ！」

鞭打《むちう》つようなスレイルの声音に、レニシャはぴしりと背筋を伸ばす。

レニシャが今宵、嫁ぐことになる魔霊伯爵ヴェルフレム。ヴェルフレムの他にも、かつて神官や聖女によって封じられ、神殿の配下となった魔霊は幾人かいる。だが、魔霊でありながら伯爵となって領地を治め、代々『聖婚』を続けているのはヴェルフレムしかいない。

いったいどんな相手なのだろうかと、レニシャは壮麗な屋敷を見上げ不安に思う。ヴェルフレムは炎の魔霊だと聞いているが、レニシャは魔霊になんて会ったことがない。

いちおう人に近い姿をしているらしいが、角や牙が生えていないとも限らない。

（それに『聖婚』の聖女に選ばれたものの……。『聖婚』って、いったい何をするんだろう……？）

昔、村で見た結婚式では、神殿で立ち合いの神官が光神ルキレウスに祈りを捧げ、新郎と新婦が宣誓をしていたのだが……。

ラルスレード領に来るまでの間、スレイルは魔霊に決して侮られるわけにはいかないということや、魔霊の甘言に心を許してはならないことなどについては口を酸っぱくして教えてくれたが、『聖婚』の具体的な内容については、ひとことも教えてくれなかった。

つい先ほど宿を出る寸前になって、ようやくスレイルが明かしてくれたところによると、かつて事前に『聖婚』の内容を知った聖女が、恐れおののいて逃げようとしたことがあり、それ以来、内容を伝えることは禁じられているのだという。

そんな事情があったとは、レニシャはまったく知らされていなかった。逃げ出したいほど恐ろしい『聖婚』とは、いったいどんなものだろう。きっと、お祈りを捧げるだけではあるまい。

（でも……）

ここまで来て、逃げるなんてありえない。何より、レニシャには叶えたい夢があるのだから。

そのためにも。

（しっかり聖女の務めを果たさなきゃ……っ！）

ぐっ、と両の拳を握りしめ気合いを入れたところで、スレイルが打ち鳴らしたノッカーの音に応じて、大きな玄関扉が重々しい音とともに開いた。

馬車に提げられた明かりの他は闇に沈んだ庭に、邸内からこぼれ出た光の筋が差す。

「ようこそ、遠路はるばるいらっしゃいました、伯爵様がお待ちでいらっしゃいます」

きっちりと執事服を着こなした二十代半ばの青年が、恭《うやうや》しく一礼してレニシャ達を出迎えてくれる。「うむ」と尊大に頷いて歩を進めたスレイルに続き、レニシャも「失礼します」とあわてて一礼し、後に続いた。

扉をくぐった先は広い玄関ホールだった。中央に二階へと続く大きな階段があり、天井には見事なシャンデリアまで備え付けられている。だが。

（あれ？　暗い……）

就寝間際の時間に来てしまったからだろうか。壁際の燭台《しょくだい》にわずかな蝋燭《ろうそく》が灯っているものの最低限の灯りしかなく、邸内はしんと静まっている。

（やっぱり、明日の朝に訪問したほうがよかったんじゃ……？）

ラルスレード領に着いたのは夕暮れの頃だった。レニシャはてっきり、今夜は宿に泊まり、翌朝、魔霊伯爵の屋敷を訪れるのだと思っていたのに、今夜のうちに訪ねるのだとスレイルが強硬に主張したのだ。

不安に駆られ、スレイルに声をかけようとした瞬間、不意に頭上のシャンデリアに炎が灯った。

「え……？」

ぽっ。ぽぽぽぽぽっ。

息を呑んでシャンデリアを見上げたレニシャとスレイルの頭上で、シャンデリアに立てられた蝋燭に、炎が次々と灯ってゆく。

「な……っ⁉」

スレイルも目にしている光景が信じられないのだろう。顔を強張らせ、愕然《がくぜん》としてシャンデリアを見上げている。暗いと思った玄関ホールは、いまや真昼のように明るい。と。

ぽぽぽぽぽっ。

今度は階段の手すりに炎が灯る。顔が映りそうなほど丁寧に磨き上げられた手すりには、蝋燭など立っていないというのに。

空中にゆらゆらと揺らめきながら、小さな炎が下から上へと手すりの上に灯ってゆく。

無意識に炎の行方を視線で追って。

「っ⁉」

いつの間にやら階段の上に端然と立っていた青年を見て、レニシャは息を吞んだ。

黒とも見まごう深い紅の衣装に身を包んだ長身は、まるで彫像のように姿勢がよい。背中の中ほどまである波打つ豊かな髪はあざやかな紅で、まるで炎が躍《おど》っているかのよう。北方では珍しい浅黒い肌。彫りの深い顔立ちは、野性味にあふれながらも思わず見惚れるほど端整だ。

瞬きも忘れて見上げていると、青年がわずかに目を細めた。

人ではありえない――黄金色《こがねいろ》の瞳を。

「ようこそ、辺境領ラルスレードへ」

深みのある声が、形良い唇から紡がれる。

「俺が魔霊伯爵のヴェルフレムだ」

青年の名乗りを、レニシャは信じられない思いで聞いた。

かつて逃げ出そうとした聖女もいたほどの恐ろしい『聖婚』の相手。それが、見惚れずにはいられない美貌の持ち主だなんて。

確かに、人ならざる美貌は畏怖《いふ》を覚えるほどだ。けれど、それ以上に目を奪われて視線が外せない。

「うん？　聖都からの訪問者は、口上すら知らんのか？」

ヴェルフレムの声が険を帯びてわずかに低くなる。炎のように揺らめいた金の瞳に、スレイルが弾かれたように姿勢を正した。

「わ、わたしは聖都より派遣された神官のスレイル！　こちらは『聖婚』の聖女、レニシャだ！」

「ふぅん。スレイルとレニシャ、か……」

芥子粒《けしつぶ》ほどの興味もなさそうな呟きとともに、金のまなざしがレニシャへそそがれる。

それだけで、不可視の圧に喉がひりつく。

「せ、『聖婚』の盟約に従い、参りましたレニシャ・ローティスと申します……っ！　ま、魔霊伯爵のおそばで、『聖婚』の聖女としての務めを果たしましょう……っ！」

道中、スレイルに叩きこまれた口上を、なんとか間違えずに言い終える。声が震えてしまうのは、抑えようとしても抑えきれなかった。

「ああ、好きにしろ」

心底どうでもよさそうに言ったヴェルフレムが、階下に控える執事服の青年に顎をしゃくる。

「長旅で疲れただろう。部屋でゆっくり休むがいい。ジェキンス、案内を」

「かしこまりました」

ジェキンスと呼ばれた青年が恭しく一礼する。

「ではな」

もう用はない。言外にそう告げて踵《きびす》を返した広い背中に、スレイルが鋭い声を投げつけた。

「待て！　我々は『聖婚』のために、聖都からはるばるラルスレードくんだりまでやってきたのだぞ⁉　だというのに、それだけで終わりかっ⁉」

非難を隠そうともしないスレイルの声に、振り返ったヴェルフレムの金の目が不快そうに細くなる。

「俺が来てくれと頼んだ覚えはない。勝手に来たのはそちらだろう？　しかも、日も落ちたこんな時間に。だというのに歓迎しろと？」

「か、勝手に来ただと……っ⁉　神聖なる『聖婚』を何だと思っている⁉」

スレイルの額に青筋が立つ。

「『聖婚』を避け続ければ、聖アレナシス様の封印を解けると思っているのだろう⁉　浅はかな！　神殿がそのようなことを許すわけがないだろう⁉」

針のような視線でヴェルフレムを貫き、スレイルが糾弾する。

「神殿に歯向かう気がないというのなら、行動で示してもらおうか！　いまここで、『聖婚』を行う意志があると示してみろっ！」

「っ⁉」

レニシャは驚いてスレイルを振り返る。『聖婚』が何をするのかは知らないが、今ここですぐにできるようなものなのだろうか。こんな時間では、神殿だって閉まっているに違いない。

「お前が主張するのは勝手だが」

氷片をちりばめたような冷ややかな声に、レニシャはあわてて階上のヴェルフレムを見上げる。

「『聖婚』を行うのはお前ではなく、聖女だろう？　聖女の意思を蔑《ないがし》ろにしてもよいのか？」

金の瞳が、真っ直ぐレニシャに向けられる。まるで、心の底まで見通そうとするかのように。

「わ……」

ヴェルフレムに見つめられるだけで震えそうになる身体を叱咤《しった》し、レニシャはわななく唇を必死に動かす。

「わ、私が『聖婚』のためにこちらに参ったのは、スレイルさんがおっしゃった通りです……っ。で、ですから、いまここでヴェルフレム様が意志をお見せくださるというのなら……。私に否はありませんっ！」

そうだ。そのためにレニシャは来たのだから。期待外れの落ちこぼれだと、六年間も嘲笑され続けてきたレニシャが、唯一、役に立てること。ならば、この身を賭《と》さぬ理由がどこにあろう。

ヴェルフレムを見上げ、きっぱりと答えると、形良い眉がぎゅっと寄った。だが、それはほんの一瞬。

「神殿に命じられたままに動くとは、愚かだな。だが……。お前の意志は承知した」

こつっ、とヴェルフレムが一歩踏み出した靴音が高く響く。かと思うと、手すりを摑んだ長身がひらりと舞った。紅の髪が炎のように揺らめく。

「っ⁉」

驚愕に息を吞んだレニシャの前に、ヴェルフレムが平然と降り立つ。

二階から無造作に飛び降りて無事だなんて、やはり人間ではないのだと思い知らされる。

階下から見上げた時も思ったが、かなり背が高い。レニシャの身長では肩まで届くかどうかだ。近くで見ると、いっそう鮮烈な印象を与える人ならざる美貌から、目が離せなくなる。

と、不意にヴェルフレムが口の端《は》を吊り上げた。魔霊にふさわしく、人を喰らう獣のように獰《どう》猛《もう》に。

「悔やんでも、もう遅いぞ」

言葉と同時に、大きな手のひらが腰の後ろに回る。

ぐいっ、と引き寄せられ、たたらを踏んだ身体がとすりと広い胸板にぶつかった。香水だろうか、香草を燃やしたような、ほのかに甘く同時に苦みのある香りがふわりと揺蕩《たゆた》う。

「あの……っ⁉」

驚いて見上げた顎《あご》を、長い指先に摑まれる。かと思うと。

「っ⁉」

美貌が大写しになると同時に、唇があたたかなものにふさがれた。

混乱に、頭の中が真っ白になる。瞬きも忘れて瞠《みは》った視界に、炎のように揺らめく金の瞳が映る。黄金色のまなざしに、肌がちりちりと炙《あぶ》られる心地がする。

くちづけなんて、いままで誰ともしたことがない。それを人前でされているのだと気づいた瞬間、レニシャは両手で思いきりヴェルフレムを突き飛ばしていた。

渾身《こんしん》の力を込めたのに、ヴェルフレムの身体はびくともしない。だが、唇が離れてほっとする。

「な、何を……っ⁉」

「お前が言ったのではないか。『聖婚』のために来たと」

くつり、と喉を鳴らしたヴェルフレムが、やにわにレニシャを横抱きに抱き上げる。

「ひゃっ⁉」

「ジェキンス。神官を部屋に案内しておけ」

ヴェルフレムは一方的に命じると、返事も待たずに踵を返す。

「ど、どこへ連れて行く気ですかっ⁉」

必死に足をばたつかせて暴れても、たくましい腕は緩む様子がない。ヴェルフレムが呆れたように鼻を鳴らした。

「どこへだと？　決まっている。俺の部屋だ」

レニシャを抱き上げていても、ヴェルフレムの足取りは確かだ。レニシャは首をねじってスレイルを振り返るが、スレイルは愕然とした表情のまま立ち尽くしている。

階段を上ったヴェルフレムがいくつもの扉が並ぶ二階の廊下を進み、扉のひとつを押し開ける。

ヴェルフレムが入った途端、暗闇に閉ざされていた部屋に、ぽっといくつもの明かりが灯った。

年代物の重厚な家具が配置された豪奢《ごうしゃ》な部屋の中、窓のそばに置かれている天蓋《てんがい》付きの寝台へ、ヴェルフレムが迷いなく歩を進める。

「ま、待ってくださいっ！　『聖婚』はあれで終わりじゃないんですか⁉」

さっきから心臓が壊れそうなくらいばくばくと高鳴っている。

嚙《か》みつくように問うと、ヴェルフレムが初めて足を止めた。

「……今回は、ずいぶんとものを知らない聖女が来たものだ」

呆れ混じりの吐息とともに、とさりと寝台に下ろされる。ほっ、と息をつく間もなく。ぎ、とかすかに木枠を軋《きし》ませ、次いで寝台に乗ってきたヴェルフレムが両手をついてレニシャを見下ろした。

「あの程度で、『聖婚』が終わりだと思っていたのか？」

獲物を見下ろす獣のような金の瞳。さらりと広い肩からすべり落ちた紅の髪がレニシャの身体に落ち、レニシャは炎にふれたようにびくりと身体を強張らせた。

緊張に喉がひりついて声が出せない。動けば、一瞬で喉を喰い破られるのではないかとさえ思う。息をひそめて、感情のうかがえぬ金の瞳を見上げていると。

「が、今夜はここまでだ。もう遅い。寝ろ」

さっと身を翻して寝台から下りたヴェルフレムが、ばさりと掛布をレニシャに投げかける。

「わぷっ」

視界をふさいだ柔らかな掛布を、あわてて押しのける。

「俺は隣室にいる。この部屋は好きに使っていいが、部屋の外へは出るなよ」

「ま、待ってくださいっ！」

一方的に命じて立ち去ろうとする背中に、あわてて身を起こして叫ぶ。

「こ、このまま寝るなんてできませんっ！」

「……見逃してやろうと言ったのに、自分から罠に飛び込む気か？　ほとほと愚かだな」

「罠……？」

きょとんと首をかしげたレニシャに、ヴェルフレムが呆れたように鼻を鳴らす。

「愚かなうさぎは、自分が獣の巣穴にいることもわからんのか？」

一歩、寝台へ踏み出したヴェルフレムの手が、寝台の上に座るレニシャの顔に伸ばされる。あたたかく大きな手のひらが頬を包んで上を向かせた。

身を屈めたヴェルフレムの美貌が間近に迫る。

「もう少し怖がらせれば、己の立場を自覚できるか？」

「たち、ば……？　そ、そうですっ！　この聖女の正装のドレス、一着しかないんですっ！　着替えないと、このまま寝たら、皺《しわ》くちゃになって大変なことになってしまいますっ！」

必死で訴えると、ヴェルフレムの動きが止まった。一着きりの絹のドレスなのだ。神殿で『聖婚』の誓いを立てる時にも必要だろうし、皺だらけにするわけにはいかない。

「ですので、玄関ホールに置きっぱなしの荷物をいただけると嬉しいんですけれ、ど……？　あの、ヴェルフレム様……？」

ぴたりと凍りついたままのヴェルフレムを見上げ、首をかしげる。途端、ぶはっ、とヴェルフレムがこらえきれないように吹き出した。

「そうか……っ！　本気で『寝る』つもりか……っ！」

「えぇぇっ⁉　寝ろとおっしゃったのはヴェルフレム様では……っ⁉」

なぜ、これほど大笑いされているのかわからない。

あわあわと尋ね返すと、さらにぶはっと吹き出す。

「そうか……。愚か者は愚か者でも、素直すぎる愚か者か……っ！」

くつくつと笑い続けるヴェルフレムに、どうすればよいのかわからず戸惑っていると、こんこん、と遠慮がちに扉が叩かれた。

「ヴェルフレム様。神官のご案内は済みました。ですが、レニシャ様のお荷物はどちらにお運びいたしましょう？」

ジェキンスの声に、ヴェルフレムが扉に歩み寄る。

「聖女の荷物は俺が受け取ろう。ジェキンス、夜分までご苦労だったな。もう休んでよい」

「ありがとうございます。では失礼いたします」

「ジェキンスさん！　ありがとうございます！」

恭しく一礼したジェキンスが扉を閉める寸前、急いで寝台から下りて頭を下げると、ジェキンスが驚いたように動きを止めた。

「いえ。おやすみなさいませ、レニシャ様」

にこり、と穏やかな笑みを浮かべたジェキンスが、今度こそ扉を閉める。

「お望みの荷物だ。これでもう、休めるだろう？」

どさりとレニシャの両腕に布袋を載せたヴェルフレムが、もう用は済んだとばかりに内扉でつながった隣室に足を向ける。

「ま、待ってくださいっ！」

ふわりと翻った上衣の裾を、レニシャはあわてて掴んだ。

「まだ何かあるのか？」

眉根を寄せて振り返った美貌を、おずおずと見上げる。

「も、申し訳ないんですけれど……っ！　宿ではなんとか一人で着られたんですが、留め金をひとりで外せる自信がなくて……っ！　すみませんけれど、装飾品を外すのを手伝ってもらえませんか……？」

情けなさに涙がにじみそうになりながら懇願すると、はぁぁっ、と特大の溜息が降ってきた。

「まったく、世話の焼ける……。仕方がない。今回だけは手伝ってやる。だが、次からは侍女に頼めよ」

「じ、侍女っ⁉」

すっとんきょうな声を上げると、ヴェルフレムがいぶかしげに片眉を上げた。

「何を驚くことがある？　神殿にも侍女はいるだろう？　それに、『聖婚』の相手であるお前は、肩書の上では伯爵夫人になる。専属侍女のひとりや二人、当然だろう？」

「は、伯爵夫人……っ⁉」

言われてみればそうかもしれないが、考えてもいなかった肩書きに、意識が遠のきそうになる。自分が伯爵夫人になるなんて、まったく意識したことがなかった。

そもそも、落ちこぼれのレニシャには、専属の侍女などいたことすらないのだ。むしろ、侍女の手を借りたのは、成人を迎えた時に正装の着付けを教えてもらった一度だけと言っていい。

「で、どれを外せばいいんだ？」

ヴェルフレムの問いかけに、あわてて荷物を床に置き、くるりと背を向ける。

「えっと、首飾りの留め金がうなじの辺りにあると思うんですけれど……」

「これか……？　おい、髪の毛が絡まっているぞ」

「えっ⁉」

あわてて頭の後ろに手をやると、結い上げていたはずの長い栗色の髪がばらりと落ちている。抱き上げられた時に暴れたせいか、寝台に下ろされた拍子に崩れたらしい。

「す、すみません……っ、いたっ」

あわてて髪をかき分けようとすると、つん、と髪の付け根が引っ張られた。

「動くな、取ってやる」

「は、はいっ」

ぶっきらぼうなヴェルフレムの声に、ぴしりと背筋を伸ばして両手を身体の横につける。

不思議だ。先ほど無理やりくちづけられた時は、喰われてしまうかと思うほど恐ろしかったのに、髪を傷めぬよう丁寧に外してくれる指先は、驚くほど優しい。

「取れたぞ」

声と同時に首飾りがずり落ちる気配がして、レニシャはあわてて両手で受け止めた。光を放つ太陽を模した金の台座の中央に金剛石があしらわれた意匠は、光神ルキレウスをあらわしている。

宝石と金でできた装飾品なんて、『聖婚』に際して下賜《かし》されたこの首飾りが初めてだ。万が一落としたりしたら、心臓が止まってしまうかもしれない。

「あ、ありが……、ひゃっ」

長い指先が首筋を撫で、くすぐったさに声がこぼれる。

「他の飾りも全部外すぞ」

「は、はいっ。ありがとうございます……」

留め金を外すかすかな音が聞こえるだけなのに、なぜかどんどん顔が熱くなってくる。

「こんなものか？」

「あ、あのっ、本当にありがとうございました……っ」

じゃらりと渡された装飾品を腕に抱え、深々と頭を下げる。

「気にするな」

あっさり応じたヴェルフレムが今度こそ、内扉を通って隣室へ去る。頭を下げ続けていたレニシャは、扉が閉まった音を聞いて身を起こすと、ジェキンスが持ってきてくれた鞄のひとつに丁寧に装飾品をしまい、ドレスから夜着へと着替える。

「あれ、でも……？」

着替え終えてから、あることに気づき、レニシャは困って首をかしげた。

広い部屋だが、寝台は先ほど寝かされた天蓋付きのものひとつがあるだけだ。レニシャが寝台を使ったら、ヴェルフレムは寝る場所がなくなってしまうのではなかろうか。

（二人……。ううん、三人くらい並んで眠れそうな寝台だけど……）

まさか、一緒の寝台で寝るつもりなのだろうか。

考えた瞬間、頬が熱くなり、レニシャはかぶりを振って熱を追い払う。

昔、実家で暮らしていた頃は、寒い冬には家族みんなで身を寄せ合って寝たものだが……。

先ほどレニシャを抱き寄せた力強い腕や硬い胸板を思い出すと、わけもなく顔が火照《ほて》ってくる。

無理。無理だ。絶対に安眠できない。

困り果てて部屋を見回すと、ソファが目に入る。ふっくらした座面は寝心地がよさそうだ。

（よし！　あそこで寝よう！）

部屋の中はしんと寒いが、マントにくるまって眠れば大丈夫だろう。ごそごそと荷物の中からマントを取り出し、すっぽりと身体を包む。

「光神ルキレウス様。どうぞ、明朝にすこやかな目覚めをお恵みください」

手を組んで就寝前の祈りを呟くと、レニシャはソファに横たわった。予想通り、いい寝心地だ。少し足が出てしまうが、曲げればなんということもない。

いろいろと気を張って疲れ果てていたらしい。

横たわると同時に襲ってきた睡魔に、レニシャはあらがうことなく身をゆだねた。

◇　◇　◇

「……おい」

「ふぇ……？」

頭上から聞こえてきた不機嫌そうな声に、レニシャは寝ぼけた声を上げた。

こんな深みのある美声、誰の声だろう。一度聴いたら忘れられないだろうに。

「なぜソファで寝ている？」

その言葉に、ここがどこなのかを思い出す。跳ね起きようとした拍子に、がんっ、とソファの肘《ひじ》掛けに足をぶつけた。

「いた……っ」

痛みに身体だけでなく頭も覚醒する。おずおずと目を開けると、ヴェルフレムが不機嫌な顔でレニシャを見下ろしていた。

「なぜ寝台で寝ていないと聞いている」

詰問されて、マントにくるまったままソファに身を起こし、首をかしげる。

「その……。私が寝台を奪ってしまったら、ヴェルフレム様が寝る場所がなくなってしまうかと思いまして……」

説明すると、ヴェルフレムの眉が呆れたように寄った。

「俺を誰だと思っている？」

炎の化身のような美貌をきょとんと見上げる。

「えっと、ヴェルフレム様は『聖婚』のお相手で、魔霊伯爵様で……」

「そうだ。魔霊伯爵だ」

レニシャの言葉を途中で遮り、ヴェルフレムが頷く。

「俺は人ではない。ゆえに睡眠は不要だ。ジェキンスが毎日寝台を整えてはいるが、使ったことなど、ほとんどない。が……」

はぁっ、とヴェルフレムが溜息をつく。

「お前が変な遠慮をせぬよう、先に伝えておくべきだったな」

「す、すみません……。せっかくのお気遣いを無駄にしてしまいまして……。あっ、でも、このソファもふかふかで、とても寝心地がよかったです！」

「身丈《みたけ》に足りなかったのにか？」

ヴェルフレムがからかうように口の端を吊り上げる。足をぶつけたところを見られたのを思い出して、かぁっと頬が火照るのを感じる。

「あ、足を曲げれば大丈夫でしたから……」

恥ずかしさに目を伏せながら答えたところで、私室の扉がノックされた。

「レニシャ様の朝食をお持ちいたしました。それと、モリーを連れて来ております」

「ああ、入れ」

ヴェルフレムが許可すると、執事服姿のジェキンスと、三十歳半ばほどのお仕着せを着た恰幅《かっぷく》の良い侍女が部屋へ入ってくる。ジェキンスが手に持つ銀の盆に載っているのは、ほわほわと湯気が立つ朝食だ。柔らかそうなパンにスープ。オムレツもある。

見た瞬間、思わずくぅ～っとお腹が鳴った。恥ずかしさにあわててお腹を押さえると、ヴェルフレムがふはっと吹き出す。

「お前付きの侍女のモリーだ。着替えを手伝ってもらって朝食を食え。食欲旺盛で何よりだ」

「えぇぇっ⁉　だ、大丈夫ですっ！　ひとりでできますっ！」

くつくつと笑いながら言われて、とんでもない！　と、首を横に振る。

「侍女なんて、私なんかにつけていただく必要はまったくありませんっ！」

そもそも、侍女なんてどう接したらいいのかわからない。

「昨夜、俺に着替えを手伝わせたのにか？」

からかい混じりに言われ、かぁっと顔が熱くなる。

「あ、あれは、装飾品がどうしてもひとりじゃ取れなくて……っ！」

目をむいて固まるジェキンスとモリーに、手を振り回して弁明する。ひとりで着替えもできないなんて、呆れられているに違いない。

「なら、やはり侍女は必要だろう？　ああ……。だが、ドレスを運び込まねばならんな」

「ドレス⁉　いえっ、ドレスなんて結構ですから……っ！　神殿からちゃんと着替えを持ってきていますし……っ！」

かぶりを振って遠慮するが、ヴェルフレムは聞く耳を持たない。

「ジェキンス。隣室をこいつの部屋にする。荷物を移動させておけ」

ヴェルフレムが顎をしゃくって示したのは、昨夜、ヴェルフレムが出て行った内扉とは逆側の内扉だ。

「……よろしいのですか？」

気遣わしげな表情を見せたジェキンスに、ヴェルフレムがあっさり頷く。

「昨夜、魔霊伯爵が隣にいると知って、ふつうに寝た図太い奴だぞ。……隣室のほうが、余計な詮索《せんさく》を受けずに済むだろう？」

「かしこまりました。では、そのようにいたします」

「あの……っ⁉」

自分を抜きにして、どんどん話が進められている気がする。いや、昨夜ヴェルフレムが不愉快そうに言っていた通り、『聖婚』の盟約があるとはいえ、押しかけて来たようなものだから、部屋を用意してもらえるだけでありがたいと感謝するべきだろうが。

「……で」

ジェキンスに指示を出したヴェルフレムがレニシャを見下ろす。金の瞳に見つめられるだけで、無意識に身体が緊張してしまう。

「お前の望みは何だ？　『聖婚』の聖女として来たからには、今後、何十年とラルスレード領で飼い殺しにされるんだ。俺の力で叶えられることならば、お前の望む通りに過ごさせてやる」

「え……？」

信じられぬ言葉に、呆然とかすれた声を洩らす。

「の、望みを言ってもいいんですか……？」

そんなこと、いままで一度も言われたことがなかった。

聖女の力があるとわかって、家族から引き離された時も、『聖婚』の聖女として選ばれた時も。

レニシャの意志なんて、誰も確認などしてくれなかった。いや、『聖婚』については、結果的にレニシャの希望が叶ったので、選ばれたことに感謝しているほどなのだが。

呆気《あっけ》に取られて人外の美貌を見上げていると、ヴェルフレムが鼻を鳴らした。

「当たり前だろう？　歴代の聖女達もそうしてきた」

ヴェルフレムの面輪《おもわ》が、ほんの一瞬、苦く歪む。だが、それは一瞬で消え去り。

「言え。お前の望みは何だ？　ドレスか、宝石か？　それとも美食の数々か？　無聊《ぶりょう》を慰めたいというのなら、旅芸人を呼んで――」

「で、でしたらっ！」

ぎゅっと胸の前で両手を握りしめ、レニシャは思わず一歩踏み出す。

「何でも言っていいとおっしゃるのでしたら、私、お願いがあるんですっ！」

期待を込めて見上げると、す、と金の目が細まった。

「ああ、何でも言ってみろ」

挑発するような声音に、レニシャはずっと胸の内にしまっていた望みを打ち明ける。

「こちらのお屋敷には、百年前の聖女様が造ったという立派な温室があると聞きましたっ！　そこで珍しい薬草や植物を育てていると……っ！　その温室で働かせてもらえませんかっ⁉　私、畑仕事がしたいんですっ！」

「………………は？」

頼み込んだ瞬間、ヴェルフレムが金の目を見開いて固まった。

◇　◇　◇

しっかりと朝食を食べたレニシャは、神殿でも使っていた作業用の簡素な服に着替え、ヴェルフレムとジェキンスに屋敷の広い裏庭の片隅にある温室に連れて来てもらっていた。

「うわぁ……」

感嘆とも驚きともつかぬ声が、レニシャの口からこぼれる。

「いちおう温室にはなっているが……ここ十年ほど、誰も手入れしていなかったからな……」

ヴェルフレムが苦い声で呟く。

民家が三軒は入りそうな巨大な温室は硝子張りで、外からでも中の様子がよく見える。

ヴェルフレムが嘆息混じりに呟いた通り、さまざまな植物がこれでもかと繁茂していた。

「前の庭師が高齢で代替わりして以来、こちらまでは手が回っておりませんでしたからね……」

ジェキンスもまた、はぁっと溜息をつく。昨夜、屋敷へ来る際に馬車の窓から見た前庭は、暗がりの中でもわかるほど美しく手入れされていたが、裏庭のほうはあまり人手が入っていないらしい。温室に限らず、周りも雑草が生い茂っている。

「このままでは、奥に進むこともままならないだろう。何日か待て。庭師に手入れさせてからまた――」

「何をおっしゃるんですかっ⁉」

ヴェルフレムの言葉を遮り、首を横に振る。

「庭師さんの手をわずらわせるなんて、とんでもないっ！　私が手入れしますっ！　お願いですからさせてくださいっ！」

勢いよく頭を下げて頼み込むと、信じられぬと言いたげな声が降ってきた。

「……本気か？」

低い声に、顔を上げきょとんと金の瞳を見つめ返す。

「ラルスレード領へ来て、やりたいことが荒れ果てた温室の手入れだとは……。信じられん」

「そ、それは……っ」

真意を見抜こうとするかのように細められた金の目に、あわてて説明する。

「聖都にいる時に、ラルスレード領は北方なのに農業が盛んだと聞いて、すごく気になっていたんですっ！　それに、いろいろな薬草が育つ温室があるとも本で読んで……っ！　わ、私の実家は農家ですが、神殿では花壇《かだん》の世話くらいしかできなかったんです！　ですから、才能のない聖女の務めより、農作業のほうが向いてますし、土いじりがしたくて仕方がなくて……っ！　ラルスレード領へ来れば、夢が叶うと思っていたんですけれど……っ！」

ジェキンスが用意してくれた鍬《くわ》の柄を、すがるように握りしめる。他にも足元には鎌やら熊手やらも準備してもらっていた。

「その……っ。こんなお願いごとは、わがままますぎますか……？」

おずおずと問いかけると、ヴェルフレムが呆気にとられたように金の目を瞬かせた。

「……そんなわけがないだろう。お前の望む通りにしてよいと言ったのは俺だ」

不機嫌そうに言ったヴェルフレムが、くるりと踵を返す。

「ジェキンス。他にも入り用の物があれば、望む通りにしてやれ。俺は執務に戻る」

「かしこまりました」

「あの……っ！　ありがとうございますっ！」

去って行く広い背中に、レニシャは深々と頭を下げた。

◆　◆　◆

私室の隣にある執務室で、今冬の備蓄に関する各村からの報告書に目を通していたヴェルフレムは、ノックの音に手を止めた。

「お茶をお持ちいたしました」

銀の盆にティーセットを載せてやってきたジェキンスが、ハーブティーをそそいだカップを恭しく執務机に置く。魔霊であるヴェルフレムは、睡眠も食事も必要としないが、味や香りを楽しむことはできる。爽やかな香りのハーブティーは執務の合間の気分転換にちょうどよい。

「いかがでございますか。今年の備蓄は。他領からの仕入れが必要なものはあるでしょうか？」

カップを傾けて香りを楽しんでいると、机の上の報告書に目をとめたジェキンスが尋ねてくる。

「最終的な判断は、麦の刈り入れが終わってからになるが、聖都へ貢納する量を差し引いても、小麦も他の作物も十分だろう。だが、塩は仕入れておかねばならんな。塩漬け肉を作るには、少々心もとない」

「かしこまりました。手配しておきます」

　ジェキンスが頷く。海に面していないラルスレード領では、さすがに塩は採れない。

　三百年前、この地方は氷の魔霊・レシェルレーナが支配する雪と氷に閉ざされた僻地《へきち》だった。

　ほんのいくつかの寒村しかなかったこの地が、辺境領としての体裁をなすことができたのは、聖アレナシスによってヴェルフレムがこの地に封《ほう》ぜられ、レシェルレーナの版図を奪って以降のことだ。

「ヴェルフレム様。ロナル村の村長より報告が届いております。今年はロナル村が氷狐《ひょうこ》による雪害の標的となっているようです」

　ジェキンスが盆の上に置いていた封書を差し出す。ヴェルフレムはカップを皿に戻すと、素早く手紙に目を走らせた。氷狐というのは、レシェルレーナが作り出す氷の魔獣の一種だ。冷気をまき散らし、噛みついたものを凍りつかせる氷狐に対処するのは、ふつうの人間では困難だ。

　手紙には、『丹精込めて育ててきた作物が、このままでは氷狐がもたらした雪に埋もれてしまいます。どうかヴェルフレム様の御力で氷狐の脅威をお払いください』と助力を請う言葉が切々と綴られていた。

　冬の寒さが厳しいラルスレード領では、秋に種を蒔《ま》いて春に収穫する冬小麦を育てることはできない。そのため、春に種を蒔き、秋に収穫する春小麦が育てられている。収穫期のいまはこれからやって来る長い冬への備えもしなければならないため、農民達も忙しい時期だ。

「レシェルレーナめ。よりによって、まだ刈り入れ前の村を狙うとは」

毎年、本格的に冬が始まる前に、ラルスレード領の北辺のどれかの村がレシェルレーナが放つ氷狐によって、雪や氷の害に見舞われる。

支配地域を奪ったものの、レシェルレーナ自身を駆逐《くちく》したわけではない。ヴェルフレムの力をもってすれば、レシェルレーナを倒すことも不可能ではないかもしれないが、ヴェルフレム自身も無傷では済まないだろう。何より、強力な魔霊が消えれば、自然の調和が乱れる可能性もある。

だが、この地で領主を務めて約三百年。人でない魔霊といえど、郷土愛を抱くには十分すぎる年月だ。加えて、レシェルレーナの好きにさせるなど、ヴェルフレムの矜持《きょうじ》が許さない。

『いーじゃん、ヴェルには時間が有り余ってるんだからさ～。安心して任せられるよ♪』

不意に、懐かしい声が脳裏に甦《よみがえ》り、ヴェルフレムはカップを傾ける手を止めた。ハーブティーが心の中を映したようにかすかに揺らめく。

薄く淹れたハーブティーのような淡い茶色の髪。希望と夢と悪戯心《いたずらごころ》を詰め込んだ木の実と同じ色の瞳の――。

「どうかなさいましたか？」

「いや、何でもない。そうだな、ロナル村には今日の午後にでも向かおう」

「では、馬車の用意をいたします」

ジェキンスの声に、ヴェルフレムはかぶりを振って胸の中に湧き上がりかけた感情を追い払う。

幸いロナル村は馬車で三時間ほどの比較的近い村だ。帰ってくるのは遅くなるが、今日中に往復できるだろう。

お茶を供した後、てきぱきと書類の整理を始めたジェキンスに、ヴェルフレムはちらりと視線を向けた。

「ところでジェキンス。今回の聖女を、お前はどう見る？」

「レニシャ様ですか？」

そういえば、ジェキンスはすでに名前で呼んでいるのだな、とふと気づく。前回の『聖婚』の聖女のことは、頑《かたく》なに「聖女様」と呼んでいた気がするのだが。

と、ジェキンスの口元がふっとほころぶ。

「わたくしは前回と前々回の聖女様しか存じあげませんが……。いままでに来られたことのない性格の御方でいらっしゃいますね」

くすくすと笑うジェキンスの脳裏では、レニシャのどの言動が思い出されているのやら。昨夜、到着したばかりだというのに、心当たりがありすぎる。

確かに、三百年の間、『聖婚』を繰り返しているヴェルフレムですら、レニシャのような聖女は初めてだ。歴代の聖女と言えば、初期の頃はともかく、ラルスレード領が豊かになってからの『聖婚』の相手は、聖女とは名ばかりの欲得にまみれた者か、もしくは魔霊であるヴェルフレムのことを蛇蝎《だかつ》の如く忌み嫌う者ばかりで……。

心を通わせてもよいと思える者は、片手の数ほどしかいなかった。

裏庭に温室を造った聖女は、そんな数少ない者のひとりだった。植物好きで気のおけない茶飲み友達だった百年前の聖女のことを懐かしく思う。同時に、もっとちゃんと温室を手入れしておけばよかったという後悔も。彼女が高齢で亡くなってから、しばらくは庭師に手入れをさせていたのだが……。ここ十年ほどはすっかり忘れてしまっていた。

「聖女はまだ温室で作業をしているのか？」

「はい。そのようでございます。庭師に作業を手伝うよう、申しつけておりますが……。そろそろお昼どきですから、昼食にお呼びしなくては」

「神官とは会わせぬように気をつけろよ」

「もちろんでございます」

顔をしかめたヴェルフレムに、ジェキンスが即座に頷く。

神官のほうは、これまで何十人も来た神官と同じ、魔霊を蔑《さげす》み、光神ルキレウスの威を借る狐だ。己自身では何もしないくせに、『聖婚』の役目をすべて聖女ひとりに押しつけ――。

昨夜のくちづけを苦く思い返す。

居丈高《いたけだか》な神官の言と、盲目的に従おうとするレニシャの態度に腹が立ち、唇を奪い、部屋に連れ込んでやれば、神官も引き下がらざるを得ないだろうと考えていた。

聖女も自分がどれほど愚かなことを口にしたのか、その身をもって知るだろう、と。だが。

いくら神殿で純粋培養で育てられたとはいえ、あそこまで純真無垢だとは、想像の埒外《らちがい》だった。

『このまま寝るなんてできませんっ！』と煽《あお》ってくるかと思いきや、まさかドレスが皺になるから着替えたい、だったとは。

神官が昨夜の顛末《てんまつ》を知れば、『騙《だま》したな！』と激昂《げっこう》するだろう。ヴェルフレムが絡まれるのは別によいが、あの純真な聖女が望まぬことを強《し》いられるのは気の毒だ。そもそも……。『聖婚』の真実を知る者は、いまはもう、ヴェルフレムを除けば誰ひとりとしていないのだから。

「ジェキンス。聖女の部屋の支度は整ったのか？」

「はい。午前中にモリーが。昼食もそちらに用意しております」

「そうか。では、聖女は俺が呼んでこよう」

口に出してから、自分の言葉に驚く。神官の目さえ誤魔化《ごまか》したあとは、必要最低限の接触にするはずだったというのに。

だが、言を覆すより早く、ジェキンスに笑顔で「ではお願いいたします」と返されてしまう。仕方なく、ヴェルフレムはハーブティーを飲み干して席を立った。

◇　◇　◇

「ふん……しょっ」

ざくっ、と鍬《くわ》を振り下ろし、雑草を根こそぎ引き抜く。草の青臭い匂いと、むき出しになった土の匂いを、レニシャは胸いっぱいに吸い込んだ。

懐かしい。六年ぶりの農作業に最初は戸惑ったものの、進めるうちに、少しずつ昔の勘を取り戻してきた気がする。

引き抜いた雑草は土を払って一か所にまとめ、根が残っていないか掘り返したところを確認する。もともと温室に植えてあっただろう植物は間違って抜いてしまったり傷つけたりしないよう、周りの余計な草も手で抜いていく。

「わぁっ！　北方なのにフェンネルが育ってる……っ！　ヴェレリアンも！　すごい……っ！　あっ、こっちはフェヌグリークかな……」

秋のため、ほとんどの植物は花期を逃しているが、実家の農家でも神殿でも、ずっと植物にふれてきたので、葉や茎の様子からたいていは判別がつく。だが、何年間も放置されていたせいだろう。どこから種が入り込んだのか、薬用植物以外の雑草がこれでもかと生えており、栄養を奪われてしまったのか、枯れかけているものもある。あとは。

「ミントが繁殖しすぎてる……。きっちりと間引かなきゃ」

ミントは薬草だが、下手な雑草以上に繁殖力が強い。このまま放っておけば、遠からず温室を占拠してしまうだろう。

立ち上がり、うーんと伸びをして温室を見回す。朝からずっと作業をしているが、広い上に雑草が多すぎて、まったく終わりそうにない。だが、心は疲れを感じるどころか、ずっとしたいと願っていた本格的な土いじりに、わくわくとはずんでいる。

入口付近だけでさまざまな薬草が見つかっているのだ。奥にはどんなものが植えられているだろう。まるで、宝探しだ。どきどきする。

よし、もう少し頑張ろうと鍬を手に取ったところで。

「おい。庭師はどうした？　ジェキンスが手伝いを命じたと言っていたはずだが」

突然声をかけられ、レニシャは驚いて温室の入口を振り返った。ヴェルフレムが金の目を細めてこちらを見ている。レニシャはあわてて鍬を地面に置くと、入口に駆け寄った。

「温室のお手入れは私が好きで始めたことなので、庭師さんにお手伝いしていただくのは悪いと思いまして……。前庭だけであんなに広いんですから。きっと仕事がたくさんあるのでしょう？」

ヴェルフレムが言った通り、家令のジェキンスに命じられたという庭師が来てくれたが、丁重にお帰りいただいた。

「どうかなさったんですか？」

庭師がちゃんと来ているかどうか、確認しに来たのだろうか。

背の高いヴェルフレムを見上げて尋ねると、ぶっきらぼうな声が返ってきた。

「ジェキンスが昼食の用意ができたと言うので、呼びに来た」

昼食、という単語に身体が反応して、くぅ～っ、とお腹が鳴る。あわててお腹を押さえようとして手が土で汚れているのに気づき、あうあうと意味もなく手を動かす。

「す、すみませんっ。ヴェルフレム様にご足労をおかけしまして……」

恥ずかしさで顔が熱い。うつむき、早口で礼を言うと、「いや」と美声が降ってきた。

「別に手間と言うほどのことでもない。それより」

「はい？」

顔を上げると、身を屈めたヴェルフレムの美貌がびっくりするほど近くにあった。

「顔が土で汚れているぞ」

言葉と同時に、大きな手のひらが右頰を包み、ぐい、と親指の腹で頰骨の辺りをぬぐわれる。

「っ⁉」

反射的にヴェルフレムがふれた右頰に手をやると、金の目が不機嫌そうに細まった。

「おい。せっかくぬぐったのに、なぜまた汚す？」

「ああっ！　す、すみませんっ！」

土で汚れた手でふれるなんて、我ながらうっかりしすぎている。あわてて詫びると、ヴェルフレムが呆れたように吐息した。

「まずは手を洗うのが先だな。来い。こちらに井戸がある」

ついてこいということだろうと、踵を返したヴェルフレムの後をあわてて追う。

温室の外に出た途端、冷たい風に、くしゅん！　とくしゃみが飛び出す。温室の中は暖かく、身体を動かしていたので汗ばんでいるほどだが、吹きつける風に一瞬で体温を奪われてしまった。

くしゅんっ、ともう一度くしゃみをしたところで、ばさりと肩にあたたかなものをかけられた。

甘く、同時に香草を燃やした時のようにほのかに苦い香りがふわりと揺蕩う。

「あの……っ⁉」

「着ておけ。ここは聖都よりかなり北だ。風邪をひかれたら俺が困る」

上着をレニシャの肩に着せかけ、シャツ一枚になったヴェルフレムが淡々と命じる。

「で、ですが、私がお借りしてしまったら、ヴェルフレム様が寒いのでは……っ⁉」

返したくても、土で汚れた手で絹の上着を脱ぐなんてできない。うろたえていると、呆れたような声が返ってきた。

「何度言えばわかる？　俺は炎の魔霊だ。寒さなど、いままで感じたこともない」

「す、すみません……っ」

恐ろしい炎の魔霊。人外の美貌といい、揺らめく炎のような金の瞳といい、自分とは違う存在だと頭ではわかっているはずなのに、どうして、ついうっかり頭から抜け落ちてしまうのだろう。

疑問に思うと同時に、天啓《てんけい》のように答えが閃く。きっとそれは――。

「ヴェルフレム様があまりにお優しいので、つい、恐ろしい力を持った魔霊伯爵様だということを忘れてしまうのです……」

家族はともかく、神殿に引き取られてから、レニシャに優しくしてくれた人なんていなかった。

いや、最初はいたのだ。

聖なる力を持つ者を見出すため、巡礼神官が『聖別《せいべつ》の水晶』を携《たずさ》えて村を訪れた時、レニシャが手をかざした途端、水晶から発された輝きは、村の神殿の外まであふれ出るほどだった。

これほど強い力を宿した聖女は滅多にいないと、その日のうちに神殿に引き取られることが決定し、レニシャが聖女となることを心から喜んでくれた家族とは、ろくに別れを惜しむ間もなく、あわただしく聖都に出発することになり……。

だが、レニシャの身に起こった奇跡は、そこまでだった。

実際に聖都で聖女としての教育を受け始めてすぐ、レニシャは癒やしの力を使えないことが判明した。

何度祈りを捧げても聖なる力が発現することはなく、期待外れも甚だしいとなじられ、呆れられ、果ては『聖別の水晶』の光は何かの間違いだったのではないかとまで疑われ……。

そんなレニシャを誰もがみな、期待外れの落ちこぼれだと蔑んだ。魔霊伯爵を教会の軛《くびき》の下に留めておくための贄《にえ》として、辺境の地に遣わすくらいしか使い道がない役立たずだと。

だが、ヴェルフレムは違う。寝台を譲ってくれたり、風邪をひかぬよう上着を着せかけてくれたり、レニシャのわがままを叶えてくれたり……。

口調こそぶっきらぼうなものの、こんな風に気遣ってもらったことなど、聖女になってから初めてだ。

心に浮かんだままを口に出すと、ヴェルフレムが凍りついたように動きを止めた。信じられないと言いたげに見開かれた金の目に、不快にさせてしまったのだと血の気が引く。

「も、申し訳――」

「……魔霊伯爵をつかまえて『優しい』とは……。やはりお前は、愚か者だな」

謝罪をするより早く、低い声で呟いたヴェルフレムがくるりと背中を見せる。

会話を打ち切るような広い背中に、レニシャは何も言えなくなって唇を噛みしめた。

きっと呆れ果てたに違いない。呆れられることなど、いままで神殿でもさんざんあったはずなのに……。なぜだろう。いまは、やけに胸が痛い。

ヴェルフレムが足を止めたのは、温室からさほど離れていない井戸だった。レニシャが動くより早く、井戸の中へ桶を落としたヴェルフレムが縄を引き上げる。

「あのっ、自分でしますから……っ！」

「その細腕では重いだろう？　この程度、たいした手間ではない」

「だ、大丈夫です！　こう見えて力はありますっ！」

言い合っている間にもヴェルフレムの腕はよどみなく動き、なみなみと水を満たした桶を苦もなく引き上げる。

「ほら。洗え」

「ありがとうございます……」

深々と頭を下げて、肩にかけてもらった上着を濡らさないように気をつけながら、桶の中に両手を入れる。水は冷えていて気持ちよいが、ヴェルフレムを待たせるわけにはいかないと、大急ぎで手を洗う。

「お待たせしました！」

桶の中から手を引き抜くと、「おい」と呆れたような声が降ってきた。

「顔を忘れているぞ」

声と同時に、ちゃぷ、と水で濡らしたヴェルフレムの指先がレニシャの頬をぬぐう。

「っ⁉」

冷たい水がふれたはずなのに、一瞬で頬が熱を持つ。ヴェルフレムの手のひらの熱がうつったかのようだ。

固まっているレニシャをよそに、もう片方の手でハンカチを取り出したヴェルフレムが、濡れたままの頬をぬぐう。頬にふれる絹のなめらかさに、レニシャは今度こそ肝を潰した。

「だ、だだだだ大丈夫ですっ！　自分のがありますから……っ」

ごわごわした麻のハンカチを取り出し、ヴェルフレムの手を押しのけて頬をぬぐう。たとえそれが本来の用途といえど、絹のハンカチを濡らすだなんて、とんでもない。心臓に悪すぎる。

レニシャが顔と手を拭き終えたところで、ふたたびヴェルフレムが歩き出す。

「お手数をおかけして、申し訳ありませんでした」

ヴェルフレムの後に続いて屋敷の扉をくぐりながら謝罪する。

「ヴェルフレム様のご公務のお邪魔をしてしまったのでは……？」

「気にするな。午後からはロナル村へ行く予定だが、まだ馬車の用意が整っていないからな。時間潰しだ」

「えっ⁉　村へ行かれるのですかっ⁉」

思わず食いつくと、振り返ったヴェルフレムが唇を吊り上げた。

「ああ、そうだが。……何だ？　俺の不在が嬉しいか？」

「いえっ、そうではなくて……っ。あの……っ」

どうしよう、言ってもよいだろうかと逡巡《しゅんじゅん》する。だが、こんな機会、次にいつあるかわからない。

「その……っ！　ご迷惑でなければ、私も一緒に連れて行っていただけませんか……っ⁉」

祈るように胸の前でぎゅっと両手を握りしめ、思い切って頼み込むと、ヴェルフレムが虚をつかれたように目を瞬いた。

「一緒にだと……？　なぜだ？」

「そ、それは……っ！　ラルスレード領は、北方にもかかわらず農業がとても盛んなので……。来る時も馬車の窓から豊かに実った畑が見えましたし、作物がよく育つ秘訣があるのなら、ぜひこの目で見て、確認したいんですっ！」

あわてて説明し、射貫くようにレニシャを見据える金の瞳をおずおずと見上げる。

「だめ、でしょうか……？」

「ついて来たいというのなら、別にかまわんが――」

「ほんとですかっ⁉　ありがとうございますっ！」

食いつくように言い、勢いよく頭を下げる。

「だが、その格好では行けまい。ひとまず、昼食をとって着替えろ」

「はいっ！」

弾んだ声で、レニシャは大きく頷いた。


ひとりで昼食を手早くとった後、レニシャはモリーに『土いじりをした服でお出かけするわけにはいきませんでしょう？』と諭され、ドレスに着替えてヴェルフレムが待つ馬車へ向かった。

「お待たせして申し訳ございません。失礼します……」

詫びながら、立派な馬車に乗り込む。

　聖都からラルスレード領に来るための馬車も長旅用のしっかりした造りだったが、この馬車は濃い紅で塗られていることといい、燃え上がる炎を模した装飾が施されていることといい、それ以上に立派だ。レニシャなどが乗ってもよいものかと不安になる。

　レニシャの声に、先に座席についていたヴェルフレムが視線を上げた。レニシャが借りたので上着だけ着替えているが、馬車にふさわしい立派な衣装だ。むしろ、ヴェルフレムが乗っていることで、馬車がよりいっそう豪華にさえ見える。

　ヴェルフレムの視線を避けるように顔を伏せ、向かいの座席にそそくさと座る。しっかりと綿が詰められた座席は座り心地も抜群だ。

　レニシャが座ったのを見計らったように、馬車が動き出す。

「あの……。立派なドレスをお貸しいただきまして、ありがとうございます」

　うつむいたまま、レニシャは向かいのヴェルフレムに深く頭を下げた。モリーがレニシャに着せてくれたのは淡い若草色の絹のドレスだ。絹のドレスなんて、レニシャが持っているのは、聖婚のために持たされた特別な一着だけだ。ヴェルフレムを待たせるわけにはいかないと、モリーに言われるままに袖を通したが、本当に自分などが着てよかったのか、不安で仕方がない。

　もしヴェルフレムから叱責されたら、真摯に謝罪しようと緊張に身体を強張らせてうつむいていると、かすかな溜息が耳に届いた。思わずびくりと肩を震わせる。

「ドレスなど気にするな。それより……。もう一台、馬車を用意させればよかったな。俺と一緒の馬車では気がふさぐだろう？」

「え……？」

あまりに予想外すぎる言葉に、呆けた声がこぼれる。

驚いて顔を上げると、苦みを帯びた金の瞳とぱちりと視線があった。その瞬間、自分でもよくわからぬ感情に突き動かされるまま、千切れんばかりにかぶりを振る。

「と、とんでもありませんっ！　気がふさぐだなんて……っ！　そんなことありません！」

「だが、浮かぬ顔をしているぞ」

「こ、これはその……っ！　緊張しているのです！　私なんかがこんな綺麗なドレスを着てよいはずがありませんのに……っ！」

『聖婚』のための聖女のドレスも立派だが、それとはわけが違う。聖女のドレスはレニシャが役目を果たすための道具なのだから。レニシャの言葉に、ヴェルフレムがいぶかしげに目を細める。

「うん？　何を言っている？　お前が着てよいに決まっているだろう？　ああ、それとも……。お前のために用意したドレスでないのが気に食わなかったか？　ならば、いくらでも好きなドレスを作るがいい」

「えぇっ⁉　どうしてそういう話になるんですか⁉　新しくドレスを作るだなんて……っ！　このドレスでも、私なんかにはもったいないほどですのに……っ！」

確かに、いま着ているドレスはレニシャの身体には少し丈が長い。だが、十分に着られるのに新しいドレスを作るなど、レニシャにはヴェルフレムの考えていることが理解できない。

馬車の中に奇妙な沈黙が落ちる。

ややあって、確認するように口を開いたのはヴェルフレムだった。

「……つまり、そのドレスが気に入らないわけではないと？」

「もちろんですっ！　こんな綺麗なドレス、うっとりしてしまいますっ！　ただ、私などが高価なドレスを着ても、ちぐはぐでみっともないだけでしょうから、それが申し訳なくて……っ」

「何を言う？　可憐で、よく似合っている、まるで、これから花ひらこうとする蕾《つぼみ》のようだ」

「っ⁉」

真っ直ぐなまなざしで衒《てら》いもなく言われた言葉に、一瞬で頬が熱くなる。

「あ、あああああり……っ」

お世辞とわかっていても、鼓動が騒いでうまく言葉が出てこない。ふしゅーっ、と顔から湯気が立ちそうだ。鏡を見なくても、顔が真っ赤になっているだろうとわかる。

ばくばくとうるさい心臓をドレスの上から押さえ、必死でなだめすかしていると、ヴェルフレムが言を継いだ。

「仮にもお前は伯爵夫人だからな。領民達の前に立つのならば、それなりのドレスが必要だろう。足りぬのなら、他にもドレスを作るといい」

淡々と言われて、ふわふわと浮き上がっていた心がぺしゃんとしぼむ。

確かに言う通りだ。ヴェルフレムも伯爵の身分にふさわしい立派な衣装を纏っている。『聖婚』で伴侶となった自分がみすぼらしい格好をしていれば、ヴェルフレムまで侮られかねない。

だから、わずかなりとも身なりを繕《つくろ》えるよう、ドレスだけでも立派なものを用意してくれたのだろう。厚意に感謝するべきだと、わかっているのに……。なぜか、胸の奥がつきりと痛む。

レニシャには少し丈の長いドレス。品の良い仕立てはきっと。

「このドレスは、以前の『聖婚』の聖女様のものなのですよね……？」

心に浮かんだ言葉をろくに吟味《ぎんみ》せずに口にすると、途端、ヴェルフレムの美貌が不快そうにしかめられた。

「そのドレスは……。いや、お前が知る必要はない」

氷柱《つらら》のように冷たく硬い声。明らかな拒絶を孕《はら》んだ声に、レニシャは失言を悟って口をつぐむ。

前回、『聖婚』を行った聖女がどんな人物だったのか、レニシャはくわしいことは何も知らない。噂では、ある日突然失踪したため、聖都の大神殿が大騒ぎになったらしいが……。

ただ、今回の『聖婚』まで、約五年もの空白期間があったために、神殿はレニシャが成人を迎える日を首を長くして待っていたと聞いている。スレイルも懸念していたように、神官達はヴェルフレムが神殿の軛《くびき》を脱する事態にならぬよう、神経を尖らせているらしい。

今まで、ヴェルフレムには『聖婚』で何人もの聖女が嫁いでいる。レニシャはそのうちのひとりに過ぎないと、頭ではわかっているはずなのに。

なぜか心の奥がもやもやする。ほとんど袖を通した様子がない若草色の綺麗なドレス。このドレスの持ち主は、どんな人物だったのだろう。

（きっと、綺麗で……。期待外れの私なんかと違って、ちゃんと聖女の力を扱える方だったんだろうな……)

レニシャが聖女の力を使えないことを、ヴェルフレムはきっと知らぬに違いない。

スレイルからは、もし知られたら侮られてよからぬことを画策されるに違いないため、決して明かすなと厳命されている。口止めするくらいなら、ちゃんとした聖女を遣わせばよいのにと思うが、聖なる力は貴重ゆえ、神殿も手放したくないのだろう。

その点、聖女でありながら力を使えぬレニシャは、ラルスレード領で何十年過ごすことになろうと、神殿は痛くもかゆくもない。むしろ、この先何十年も聖女を遣わさなくて済むように、できるだけ長生きしてほしいと願っているはずだ。

(これから、ここで何十年も暮らすのだもの。せめて、ヴェルフレム様に嫌われないようにしなければいけないのに……)

レニシャは失言で不愉快にさせてしまった自分が情けなくなる。うつむき、車輪が土の道を進むがらがらという音を聞くともなしに聞いていると、ヴェルフレムが口を開いた。

「ところで、ロナル村の件だが、お前が何を求めているかは知らんが、おそらく楽しい用事ではないぞ。ロナル村に行くのは、レシェルレーナの氷狐を排除するためだからな」

「レシェルレーナ……」

レニシャは、ヴェルフレムが口にした名を、おうむ返しにする。

「ヴェルフレム様が駆逐《くちく》された氷の魔霊ですよね？　かつてこの地を支配していたという……」

レニシャが『聖婚』で派遣されることは、五年以上前に決まっていたため、ラルスレード領については事前にある程度学んで来た。北方の辺境にもかかわらず、有数の農作地であるのは、レシェルレーナの脅威を排し森林を切り拓いたことで、耕作地が大幅に広がったためだという。

「ああ、毎年、冬になる前にどこかの村が雪や氷の被害に遭うのだ。嫌がらせとしか思えんが、飽きもせず毎年毎年……。何を考えているのやら、理解に苦しむ」

ヴェルフレムは凛々しい眉をきつく寄せ、心底わずらわしそうだ。

「同じ魔霊でも、わからないのですか……？」

疑問を口にすると、ヴェルフレムが皮肉そうに唇を吊り上げた。

「では、同じ人間なら心が通じ合うのか？」

「あ……っ、そう、ですね……」

人間同士でも、互いの心がわからずに疑心暗鬼になったり、いがみ合ったりするのだ。それは魔霊であっても変わらぬのだろう。

「けど……。同じ人間であっても、わかりあえないことばかりですが……。逆に言えば、人と魔霊で心が通じ合う可能性だって、あるかもしれないということですよね……？」

そうであればいいと、心から願う。盟約に基づいてとはいえ、『聖婚』で伴侶となるのだから。

祈りをこめて告げると、ヴェルフレムが金の目を見開いた。

「……ス……」

ヴェルフレムの唇からこぼれた呟きは、かすれていてレニシャの耳にまで届かない。

「ヴェルフレム様？」

不安を隠せずヴェルフレムを見ると、我に返ったようにヴェルフレムがかぶりを振った。

「何でもない。気にするな」

ヴェルフレムがふいと顔を背け、窓の外を見る。レニシャは反射的に視線の先を追った。

「わぁ……っ！　すごい……っ！」

車窓から見える景色に、思わず歓声を上げる。

昨夜、屋敷に向かったのは日がとっぷりと暮れてからだし、旅の間も寒気が入って寒いとスレイルがカーテンを閉め切っていたため、ろくに外の景色を見られなかった。

いま窓硝子越しに見えるのは、広々とした平地一面に広がる豊かな麦畑だ。いや麦だけではない。蕪《かぶ》や豆、エシャロットの畑も見える。畑と畑の間には、石造りの家々が身を寄せ合うように建っており、何人もの農夫たちが刈り入れ作業を行っている。秋も深まった時期なので、八割がたの畑は収穫が済んでいるが、それでもラルスレード領の農作物の豊かさは疑いようがない。

「なんてすごい……っ！」

きらびやかな建物が立ち並ぶ聖都より、レニシャにとっては、ここここそが理想郷だ。

魅入られて、もっとよく見ようと腰を浮かせて窓へ近づくと、不意にがたりと馬車が揺れた。

「ひゃっ⁉」

体勢を崩して転びそうになったところを、素早く立ち上がったヴェルフレムに抱き止められる。

香草を燃やした時のような香りがふわりと揺蕩った。

「気をつけろ」

「す、すみません……っ」

詫びながら顔を上げると、予想以上に近くに人外の美貌があった。ぎゅっと抱き寄せる力強い腕に、反射的に、くちづけられた昨夜のことが脳裏に甦り、顔に熱がのぼる。

「窓にくっつくまで魅入るほどの景色か？　秋ならば、どの領でもさほど変わらぬ景色だろう？」

腕をほどかれ、向かい合って座席に座り直したところで、ヴェルフレムがいぶかしげに問う。

「とんでもありませんっ！」

ぶんぶんぶんっ、と千切れんばかりに首を横に振る。

「ラルスレード領のように、豊かな土地は本当に珍しいと思いますっ！　いえっ、私も故郷の村と聖都くらいしか知りませんけれど……っ。でも、私の故郷の村は土地が痩せていて、本当に貧しくて……」

胸の痛みをこらえるように、膝の上でぎゅっと両手を握りしめる。

寡黙《かもく》だが頼もしい父と、優しい母。母親似の穏やかな上の兄と、ひとつ上の明るくて茶目っ気のある下の兄。大切で大好きな家族が暮らす故郷。あたたかな思い出に彩られたそこは、けれど同時に、つらい飢えの記憶も根深く沁みついている。

痩せた土地に厳しい気候。神殿に奉納する麦を納めたら、農民の手元にはもう、麦はほとんど残らない。聖都へ引き取られた時、まず何より驚いたのは、三食小麦の白パンが食べられることだった。故郷ではライ麦や豆ばかり食べていたというのに。

レニシャが聖女の力を見出された時、家族だけでなく村の人みんなが喜んだ。神殿から下賜される支度金で、わずかなりとも村が潤うと。そしてレニシャが聖都で聖女として活躍すればするほど、優れた聖女を輩出した村として、聖都から援助を受けられるかもしれないと。

そう、村のみんなにも期待されて送り出されたというのに。

実際のレニシャは、癒やしの力も使えぬ期待外れで……。

本当は、レニシャはこんな綺麗なドレスを着て、おいしいご飯を食べさせてもらえる身分ではないのだ。周りの全員を騙《だま》しているようなものなのだから。

ヴェルフレムが親切にしてくれればしてくれるだけ申し訳なくて、うつむいて胸の痛みに唇を噛みしめていると、静かな声が降ってきた。

「お前が温室を整え、作物がよく育つ秘訣を知りたいと言っていたのは……。故郷のためなのか？」

「そ、そうです……っ！」

心の奥まで見通すような声音に、引き込まれるようにこくりと頷く。

「村では農作物や薬草についての知識を得ることすらできませんでした……っ！　そもそも、神殿に引き取られるまで、文字さえ読めなくて……。ですから、ラルスレード領で北方でも育つ作物や薬草について学んで、それを故郷に伝えることができたら、少しでも育ててくれた家族に恩返しができるんじゃないかと……っ！」

レニシャの自己満足に過ぎないかもしれない。けれど、故郷の家族が苦しい暮らしを強いられているというのに、自分だけが聖女として安穏と暮らしているなんて、自分で自分が許せなくて。

だから、『聖婚』の聖女に選ばれてから、ラルスレード領へ来る日を、ずっとずっと心待ちにしていた。期待外れで役立たずの自分でも、少しは誰かのために何かできるようになるのではないかと。

……実際は、したことと言えば温室の草抜きだけで、まだ何もできていないのだが。

心の内に秘めていた願いを誰かに話したことなんて、いままで一度もなかったのに。

なぜだろう。ヴェルフレムの金の瞳を前にすると、胸に秘めていた言葉があふれ出てしまう。

「……愚かだな」

呆れ混じりの嘆息とともに吐き出された言葉に、びくりと肩が震える。

「わざわざそんな回りくどいことをせずとも、ひとこと俺に頼めば済む話だろう？　『故郷を援助してください』と。お前が土で手を汚さずとも、多少の援助くらいしてやる」

「え……？」

想像もしていなかった言葉に、思考が止まる。ヴェルフレムの言葉は確かに耳に入ったのに、内容が理解できない。

「ま、待って……っ。待ってください……っ！」

深呼吸し、言われた内容を頭の中で咀嚼《そしゃく》する。

思いが高じすぎて、目を開けたまま夢を見ているのではなかろうか。

「ほ、本当に援助を……っ⁉」

「俺の言葉が信じられないと言いたいのか？」

ヴェルフレムの声が不穏を孕んで低くなる。レニシャは千切れんばかりに首を横に振った。

「とんでもありませんっ！　で、ですが、援助なんてそんな……っ！　簡単にできるものではないでしょう⁉　それに……っ！」

あっさりと援助を申し出られるほど、ラルスレード領は豊かということなのかもしれない。

だが……。

「それに、何だ？」

「その……っ」

言葉が続かず、レニシャは唇を噛みしめる。

これは二度とはない絶好の機会だ。決して逃すわけにはいかない。『ヴェルフレムの厚意に甘えて頼ってしまえ』と、心の奥でもうひとりの自分が囁く。『頷きさえすれば、故郷に恩返しができるぞ』と。けれど。

「ほ、本当によろしいのですか……っ⁉　だって、私はまだ、何もお役に立てていないというのに……っ！　『聖婚』だって、まだ成就《じょうじゅ》しておりませんでしょう⁉」

まだ、レニシャは何もしていない。それなのに、絶対に返せそうにない多大な恩を受け取っていいものだろうか。

レニシャの言葉に、ヴェルフレムが目を瞠る。

「……本気で『聖婚』を成就させる気だと？」

地を這うような低い声に、あわてて頷く。レニシャは、そのために聖都から来たのだから。

「は、はい……っ。だって、神殿で神官様に誓っておりませんし……。まだ訪問できていませんが、ラルスレード領にも神殿はあるのでしょう？　それとも、『聖婚』の場合はスレイルさんに頼むことになるんでしょうか……？　あっ、でも、やっぱりまずは神殿のご都合をうかがわないといけませんよね⁉」

「……なぜ、神殿の予定を聞く必要がある？」

「えっ？　昔、村で見た結婚式は、神殿で神官様の前で新郎新婦が誓いを立てていたんですけれど……？　『聖婚』だと、また違うんですか？　すみません、何も知らなくて……」

うつむいて詫びると、ヴェルフレムの溜息が降ってきた。

「……昨夜もとんちんかんなことを言っていたお前が、『聖婚』を理解しているはずがなかったな……」

疲れたようにふたたび嘆息したヴェルフレムが、「ひとつ言っておくが」と淡々と口を開く。

「『聖婚』では、別に神殿で神官に誓う必要はないぞ」

「そうなんですね！　じゃあ、何をしたら成就したことになるんでしょうか⁉」

勢い込んで身を乗り出すと、なぜかもう一度、ヴェルフレムが深い溜息をついた。

「そこまで急ぐ必要はない」

「？　そうなんですか？　スレイルさんには、五年も聖女が不在だったので、すぐに執り行うよう、厳しく言われているんですけれど……？」

首をかしげて言った途端、「はっ！」と険を宿した声が放たれる。

「神官の言うことなど、真に受けなくてもいい。そうだな……」

座席にゆったりともたれたヴェルフレムが腕を組む。

「昨夜も言った通り、俺の伴侶となるということは、伯爵夫人になるということだろう？」

「は、はい……」

自分などが伯爵夫人だなんて、レニシャは信じられないが、魔霊伯爵の妻、ということならば確かにその通りだ。

「となれば、領主の妻として、ラルスレード領についてしっかり学んでもらわねばならん。『聖婚』を執り行うのは、それからだ」

「なるほど……っ！　わかりました！」

するべきことを具体的に示され、目の前が開けたような心地がする。

「私、ラルスレード領のことをもっともっとたくさん知りたいですっ！　ヴェルフレム様っ、どうかいろいろお教えくださいませっ！」

身を二つに折るようにして深々と頭を下げると、どことなくほっとした様子でヴェルフレムが頷いた。

「ああ、承知した。だが、いまは先にお前の故郷のことを知っておいたほうがよいだろう。わからぬことには援助もできん」

「ほ、本当に援助をしていただけるのですか……っ⁉」

「くどい。それとも、いらんのか？」

「いえっ！　とんでもないですっ！　ありがとうございますっ！」

首を横に振り、もう一度、深く頭を下げる。

「貧しいと言っていたが、どんな村だ？　必要なものも状況によって異なるだろう？　そもそも、村の場所はどこだ？　ラルスレード領から近いのか？　それとも、南の聖都寄りか？　さらに南にも村々があるだろう？」

「いえっ、どちらかといえば、ラルスレード領のほうが近いです！　北西地方の外れの……」

ヴェルフレムに問われるまま、レニシャは故郷の村について思い出せる限りのことを説明した。

第二章　覚醒した聖女の力

ロナル村までは馬車で片道三時間近くかかると聞いていたが、ヴェルフレムに問われるまま故郷の話をあれこれとしていたら、遠いと思う間もなく着いてしまった。

神殿に引き取られて以降、レニシャの故郷に興味を持ってくれた人なんていなかったので、こんな風に故郷の話を誰かにしたのは初めてだ。

故郷の村にいた頃、つまらない理由で下の兄とけんかしたことや、春に市場で売って少しでも家計の足しにしようと、長い冬の間、母と二人で麦藁で籠《かご》作りにいそしんだ話など……。そんな他愛のない話でも、ヴェルフレムは文句ひとつ挟まず、黙ってレニシャの声に耳を傾けてくれた。

久々に故郷のことをじっくり思い出して、里心に胸が切なくなると同時に、ぽかぽかと心の中に炎が灯った心地がする。

火など焚《た》いていないのに、馬車の中があたたかいせいかもしれない。これも炎の魔霊の力なのだろうか。だとすれば、薪《まき》を取りに行く必要がなくてよいなぁ、とレニシャはのんきに思う。

「は、伯爵様。到着いたしました。ひょ、氷狐が十匹近くおります……っ」

馬車が停まり、御者台から御者の震える声が聞こえる。

「すぐに蹴散らしてくる。いいか、俺がいいと言うまで馬車から出るなよ。あと、これを羽織っておけ」

立ち上がったヴェルフレムが一方的に命じたかと思うと、座席に置かれていた毛皮つきの立派な外套をレニシャに投げて寄越す。

「わぷっ」

視界をふさぐようにばさりと顔の前に落ちてきた外套を、あわてて受け止める。もふもふした毛皮から顔を出した時には、ヴェルフレムがすでに馬車の扉に手をかけていた。

押し開けた瞬間、身を切るような冷気が吹き込み、ほどかれたままのヴェルフレムの紅の長い髪を炎のように揺らめかせる。

ヴェルフレムの広い背中の向こうに見えたのは、一面の雪景色だ。

いや、違う。雪と見まごう真っ白な毛を纏った大きな狐が何匹も馬車を取り囲んでいる。真っ白な体の中でそこだけ真っ赤な目を吊り上げ、鋭い牙をむき出しにして唸るさまは、敵意を抱いているのが明らかだ。

これが、ヴェルフレムが言っていた氷狐だろうか。レニシャの故郷も寒い地方だったが、氷狐なんて見るのは生まれて初めてだ。

ふぉ――――ん！　と吹きすさぶ凩《こがらし》のような鳴き声を氷狐が上げるたび、寒風が唸り、雪が舞う。

まるで氷狐に凍らされたように動けないでいるレニシャをよそに、ざくり、と馬車から雪の上に無造作に降り立ったヴェルフレムが、後ろ手に扉を閉める。

ヴェルフレムは無手《むて》だ。腰に剣も佩《は》いていない。

ふぉ――――ん！　と音高く鳴いた氷狐達がいっせいにヴェルフレムめがけて飛びかかる。

「ヴェルフレム様っ！」

思わず叫んで扉に取りすがったレニシャが硝子越しに見たものは。

ぽぽぽぽぽっ！

ヴェルフレムがぱちりと長い指を鳴らすと同時に、どこからともなく空中にいくつもの火球が現れる。大人の握り拳ほどの火球が、ヴェルフレムに飛びかかろうとする何匹もの氷狐に、狙いを過《あやま》たずにぶつかった。

ぎゃおんっ！　と氷狐の鳴き声が重なったかと思うと、雪が融けるように白い身体がかき消える。同時に、火球も役目を果たして消え失せた。

「だ、大丈夫ですかっ⁉」

己の目で見た光景が信じられぬまま、扉を押し開け、馬車の外へ飛び出す。降りた途端、ずぶりと足が積もっていた雪に沈んだ。

「ひゃあっ⁉」

「おいっ⁉」

振り返ったヴェルフレムが、転びそうになったレニシャを抱きとめる。

「す、すみません……っ」

屋敷を出た時は雪など積もっていなかったのに、まさかこんなに深く雪が積もっていたなんて。

いや、途中からはヴェルフレムとの話に夢中になっていたので、窓の外を見ていなかったが、屋敷を出てすぐの時に見た車窓からの景色でも、雪は降っていなかった。

ということは、これは氷狐がもたらした雪だろうか。

とにかく詫びねばと謝罪を紡いで顔を上げると、予想以上に近くに人外の美貌があった。が、きつく寄せた表情は、どこからどう見ても不機嫌そうだ。

「俺がいいと言うまで、馬車から出るなと言っただろう？」

低い声で告げたヴェルフレムが、不意にレニシャを横抱きに抱き上げる。

「しかも、外套を着ておけと言ったのに、袖を通していないではないか」

羽織った外套ごとレニシャを包み込むように、力強い腕でぎゅっと抱きしめたヴェルフレムが、そのまま雪を踏みしめながら歩き出す。

「す、すみませんっ！　氷狐がヴェルフレム様に襲いかかろうとしているのを見て、心配で思わず……。というかっ！　あのっ、下ろしてくださいっ！」

「そのドレスと靴では雪の上は歩きにくかろう？　村長の家に着くまで少し我慢しろ」

「いえっ、我慢と言いますか……っ！」

昨日もヴェルフレムの私室へ連れて行かれる時に抱き上げられたものの、やはり恥ずかしくて仕方がない。

先ほどは寒風に凍えるかと思ったのに、いまは炎を噴き出しそうなほど顔が熱を帯びている。

下ろしてもらおうとじたばたと手足を動かしても、ヴェルフレムの腕は緩む様子がない。危なげなく歩を進めると、村の中心近くに建つ周りよりも大きな家に近づいて行く。

氷狐がいたせいだろうか。畑も道も、屋根の上も、一面に雪が積もっている村の中で、外に出ている村人は皆無だ。おそらく、みな家の中に閉じこもっているに違いない。

村長の家だろう。昔ながらのどっしりとした石造りの家の前で、レニシャを抱き上げたまま立ち止まったヴェルフレムが扉の向こうに声をかける。

「ヴェルフレムだ。氷狐は追い払ったぞ」

途端、待ち構えていたように扉が開いた。顔を出したのは、五十がらみの村長らしき男性だ。

「は、伯爵様っ！　お早いお越し、誠にありがとうございます！　しかも、もう氷狐を追い払ってくださったとは、なんとお礼を申しあげたらよいものか……っ！」

表情と声に緊張をにじませながら、村長が深く頭を下げる。

「かまわん。被害の状況はどうだ？」

村長に招き入れられるまま、屋内に足を踏み入れたヴェルフレムが簡潔に問う。

「収穫前の畑がやられてしまいました。それと、氷狐の爪にやられて怪我を負った者が幾人かおりまして……。あの、そちらのお嬢様は……？」

ぺこぺこと頭を下げながら話す村長が、もの問いたげな視線を向けた先はレニシャだ。

「ヴェルフレム様！　いい加減、下ろしてくださいっ！」

ようやくヴェルフレムの腕が緩んだ隙に床に下り立ったレニシャは、丁寧に頭を下げる。

「はじめまして、聖都から参りましたレニシャと申します」

レニシャの挨拶に男が鋭く息を呑む。

「聖都から……っ⁉　ということは聖女様でいらっしゃるのですか⁉」

「は、はい……。一応は……」

　摑みかからんばかりの勢いに呑まれながらおずおずと頷くと、男が勢いよく頭を下げた。

「なんという僥倖《ぎょうこう》でしょう！　聖女様！　どうかお助けくださいませ！　癒やしの奇跡をお恵みくださいっ！」

「えっ⁉　あの……っ⁉」

　戸惑うレニシャをよそに、村長が言い募る。

「氷狐にやられた者達の怪我がかなり酷いのです！　ですが、氷狐がいるため、馬車を出して神殿に連れてゆくこともできず……っ！」

　村長が気遣わしげな様子で家の奥の扉を振り返る。

「わたしの家でまとめて面倒を見ておりますが、日に日に具合が悪くなるばかりで……っ！　怪我のせいで高熱を出している者も多く、このままでは……っ！」

　村長の手が恐怖をこらえるように強く握りしめられる。

「伯爵様だけでなく、『聖婚』の聖女様まで来てくださるなんて、光神ルキレウス様のお導きに違いありませんっ！　どうか、癒やしの奇跡をお恵みくださいっ！　怪我をしている者の中には、わたしの息子もいるのですっ！」

　深く深く、いまにも床に平伏しそうな勢いで村長が頭を下げる。

「どうか、聖女様のお慈悲を……っ！　癒やしの奇跡をお恵みくださいっ……っ！」

「ま、待ってください……っ！」

村長の言葉に、レニシャはうろたえてかぶりを振る。

怪我を負った上に熱まで出しているなんて、かなり具合が悪いに違いない。助けられるものなら、レニシャだって助けたい。けれど。

「ほ、本当に申し訳ありません……っ！　わ、私……っ、癒やしの奇跡を使えない落ちこぼれなんです……っ！」

村長に負けないほど深く頭を下げて詫びる。

希望を踏み潰す罪悪感で胸が痛い。じわりとにじみそうになった涙を、固く唇を噛みしめてこらえる。レニシャには泣く資格なんてない。嘆きたいのは村長のほうなのだから。

「そんな……っ！」

「待て」

愕然とした村長の声に、ヴェルフレムの声が続く。

「癒やしの奇跡を使えないだなど……。嘘だろう？」

硬質な声に、びくりと肩が震える。聖女の力が使えないことを決してヴェルフレムに知られるなとスレイルに厳命されていたというのに、村長の勢いに呑まれて、つい正直に話してしまった。

だが、いまさら言いつくろうことなどできない。

「う、嘘ではないんです……っ！　聖女と呼ばれてはいますけれど、私は癒やしの力も使えない期待外れの落ちこぼれなんですっ！　本当に申し訳ありませんっ！　私に力があれば、いくらでも癒やしの奇跡を使うのですけれど……っ！」

震え声で説明し、もう一度、深く頭を下げて詫びる。

聖都でずっと投げつけられてきた言葉が頭の中に甦る。

『癒やしの力も使えぬ役立たず』

『魔霊に嫁がせるくらいしか役に立たない期待外れの落ちこぼれ』

どれほど願ったことだろう。どうか癒やしの力を使える立派な聖女になれますように、と。

けれど、何度光神ルキレウスに祈りを捧げても、聖女の力は発現せず、ここ三年ほどは、試すことすら諦めた。

「申し訳ありません……っ！」

震え、潤んだ声で詫びる。村長もヴェルフレムも、どれほど呆れ果てていることだろう。二人の反応をこの目で見るのが恐ろしくて、顔を上げられない。

深く頭を下げ続けるレニシャに降ってきたのは、ヴェルフレムの断固とした声だった。

「いや、お前は癒やしの力を使えるはずだ」

「な……っ⁉　ですから、使えませんと……っ！　私だって使えるものなら使いたいですっ！何を根拠にそうおっしゃるのですか⁉」

かたくなな声の響きに、思わずヴェルフレムを睨み上げる。

じっとレニシャを見下ろす金の瞳の威圧感に気圧《けお》されそうになるが、唇を噛みしめてこらえる。

「根拠も何も……。お前はその身に光神ルキレウスの力を宿しているだろう？　魔霊である俺が、見間違うとでも？」

「え……？　『聖別の水晶』がなくてもわかるのですか……？」

巡礼神官が持ち歩く数少ない『聖別の水晶』でなければ、力の有無はわからないと思っていたのだが。レニシャの問いに、ヴェルフレムがつまらなさそうに答える。

「『聖別の水晶』などに頼らずとも、魔霊ならば力の有無くらい見ただけでわかる。お前は、いままでラルスレード領に来た歴代の聖女以上の力を宿しているぞ。ただ……。かなり力が不安定なようだな。ふつう、膜のように一定の厚さで身を覆っているはずの力が、お前の場合、力が強すぎるせいか、嵐の海のように、常に波打っている。お前が癒やしの力を使えぬと言っているのは、そのせいかもしれん」

「で、では、私も癒やしの力を使えるかもしれないということですかっ⁉」

礼儀も忘れて、思わずヴェルフレムに取りすがる。

「何か方法があるんでしょうか⁉　ご存じでしたらお教えください！　癒やしの力を使えるようになるのなら、私、何だってやりますっ！」

このまま、レニシャはヴェルフレムを謀って、一生、落ちこぼれのまま生きていくのだと思っていた。だが、汚名を返上できるかもしれない機会があるのならば、飛びつかぬ理由がどこにあるだろう。

「方法も何も、お前が自分の力を感じ取ることさえできれば、それを使うことなどたやすい。むしろ、なぜいままで使えなかったのか、そちらのほうが不思議だ」

ぎゅっと服を摑んで見上げるレニシャに、ヴェルフレムが眉根を寄せる。が、レニシャはそう言われても何が何だかわからない。

「自分の力を……？　そうおっしゃられても、力を感じ取ったことなんて、いままで一度もありません……」

やっぱり、何かの間違いではなかろうか。

力なくこぼすと、ヴェルフレムの眉根がさらにきつく寄った。

「こうしてふれていても、俺の魔力を感じられないのか？」

「ヴェルフレム様の魔力、ですか……？　あたたかいのはわかりますけれど……。すみません、よくわかりません……」

先ほど、抱き上げて運ばれている時も、冷たい風が吹いていたにもかかわらず、まったく寒さを感じなかった。

おずおずと答えると、嘆息が降ってきた。呆れられてしまっただろうかとびくりと肩が震える。と、静かな声で問われた。

「……お前は、本気で怪我をした者を助けたいと願うのか？　そのための覚悟があると？」

「は、はいっ！　もちろんです！」

射貫くような視線にひるみそうになる心をおしてきっぱりと頷き、金の瞳を見つめ返す。

「では――。次は逃げるなよ」

低い声と同時に、大きな手に顎を摑まれる。ぐい、と上を向かされると同時に、燃えるように熱い唇に口をふさがれた。

「っ⁉」

反射的に引こうとした身体を、背中に手を回され、抱き寄せられる。

何が起こっているのかわからない。混乱に頭が真っ白に染まる。ただ、くちづけられた唇だけが、火傷したかのように熱い。

心の奥底まで見通すような金の瞳が怖くて、ぎゅっと固く目を閉じる。身じろぎして逃げようとすると、「逃げるな」とわずかに唇を離したヴェルフレムに叱責された。

「俺の魔力にお前の力が反応しているのがわかるか？　それを感じ取れ。そうすれば、癒やしの力を使えるようになる」

告げると同時に、ふたたびヴェルフレムがレニシャにくちづける。

恥ずかしくていますぐ逃げ出したい。けれど、怪我人を治したい一心で、ヴェルフレムに言われた通り、力を感じ取ろうと集中する。

融けそうに熱い唇。抱き寄せる力強い腕に、肌がちりちりと炎に炙られるような心地がする。

同時に、ヴェルフレムが与える激しい熱とは別の、柔らかなあたたかさが自分を包み込んでいるのを感じる。ゆらゆらと揺らめくあたたかさは、まるで風に舞い踊る木の葉のように不安定だ。

けれど、これがレニシャが持つ聖女の力だというのなら――。

ヴェルフレムから与えられる熱ではない、自分の中からあふれる熱を、波立つ水面から掬いあげるように感じとる。

いまなら確信できる。きっと、癒やしの力を使えると。

「……どうだ？」

唇から離れた熱と、耳に心地よく響く低い声に、ぱちりとまぶたを開ける。

「い、いまなら癒やしの力を使えそうです！　村長さんっ、怪我をした方はどちらにいらっしゃいますか⁉」

「こ、こちらです……！」

呆けたように突っ立っていた村長があわただしく奥の部屋に通じる扉を開く。村長に導かれるまま、レニシャは部屋へ駆け込んだ。中には簡素な寝台が四つ置かれており、どの寝台でも、まだ若い青年が苦しそうな様子で横たわっている。

レニシャは扉から一番近い寝台に駆け寄ると、すぐそばにひざまずき、眉間に皺を寄せて苦しそうな声を洩らす青年の手を、両手でぎゅっと握りしめる。

「いと慈悲深き光神ルキレウス様。どうかこの者に癒やしの奇跡をお恵みくださいませ……っ！」

自分の周りに揺らめくあたたかな力を、握りしめた手を通して青年に伝えようと、農作業で荒れた大きな手に額を押しつけて祈りを捧げる。

「光神ルキレウス様、どうか慈悲をお恵みくださいませ……っ！」

いままで何度試しても、一度も応えられることのなかった祈り。

けれどいまは、不安よりも、大丈夫だという確信のほうが大きい。

レニシャの祈りに応じるように、青年の身体が一瞬、ほのかな光を放つ。かと思うと。

「痛みが……っ⁉」

青年が、驚いたように閉じていたまぶたを開ける。

「トラス⁉　具合はどうだっ⁉」

どうやら村長の息子らしい。村長が勢い込んで問いかける。トラスと呼ばれた青年が、夢から覚めたように目を瞬いた。

「あんなに疼いていた痛みがない……。身体にこもっていた熱も……！　あなたは……聖女様、なのですか……？」

ぼんやりとレニシャを見上げるトラスに「もう、大丈夫ですよ」と微笑み返し、レニシャは別の寝台に足早に歩み寄る。

トラスと村長のやりとりを聞いていたのだろう。信じられないと言いたげに目を見開いている青年の寝台のそばにひざまずき、トラスと同じように手を握りしめ、祈りを捧げる。

光神ルキレウスへの祈りを繰り返し、四人とも治した時には、部屋の中に言い表しがたい興奮が渦巻いていた。

「ああっ！　聖女様、ありがとうございます……っ！」

「何とお礼を申しあげたらよいのか……っ！」

「まさか、聖女様がわざわざいらして奇跡を賜《たまわ》ってくださるなんて……っ！」

「あ、あの……っ？」

寝台から下りてきた四人の青年と村長に囲まれ、レニシャはおろおろと声を上げる。

「もう起き上がっても大丈夫なんですか⁉　もう少し休まれたほうが……っ⁉」

「聖女様のおかげですっかり治りました！」

「本当にありがとうございます！」

レニシャよりずっと体格のよい青年達に囲まれて腰が引ける。無意識に後ずさろうとした途端、くらりと目眩《めまい》に襲われた。

よろめいた身体を力強い腕に支えられる。同時に、いつの間にか肩からすべり落ちていたらしい毛皮の外套をかけられた。ふわりと揺蕩った香りに、振り返るより早く腕の主が誰なのか悟る。

「ヴェルフレム様！　あのっ、ありがとうございましたっ！　ヴェルフレム様のおかげで、癒やしの力を使えました！」

身をよじってヴェルフレムを見上げ、感謝の言葉を伝える。が、口にした瞬間、『ヴェルフレムのおかげ』がくちづけだったことを思い出し、かぁっと顔が熱くなった。

緊急事態だったとはいえ、あれは恥ずかしすぎる。ばくばくと心臓の高鳴りが止まらない。なんだかくらくらして、ヴェルフレムに支えられなければ、立っていられない心地がする。

だが、ヴェルフレムの腕にどきどきが止まらないのも確かだ。

「す、すみませ――」

「急に、全力を使うからだ」

身を離して詫びようとした瞬間、溜息交じりの声が降ってきた。かと思うと、不意に横抱きに抱き上げられる。

「ヴェ、ヴェルフレム様っ⁉」

「癒やしの奇跡を行うということは、自分の力を相手に分け与えるのと同じだ。しかも、魔霊につけられた傷は、治すのにより多くの力がいる。だというのに、出し惜しみせず全力の力をそそぐとは……。先に忠告しておくべきだったな。お前でなければ、気絶しているぞ」

「え……？」

やけに身体が重くて頭がくらくらするのは、癒やしの力を使ったからということなのだろうか。なにせ、レニシャは初めて使ったのでよくわからない。

ふたたび溜息をついたヴェルフレムが村長を振り返った。

「氷狐は倒し、怪我人も治したゆえ、急ぎの用はもうないな？　積もっていた雪ももう、融かしてある。他に被害があるようなら、調べて報告しろ」

「か、かしこまりました。このたびは本当にありがとうございます。なんと感謝申し上げればよいか……。お礼の申しようもございません。もちろん、そちらの聖女様にも」

「い、いえ……っ」

村長が身を折るようにして深く頭を下げる。まさか自分にまで礼を言われるとは思わず、レニシャはあわててかぶりを振った。途端、くらりと視界が回り、抱き上げるヴェルフレムの腕に力がこもる。

「おい。おとなしくしていろ」

「いえっ！　あのっ、大丈夫ですから下ろし――」

「ではな、村長」

レニシャの言葉を無視して一方的にいとまを口にしたヴェルフレムが踵を返す。あわてて追ってきた村長が、ヴェルフレムの歩みを止めぬよう玄関の扉を開けた。

雪の上を渡る冷たい風が吹き込んでくるに違いないと、反射的に首をすくめたが。

「あ、れ……？」

扉の外に広がる光景に、呆然とした声を上げる。先ほどまで、村の中は一足早く冬が来たかのように、一面の銀世界だったはずだ。

だが、目の前に広がる光景は一変していた。秋の風を受けて揺れる黄金色の小麦の穂。黒々とした土の道。雪の残滓《ざんし》は家々の壁にへばりつくようにして残るわずかな塊だけだ。

「ヴェ、ヴェルフレム様、これは……？」

「雪が積もっていたのは氷狐のせいだからな。それを倒し、積もっていた雪を融かしただけだ」

至極あっさりと言われても、素直に頷けるわけがない。あれほど積もっていた雪をこんな短時間で融かしてしまうなんて……。

初めてとはいえ、たった四人の怪我を治しただけで、レニシャは立てないほどになっているというのに、レニシャを抱き上げて進むヴェルフレムは、疲れている様子は欠片も見えない。

それほど、力が抜きんでているということだろうか。いや、本当は疲れているのに無理をしている可能性だって、ないとは言えない。

「ヴェルフレム様！　やっぱり下ろしてください！　自分で歩きます！　ヴェルフレム様もお疲れでしょう……っ⁉」

足をばたつかせて訴えると、「何を言っている？」と呆れた声が降ってきた。

「この程度のこと、俺にとっては大したことではない。どう考えても、お前のほうが疲れ果てているだろう」

御者が扉を開けた馬車へ乗り込んだヴェルフレムが、そっと座席にレニシャを下ろす。途端、そのまま地の底にまで引きずり込まれそうな疲労がずしりとのしかかってきた。眠くて目を開けていられない。

「屋敷へ着くまではまだまだかかる。遠慮せず眠れ」

ヴェルフレムの大きな手のひらがレニシャの顔を覆い、そっとまぶたを下ろす。

眠気を誘う耳に心地よい低い声。だが、これだけは伝えておかなくては。

「ヴェルフレム様……。ありがとう、ございます……」

初めて聖女の務めを果たせた喜びに、自然と口元がほころぶ。

自分を見下ろすヴェルフレムに微笑みかけ、あらがえぬ眠気にレニシャは身をゆだねた。

◆　◆　◆

がたがたと揺れる馬車の音が響く車内で、ヴェルフレムは足を組んで背もたれにゆったりと身を預けていた。だが、馬車の中は無音ではない、耳をすませばほんのかすかな寝息が聞こえる。

馬車の壁にもたれかかり、ぐっすりと眠る向かいのレニシャを見つめ、ヴェルフレムは無意識に溜息をこぼした。

本当に、行動が読めぬ娘だ。びくびくしているかと思えば、『一緒にロナル村へ行きたい』と言い出し、ヴェルフレム相手に嬉しそうに故郷の話を飽きることなく話す。

あふれんばかりの聖女の力を持っているくせに使い方を知らず、使えるようになった途端、赤の他人のために、惜しみなく全力を尽くす――。

しかも、魔霊伯爵を『優しい』などと言い、礼を言うなんて。

『え～っ！　なんでだよ⁉　別に魔霊に礼を言っちゃいけない決まりなんてないだろ～？』

不意に、脳裏に懐かしい声が甦る。

『別に魔霊と人間が親しくなっちゃいけないって決まりだってないんだし！』

若々しい男の声に、今日聞いたレニシャの言葉が重なる。

『人と魔霊で心が通じ合う可能性だってあるかもしれないということですよね……？』

「アレナシス……」

無意識に、かつてたったひとり心を許した親友の名を呟く。

レニシャの存在が気にかかるのは、きっと似ているところがあるせいだ。

思考が予想の埒外で、何をしでかすのか読めなくて、まるで人間を相手にしているかのように、魔霊であるヴェルフレムにまで気を遣っていたわって……。

「この娘が、お前が……」

呟き、「いや」とかぶりを振る。

そう考えるのは早計に過ぎる。レニシャと出逢って、まだ一日も経っていないのだから。

すでに、三百年待ち続けてきた。長い時を待ち続けてようやく芽生えた期待が無為に踏みにじられるかもしれない事態は――悠久の時を生きる魔霊であろうとも、さすがに避けたい。

魔霊といえど、感情がないわけではないのだから。

希望が潰《つい》える痛みは――ヴェルフレムとて、知っている。

「まったくお前は……。図々しくて、型破りで……。傍迷惑極《はためいわく》まりない。お前のせいで、何百年この俺が振り回されていると思っている……？」

すやすやと健やかに眠るレニシャの寝顔を見つめながら、ヴェルフレムはこの世にいない友人へ愚痴をこぼす。

三百年前、ヴェルフレムをこの地に封じたと言われる聖アレナシス。けれど、彼の本当の願いは――。

『え～っ？　オレが傍迷惑なヤツだってゆーのは、最初の願いを言った時からわかってたハズだろ～？』

まるで悪戯が成功した子どものような笑顔が脳裏に浮かんで、ヴェルフレムもまた、小さく口元をほころばせた。

「レニシャ!?　ま、まさか屋敷ではわたしの目があるからと、連れ出して手にかけたのではないだろうな……っ!?」

ロナル村から屋敷に戻ったのは、すでに日もとっぷりと落ちた時間だった。

屋敷に着いても起きる気配のなかったレニシャを抱き上げ運んでいたヴェルフレムは、二階に上がったところで投げつけられた言葉に、不快感を隠さず声の主を睨みつけた。

ヴェルフレムのまなざしに、怯えたように肩を震わせたのはスレイルだ。襟まできっちりと留め具をしめた神官服は、生真面目さや誠実さよりも、堅苦しさと融通の利かなさを印象づける。

「手にかける、だと？　はるばる聖都から来た聖女にそんなことをするはずがないだろう？　レニシャは癒やしの力を使いすぎて眠っているだけだ。馬鹿も休み休み言え」

「ば、馬鹿だとっ⁉　妄言を吐いているのはそちらだろう⁉　レニシャが癒やしの力を使うなど、あるはずがないっ！」

ヴェルフレムの言葉に、スレイルが吐き捨てるように反論する。

「聖女となってから、一度も使えたためしがないからか？」

「なっ、なぜそれを……っ⁉　くそっ、レニシャが口をすべらせたか⁉」

おそらくレニシャに口止めしていたのだろう。スレイルが焦った様子で毒づく。スレイルの魂胆など見え透いている。レニシャが役立たずの聖女だとヴェルフレムが知れば、侮られるに違いないと危惧しているのだろう。まったくもって、くだらない。いや、さらにくだらないのは。

「レニシャがいままで癒やしの力を使えなかった理由は、強すぎる自分の力を扱いあぐねていたためだぞ。神殿へ引き取って何年も教育したにもかかわらず、その程度のことにさえ気づけぬとは……。聖都の神官の質も、ずいぶんと落ちたものだな」

アレナシスが生きていた三百年前と異なり、平和で豊かになったいまの世では、神官や聖女も、己の力を磨いて後進を育てることよりも、神殿内外での権力闘争に明け暮れているのだろう。百年ほど前から、年を追うごとに神官や聖女の質が落ちている気がする。

「だ、黙れ……っ！　魔霊ごときが神殿を愚弄《ぐろう》するか……っ！」

怒りが恐怖を塗り潰したのだろう。スレイルが憤怒に赤黒く染まった顔を歪ませる。

「清らかな聖女を穢しておいて、何を言う⁉　お前こそ、聖女に溺れてふたたび神殿の支配下に降った腰抜けではないかっ！　その娘は見目だけは悪くないからな！　手にかけていなくとも、すでに昨夜手を出したのだろう⁉　美しいドレスまで着せて、ずいぶん気に入っているようではないか！」

嘲りも露わにスレイルがせせら笑う。

やはりそうか、とヴェルフレムは昨夜の非常識な時間の訪問意図を理解した。推測した通り、あの訪問はスレイルが仕組んでいたのだ。

長い年月が経つうちに、『聖婚』の内容が歪んで伝えられていることには、苦々しさしか感じない。ヴェルフレムが聖女を食い物にしていると……。

だが、真実を告げたところで、偏見に凝り固まった神殿の者達は、決して信じぬだろう。

スレイルに明かしたとしても、レニシャを責め立てる姿しか予想できない。だからこそ。

「ああ、気に入っているぞ」

ヴェルフレムは眠るレニシャを抱き寄せる。「んぅ」とかすかな声を上げて、レニシャがこてん、とヴェルフレムの胸に頭をもたせかけた。

安心しきった寝顔を見ていると、心がほぐれて口元に笑みが浮かぶのを感じる。

本当はヴェルフレムが手を出してなどいないと知れば、スレイルは間違いなくレニシャを責め立てるだろう。男女の機微に疎《うと》い純朴な娘がいわれのない誹謗を受けるのは気の毒だ。

「初々しさが、ことのほか愛らしい。しかも、心根も優しい娘だ。このように疲れ果てるまで、怪我をした領民を癒やしてくれたのだからな。まさかこれほどよい娘が遣わされるとは思ってもいなかった。……大切に慈しもう」

顔を傾け、眠るレニシャの額に、ちゅ、とくちづけを落とす。ヴェルフレムが耳に届いた異音に気づいて目を向ければ、スレイルがぎりぎりと歯を噛みしめ、こちらを睨みつけていた。

「聖女を食い物にする穢らわしい魔霊めが……っ！」

「……こうなるべく画策したのはお前だろう？　思惑通りに進んだというのに、何が不満だ？」

威圧感をこめ、低い声で問いただす。スレイルが怯えたように神官服に包まれた肩を震わせた。

「どうやら、目を開けたまま眠っているようだな。俺に対する暴言、本来なら不敬だと罪に問うべきところだが、今回だけは寝言だと聞き流してやろう」

尊大に告げ、これで会話は終わりだと、ヴェルフレムはスレイルの返事も待たずに歩を進める。

これまでも、魔霊であるヴェルフレムを蔑む神官や聖女は何人もやってきたが、誰も彼も神殿の威を借る狐に過ぎなかった。面と向かってヴェルフレムに打ち勝つ力も、胆力もないのだから。

そんな卑怯者と正面からやりあうなど、時間の無駄だ。

どちらが上か理解し、おとなしくしてくれればそれでよい。

ジェキンスに命じて、早々に屋敷から出し、神殿か他の家に身を寄せさせたほうがよさそうだと、私室の扉を押し開けながら思案する。どうせ、長いつきあいになるのだから、極力接触を減らして過ごすのがお互いのためというものだ。

明かりの落とされた私室の中は暗かった。が、ヴェルフレムが念じるだけで、歩みに合わせて空中に炎が現れる。

内扉を通り、隣にあるレニシャのために用意した部屋に入る。領主の私室としての体裁を整えただけのヴェルフレムの私室と異なり、レニシャの部屋はクッションやカーテンなどに桃色や橙色の暖色がふんだんに使われた、居心地のよさそうな部屋だった。ジェキンスの指示を受けたモリーが心を込めて準備したのだろう。

寝台にレニシャをそっと下ろし、寝台の隣の卓に置かれた持ち手つきの蝋燭立てに炎をつける。暖炉の火は落ちているが、ヴェルフレムの炎があれば寒さを感じることもないだろう。

寝台に下ろしても、レニシャはぐっすり眠ったままだ。無防備極まる寝顔に、ヴェルフレムはくすりと笑みをこぼす。

昨夜も、こんなあどけない寝顔でマントにくるまってソファで眠ったのだろうか。寝台を奪ってしまってはヴェルフレムに申し訳ないと、本来ならばする必要のない遠慮をして。

「愚かで……。お人好しの娘だ」

柔らかそうな栗色の長い髪をそっと撫でる。

だが、このままドレスで寝かせてよいものだろうか。何着もあるドレスのひとつが皺だらけになろうと、ヴェルフレム自身はまったく気にならないが、昨夜、聖女のドレスが皺くちゃになってしまうと気にしていたレニシャだ。着替えさせてやったほうがよいのかもしれない。もちろん、ヴェルフレム自身が着替えさせる気はないが。

「モリーを呼んでこなければならんな」

呟き、モリーを呼ぶべくヴェルフレムは踵を返した。

◇　◇　◇

ごろり、と寝返りを打った拍子に、レニシャは眠りから覚めた。

「んん……？」

ぼんやりと声を洩らしながら、手の甲でくしくしと寝ぼけまなこをこする。身体を包むのは、いままで寝たことがないほどふかふかの布団だ。故郷の藁布団はもちろん、聖都の宿舎の寝台ですら、こんなによい寝心地ではなかった。唯一覚えがあるとすれば、昨夜借りて寝たヴェルフレムの私室のソファくらいだ。

そこまで考えて、レニシャはがばりと飛び起きる。

そうだ。ヴェルフレムと一緒にロナル村に行ったはずだ。そこで初めて癒やしの力を使うことができたものの、力の加減がわからず、立っていられないほどの疲労に襲われたのだ。ヴェルフレムに抱き上げられて馬車に乗せられ、休んでよいと言われて目を閉じたが……。

まさか、いままで寝続けてしまっていたのだろうか。

あわてて周りを見回すが、部屋の中は無人で、寝台のそばの卓に置かれた蝋燭立てで炎が揺らめくばかりだ。窓の外は真っ暗で、深夜であることは間違いない。

「そ、そうだ！　ドレス！」

モリーが着せてくれた若草色の綺麗なドレス。皺くちゃにしてしまっていたらどうしよう、とあわてて自分の身体を見下ろすが、いつの間にかドレスは脱がされ、羊毛で織られた清潔で厚手の夜着に着替えさせられていた。

「よ、よかったぁ……っ！」

モリーが着替えさせてくれたのだろうか。何にせよ、絹のドレスを皺だらけにせずに済んで助かった。だが、モリーにもヴェルフレムにも、多大な迷惑をかけてしまったのではないだろうか。

レニシャはそろそろと寝台から床に下りる。足裏にふれた木の床はひやりと冷たい。寝台のそばに昼間履いていた毛皮の縁取りつきの靴がそろえられていたので、ありがたく履くことにする。

そろそろと歩み寄った先は、ヴェルフレムの私室とつながっている内扉だ。扉の向こうの気配をうかがっても、しんと静まり返っていて、何の気配も感じられない。

何時かはわからないが、こんな夜更けなのだ。当たり前だろう。

常識的に考えれば、朝を待って礼を言うべきだというのはさすがにレニシャでもわかる。だが、ぐっすり眠らせてもらったおかげで目が冴えてしまい、このまま寝台に戻って布団にくるまったとしても、すぐに寝つけそうにない。ヴェルフレムが起きているかどうか、確かめるだけ確かめてみよう。

（魔霊だから、寝台を使っていないとおっしゃっていたし……）

遠慮がちに内扉をノックし、「ヴェルフレム様、起きていらっしゃいますか？」と小声で問いかける。

だが、返事はない。試しにノブを回してみると、案に相違してなんの抵抗もなく扉が開いた。

「し、失礼します……」

小声で断りを入れながら、そっと扉の向こうを覗き込む。

ヴェルフレムの私室は真っ暗だった。だが、闇に慣れた目は部屋の中のおぼろげな形を捉える。

天蓋付きの大きな寝台は綺麗に整えられたままで、ヴェルフレムの姿はない。その代わり、レニシャの部屋と通じる内扉と反対の壁に設けられている内扉の隙間から、かすかに光が洩れていた。あちらの部屋に入ったことはないが、ヴェルフレムの執務室だろうか。

光に誘われるように、そろそろと歩を進める。もう少しで扉に手が届くというところで。

「くしゅんっ」

火の気のない部屋の寒さに、思わずくしゃみが飛び出す。

「レニシャ？」

扉の向こうで、いぶかしげな声が聞こえた。かと思うと、突然勢いよく扉が開き、思わず悲鳴を上げそうになる。

明かりを背にしたヴェルフレムは、まるで影法師が身体を得て立ちふさがったかのような威圧感だ。影になって見えない面輪の中で、人ではありえない金の瞳だけが、炯々《けいけい》と輝いている。

初対面の者なら、怯えて泣き出していたかもしれない。だが。

「どうした？　こんな夜更けに」

耳に心地よく響く低い声が聞こえた瞬間、恐ろしさが霧散する。深く響く声に宿るのはあたたかな気遣いだ。

「そのっ、ついさっき目が覚めまして……。たくさんご迷惑をかけてしまったようなので、もしまだヴェルフレム様が起きてらっしゃったら、お詫びとお礼を申し上げたいと思ったので……」

まさかヴェルフレムのほうから扉を開けてくれるとは思わなかったので、心の準備ができていなかった。おろおろと答えると、

「そんなこと……。明日の朝でよかったのだぞ」

と苦笑したヴェルフレムが、不意に上着を脱ぎだした。

「それより、なぜ夜着一枚でうろついている？　俺の炎をそばに置いていただろう？」

ばさりとレニシャの肩にヴェルフレムが脱いだ上着をかける。部屋の明かりに照らされた美貌には、心配そうな表情が浮かんでいた。

「あっ！　寝台のそばに置いてくださっていた蝋燭立てでしょうか……？　すみません、気づきませんで……」

確かに、寒さを感じたのは寝台から離れて以降だ。

「す、すみません。昼間もお借りしたのに、また……」

ヴェルフレムの上着を肩に羽織ったまま、ぺこりと頭を下げる。いままでヴェルフレムが着ていたからか、それともこれにもヴェルフレムの魔力が宿っているのか、夜気に冷えていた身体がぽかぽかとあたたまってくる。

「そ、それと、ご迷惑をおかけして誠に申し訳ございませんでしたっ！　せっかくロナル村へ連れて行っていただいたのに、帰り道で寝こけてしまって……。ヴェルフレム様が部屋に運んでくださったのでしょうか……？　重かったでしょう？　申し訳ありません！」

身を二つに折るようにして深々と頭を下げると、ふっと苦笑がこぼれる気配がした。かと思うと、よしよしと大きな手で頭を撫でられる。

驚いて身を起こすと、柔らかな光をたたえた目とぱちりと視線が合った。

「何を謝るかと思えば。お前を運ぶなど、造作《ぞうさ》もない。むしろ、礼を言うべきは俺のほうだろう？　大切な領民を癒やしてくれて、助かった。感謝する」

「い、いえっ！」

初めて見たヴェルフレムの柔らかな微笑みに、弾かれたようにかぶりを振る。

「癒やしの力を使えたのは、ヴェルフレム様のおかげです！　ヴェルフレム様、が……」

言いかけて、癒やしの力を使えるようにするためにヴェルフレムと何をしたのかを思い出し、一気に顔に熱がのぼる。いまなら上着もいらないほどだ。

「と、とにかくっ！　心から感謝しているのですっ！　本当にありがとうございますっ！」

真っ赤になっているだろう顔を隠すように、もう一度、勢いよく深く頭を下げる。そのまま顔を上げられないでいると、ふたたびぽふぽふと頭を撫でられた。

「礼などよい。それより、身体の調子はどうだ？」

「は、はいっ、ぐっすり眠らせていただきましたので、もう大丈夫ですっ！」

顔を上げ、力強く言い切った瞬間、くーきゅるきゅると夕食抜きだった胃袋が不満の音を上げた。

「はわっ⁉」

あわててお腹を押さえるが、きゅるきゅる鳴るお腹の音はおさまらない。と、ぷっとヴェルフレムが吹き出した。

「力を使った分、身体が栄養を求めているのだろう。ジェキンスかモリーに食事を用意させよう」

「だ、だめですよ！　お二人ともぐっすり眠ってらっしゃる時間でしょう？　それを起こすなんて……っ！　変な時間に起きた私が悪いんですから、朝まで待ちます！」

レニシャのわがままで夜中に起こすなんて、とんでもない。

「だが、腹が空いているのだろう？　俺は食事も必要ないゆえ、つらさはわからんが……」

「えっ⁉　ヴェルフレム様は睡眠だけでなくご飯まで不要なのですか⁉」

驚きのあまり、すっとんきょうな声が飛び出す。確かに、朝食も昼食も、レニシャひとりきりで食べていた。

「よかったぁ……」

「うん？　何がよかったんだ？」

思わずこぼれた呟きに、ヴェルフレムがいぶかしげに眉根を寄せる。

「あっ、いえっ。その……。とっても豪華でおいしいご飯だったんですけれど、ひとりきりでいただいたので……。ヴェルフレム様は一緒に食べることもできないほどお忙しいのか、それとも、その、私なんかと一緒に食べるのはお嫌なのかと心配していたので……」

心に巣食っていた不安をこぼしたところで、自分がとんでもないわがままを言ったと気づく。

「い、いえっ！　すみませんっ！　お忘れくださいっ！　私が勝手に不安になって気をもんでいただけで……っ！」

あわあわと両手を振り回して弁解すると、虚をつかれたような声が降ってきた。

「……俺と一緒に食事をしたいと？」

「っ⁉」

単刀直入に問われ、言葉に詰まる。何と答えるべきかしばし迷い。

「その……っ、せっかくのおいしいご飯ですから、ひとりで食べるより、おいしいって言いながら一緒に食べたほうが、もっとおいしく感じると思ったので……」

結局、気の利いた返事が思い浮かばず、心に浮かんだ言葉をそのまま口にすると、今度はヴェルフレムが小さく息を呑む音が聞こえた。

一緒にご飯を食べてほしいだなんて、子どもっぽいと思われただろうか。沈黙に耐えきれず、視線を伏せると。

「……そんなところも同じなのだな」

「ヴェルフレム様？」

　ぽつりと降ってきた低い呟きに、長身を見上げる。

　ヴェルフレムの金の瞳は、ここではない遥か遠くを見つめていた。見ている者まで胸が締めつけられるようなまなざしに、なんだかレニシャまで切なくなる。

「いや……」

　振り切るようにひとつかぶりを振ったヴェルフレムがレニシャを見下ろす。

「それがお前の望みというのなら、叶えよう。食事自体は不要だが、味や香りを楽しめぬわけではないのだ。……ああ、そういえば、ジェキンスが持ってきたカモミールティーなら少し残っているぞ。とうに冷めているが、それでよければ……」

「で、では、いただいてもよいですか？」

　せっかくのヴェルフレムの気遣いを無にしたくなくて、笑みを浮かべて尋ねる。

「ああ、こちらへ」

　部屋の中へと招き入れてくれたヴェルフレムがソファを指し示す。その向こうにあるのは大きな執務机だ。その上には小山のように書類が積み上げられている。

「あの書類の山は何ですかっ⁉」

「うん？　ああ、いまの時期は各村からの収穫の報告やら、冬に向けての備蓄の確認やら、処理すべき案件が多いからな。なに、順に処理していけば、そのうち終わる」

「で、ですが……。もしかして、ヴェルフレム様が夜、睡眠をとられないのは、書類仕事があるからですか⁉」

「別にそんな風に考えたことはないが……。だが、どうせ暇なのだから、するべきことをしたほうがよいだろう？」

ヴェルフレムはあっさり言うが、レニシャはとてもではないが頷けない。

「そうはおっしゃっても、ずっと働きづめではそのうちお身体を壊してしまいますっ！　私にもできることがあれば、お教えください！　そ、その、書類仕事はしたことがありませんが……。ですが、神殿で読み書きと簡単な計算は習っていますので、少しずつ覚えていきますっ！」

ぐっ、と両手を握りしめ、気合いを込めて宣言する。が、ヴェルフレムから返ってきたのはいぶかしげな声だった。

「なぜ、そこまで俺を気遣う？」

「え……？」

わけがわからない。そう言いたげな響きに、長身のヴェルフレムをきょとんと見上げる。

「だって、ヴェルフレム様がおっしゃったのではありませんか。『領主の妻として、ラルスレード領についてしっかり学ぶ必要がある』と……。馬車でも申しあげたように、私もラルスレード領のことをもっとよく知りたいです！　ですから、お手伝いさせていただけたらと……っ！」

「……なるほど」

頷いたヴェルフレムが、ティーポットの中身をそそいだカップをレニシャに差し出す。

「あたため直したから熱いぞ。気をつけろ」

「ありがとうございます……」

礼を言いながら受け取ったカップは、ヴェルフレムが言う通り、ほんわかとあたたかい。炎の魔霊の力は本当に便利だなぁと感心する。

「立って飲むのは落ち着かぬだろう」

うながされるままソファに座ると、ヴェルフレムも向かいのソファに腰かけた。

「いただきます」

カップに口をつけると、林檎に似たすがすがしい香りがふわりと漂った。カモミールティーの熱さが胃に落ち、空腹を訴えていた身体にじんわりと沁みわたっていく。

「おいしいです。ありがとうございます」

カップから立ちのぼる湯気と爽やかな香気に、気持ちがほぐれる心地がする。

ちびちびとカモミールティーを味わっていると、対面に座るヴェルフレムが口を開いた。

「ラルスレード領について学ぼうとするお前の姿勢は嬉しいが、温室の手入れもあるだろう？大変ではないか？　……いや、一日中、手入れをしているほうが大変か……？」

「では、午前中は温室の手入れをして、午後はお手伝いさせていただくというのはいかがでしょう？　その、どこまでお役に立てるかはわかりませんが……」

「その辺りはジェキンスにも相談しよう。だが、その予定では、お前が一日中働く羽目になるのではないか」

「何をおっしゃいます！　ヴェルフレム様こそ、夜もずっと働いてらっしゃるではありませんか！　それに比べたら、私は夜は寝るのですから半分です！」

美貌をしかめて言うヴェルフレムに、とんでもない！　とかぶりを振る。

「本当に、まったく眠らなくても大丈夫なのですか……？　魔霊の方については、知らぬことばかりなので、お恥ずかしい限りですが……」

『聖婚』のことも魔霊のことも、ラルスレード領のことも。何も知らぬ自分が恥ずかしくて情けない。無意識にカップを包む手に力が入る。

聖女になった時も、『聖婚』の相手としてラルスレード領に来ることになった時も、いままで周りに命じられるまま、望まれるままに動いてきた。他の誰でもないレニシャ自身のことなのだから、本来は自分で調べて自分で決断しなければならないのに……。

ただ、命じられるまま、流されて日々を過ごしてきた。

魔霊伯爵と呼ばれ、領主としてラルスレード領を立派に取り仕切っているヴェルフレムを前にすると、自分がどれほど取るに足らない存在なのか、嫌でも自覚させられて情けなくなる。

けれど、そんなレニシャをヴェルフレムは責めないでいてくれる。それだけではない。寒くはないかと気遣ってくれ、これからラルスレード領のことを知ればよいと励ましてくれ……。

さらには、ずっと癒やしの力を使えなかったレニシャが、力を使えるようにしてくれた。

それが、まがりなりにも『聖婚』することになった相手への儀礼的な気遣いだとわかっていても、この恩を少しでも返したいと、心から思う。

「魔霊であっても、無理をしたら体調を崩されることもあるのでは……？　人間と違って、お医者様もいないでしょうし……。あっ！　それとも癒やしの力は効くのでしょうか⁉　もしそうなら教えてくださいね！　せっかく使えるようになりましたし！」

身を乗り出し、勢い込んで言うと、ヴェルフレムが目を瞬いた。と、ふはっと吹き出す。

「まさか、魔霊相手に癒やしの力を行使しようとは……」

子どもの他愛ない冗談を聞いたかのように、ヴェルフレムがくつくつと喉を鳴らす。

「大丈夫だ。癒やしの力を必要とするほどの無理などしていない。心配は無用だ」

「は、はい……」

きっぱりと言い切られ、こくんと頷く。なぜか心臓がぱくりと跳ねたのは、いつも以上にヴェルフレムの笑顔が柔らかいせいだろうか。

もしかしたら、夜の気配がそう見せているのかもしれない。ヴェルフレムが灯したのだろう炎が揺らめく部屋は、冬が迫っているとは思えないほどのあたたかさで、カモミールティーの爽やかな香りと相まって穏やかで優しい空気が揺蕩っている気がする。

「ごちそうさまでした」

飲み終わり、ぺこりと一礼すると、ヴェルフレムが立ち上がった。

「どうだ。眠れそうか？」

「はいっ、ヴェルフレム様のおかげです！」

カモミールティーを飲んだだけだが、あたたかいものをお腹に入れたおかげで空腹感は減っている。ヴェルフレムに続いて立ち上がると、長い指先がそっとカップを取り上げた。

「では、もう一度休むといい。朝まではまだ間があるからな」

穏やかだが有無を言わせぬ声音に素直に頷く。

「あ、上着を……」

肩にかけられていた上着を脱いで返そうとすると、「よい。そのまま着ておけ」と止められた。

「その下は夜着だろう？　脱いだら寒かろう」

言われて初めて、夜着だったことを思い出す。

「す、すみませんっ。お見苦しいものを……っ」

呆れられただろうかと視線を伏せると、ぽふぽふと大きな手で頭を撫でられた。

「おやすみ、レニシャ」

柔らかな微笑みに鼓動が跳ねる。

「あ、あのっ。名前、を……？」

レニシャを前にして名前を呼ばれたのは、初めてな気がする。びっくりして問うと、ヴェルフレムの眉が心配そうに寄った。

「……俺に名前を呼ばれるのは嫌か？」

「と、とんでもありませんっ！　その……っ、嬉しいですっ！」

弾かれたようにかぶりを振る。

名前を呼ばれただけ。ただそれだけなのに、なぜか心臓がどきどきする。

「お、おやすみなさいませ……」

ぺこりと頭を下げ、内扉から執務室を出る。私室は火が落とされているが、ヴェルフレムの上着があるせいか、寒さはまったく感じない。

私室には明かりがないからだろう、内扉を開けたまま、ヴェルフレムが見送ってくれているのが差し込む光で振り返らずともわかる。

やっぱり、燃え立つ炎のような威圧感のある見た目に反して、とても優しい方だ。

ヴェルフレムの私室を横切り、自分の部屋に通じる内扉の前で、ふとヴェルフレムを振り返る。

執務室の明かりを背にした美貌は影に隠れていて、どんな表情をしているのかはわからない。

けれども、見守ってくれているというのが素直に信じられて、レニシャはもう一度ぺこりと頭を下げると、くすぐったい気持ちを感じながら、扉を開けた。

◇　◆　◇

吹きすさぶ雪交じりの風が樹氷の間を渡り、泣くような音を立てる。風に混じって聞こえるのは、ふぉ――んと鳴く氷狐の声だ。

夜空には千切れたような雲が浮かび、ラルスレード領の北方に位置する雪と氷に閉ざされたこの森では、月の光さえ、差し込んだ途端に凍てつくのではないかと思われる。

凍りついた枝が途切れ、わずかに開けた雪の上。十数匹もの氷狐に囲まれて端然《たんぜん》と座すのは、氷の魔霊であるレシェルレーナだ。

雪よりもなお白い肌。氷片をちりばめたように輝き、風に揺らめく銀の髪。微笑みを浮かべる人外の美貌は彼女が恐ろしい魔霊だと知っても、見惚れる者が後を絶たぬだろう。

「そう。今年もヴェルフレムがわたくしの氷狐を……」

うっとりと呟き、一番近くに座っている氷狐の頭を撫でていたレシェルレーナの細く白い指先が、不意に止まる。

ロナル村に放っていた氷狐も雪も、すべてヴェルフレムに跡形もなく融かされた。けれど、融かされ流れた水は、ふたたび雪となってレシェルレーナのところに還ってきて、伝えるべき情報を伝えてくれる。

ヴェルフレムが想像している以上に、レシェルレーナはラルスレード領の状況を把握しているのだ。氷狐が見、感じたものは、レシェルレーナも経験したことと言って過言ではない。

「……なんですって？　また聖女が？」

レシェルレーナの呟きに、同意するように氷狐がふぉーんと鳴く。

「ヴェルフレムとともにロナル村に来ただけでは飽き足らず、彼の外套を着て、たくましい腕に抱かれて……」

呟きながら、白い繊手を氷狐の頭にゆっくりと沈めてゆく。

「許せないわね」

言葉と同時に、氷狐の頭が握り潰される。氷狐が鳴き声ひとつ立てずに雪と化して、ばらばらと崩れ落ちた。だが、レシェルレーナはまなざしひとつ投げかけない。

氷狐など、氷の魔霊であるレシェルレーナにとってはいくらでも創り出せる使い捨ての存在に過ぎない。どれだけヴェルフレムに燃やされようと融かされようと、痛くもかゆくもない。

ただ、金の瞳が氷狐を通してレシェルレーナを見つめ、ヴェルフレムの炎がレシェルレーナをかき抱くように氷狐を融かしているのだと思うと。

「ふふ。うふふふふ……」

凍りついた身体にもかかわらず、芯に熱が宿る心地がする。

「ヴェルフレムったら、ひどいわ」

口元に笑みを浮かべ、レシェルレーナは歌うように呟く。

「わたくしというものがありながら、ほんのわずかな時間しか生きられない聖女なんかにうつつを抜かすなんて」

氷と炎。同じ魔霊でありながら、決して相容れない存在。けれど。

三百年前、ヴェルフレムの炎に融かされ、北の地に追いやられてからずっと、レシェルレーナの心には、真紅の炎が灯っている。

それを恋と呼ぶのか、執着と呼ぶのか……。そんなことはどうだっていい。

ただ、ヴェルフレムの心からレシェルレーナが消えぬように、毎年、収穫前の時期に彼が大切に守る領地にちょっかいを出し、彼の炎を味わい……。

彼の心が自分に向けられるのを愉《たの》しんでいるというのに。

「また、『聖婚』の聖女が……」

いままで、何人もの聖女がヴェルフレムに嫁いできた。中には、ヴェルフレムとともにラルスレード領を巡る者もいた。彼と親しげに言葉を交わし、微笑みあう者も。

けれど、ヴェルフレムが抱き上げていた者はいただろうか。氷狐がいる村へわざわざ連れてきた者も。

いや、もしかしたらこれは。

「……わたくしが、聖女を害してよいということかしら……？」

うふふ、とレシェルレーナは形よい唇に笑みを刻む。

ヴェルフレムが一定の距離を置きながらもいつも礼儀正しく接していた聖女達。レシェルレーナがいるというのに、さも当然という顔をしてヴェルフレムの『妻』として居座る聖女達が、いつも腹立たしくて仕方がなかった。

人と魔霊はその身に宿す時が違う。儚い人の身では、悠久の時を生きる魔霊に添い遂げられるわけがないのに。分不相応な座にのうのうとおさまっている聖女をこの手にかけたら、どれほどすっきりするだろう。

怒りに満ちた金の瞳がレシェルレーナを射貫くかと思っただけで、身体の芯が喜びにぞくぞくと震えてくる。

そうだ。ヴェルフレムはレシェルレーナのものなのだから。

燃え盛る真紅の炎にこの身を融かされ――。だが、同時にヴェルフレムも無事では済むまい。

抗《あらが》おうとする炎を己の身の中に閉じ込め、最後の炎が消えゆくのを見守るのは、どれほど甘美だろうか。

考えるだけで、抑えきれぬ笑みがこぼれ出る。

「本当に、楽しみだこと……」

レシェルレーナの笑い声に氷狐の鳴き声が重なる。

雪混じりの風にさらわれ、深い闇の中へ散る声を聞くものは、無言で夜空に座す月と星々しかいなかった。

第三章　期待外れ聖女は魔霊伯爵のお役に立ちたい

ロナル村に行った翌朝。神殿で着ていた作業用の簡素な服に着替えたレニシャが、モリーに案内された朝食の場は、ヴェルフレムの私室だった。

足を組んでゆったりと座るヴェルフレムの前に置かれたテーブルの上には、二人分の朝食が用意されている。

いや、フォークやナイフは二セットなのだが、料理の量が明らかに二人分ではない。というか、朝食とは思えない豪華さだ。パンやスープ、炒めた卵とハムまではわかる。だが、どどんと存在感のある骨付き肉に、卵黄を塗られて輝くパイまで並んでいるのは、どういうわけだろう。

状況からして、ヴェルフレムとレニシャのために用意された朝食だろうが、レニシャひとりでは逆立ちしても食べきれない量だ。昨夜、食事は不要と言っていたが、実はヴェルフレムはものすごい大食漢なのだろうか。

「おはよう、レニシャ。よく眠れたか？」

「は、はいっ！　おかげさまでぐっすり眠れました！」

ヴェルフレムの声に、テーブルの上を見ていたレニシャははっと我に返って、深く頭を下げる。

「でもあの、この朝食は……？」

おずおずと尋ねると、ヴェルフレムが不思議そうに首をかしげた。

「昨日、お前が言ったのだろう？　ひとりで食べる食事は味気ないと」

「っ⁉　ありがとうございますっ！」

確かに言った。けれど、レニシャのわがままを叶えてもらえるとは、思ってもいなかった。

もう一度頭を下げると、「さあさ、レニシャ様。おかけください」と、笑顔のモリーにうながされ、素直に席に着く。

「だんな様が食事を召し上がるなんて今までなかったことですから、料理人が腕によりをかけたのですよ。どうぞ、冷めないうちにお召し上がりくださいませ」

モリーの言葉に、やはりヴェルフレムはいつもは食べないのだと再認識する。同時に、朝からこんなごちそうを用意してもらうなんて、過ぎたわがままを言ったのではないかと、むくむくと不安が湧き起こった。

「あの、私のわがままのせいで、ヴェルフレム様だけでなく、皆さんにご迷惑をかけたのではありませんか……？」

「わがまま？　この程度のこと、わがままでも何でもないだろう」

ふっ、とヴェルフレムの口元にのぼった笑みの柔らかさに、なぜかぱくりと心臓が跳ねる。

「だんな様がおっしゃる通りでございますよ！」

と大きく頷いたのはモリーだ。

「だんな様とレニシャ様の仲睦まじい様子を見られるのは、わたくしどもにとっても幸せでございますから！　だんな様が聖女様とこのように親しくされるお姿を見られるなんて……っ！」

モリーの声が感極まったように震えている。そこまでモリーが感激するようなことなのだろうかと疑問に思い、そうか、前の聖女と比べられているのだと思い至る。

すぐに思い浮かぶのは、昨日ロナル村に出かける時に着せてもらった若草色の綺麗なドレスだ。レニシャは前任の聖女に会ったことはないが、きっとあのドレスが似合う可憐な聖女だったに違いない。だが、モリーがこんなに喜んでいるということは、前の聖女とヴェルフレムは仲がよくなかったということだろうか。

ふと、聖都を出る時、周りの聖女達が囁いていた言葉が脳裏に甦る。

『昔、嫁がされた聖女は、魔霊の妻でいることに耐えられなくって、気鬱《きうつ》になった挙げ句、病死したらしいわよ』

『それって本当に病死だったのかしら。本当は魔霊に喰われてたり……』

まだ三日目だが、実際にヴェルフレムと過ごしたレニシャは、聖女達の噂が根も葉もないものだと知っている。落ちこぼれのレニシャにまでこのように優しくしてくれるヴェルフレムが、前任の聖女につらくあたっていただなんて考えられない。

だが、それならばなぜヴェルフレムは前任の聖女と疎遠だったのだろう。

心に浮かんだ疑問をレニシャが吟味するより早く。

「食べぬのか？」

ヴェルフレムに問われ、レニシャははっと我に返った。

「いえっ！　いただきます！」

言葉と同時に、お腹も一緒にくぅ、と返事をする。ふはっとヴェルフレムが吹き出した。

「昨日は夕食抜きだったものな。さぞ空いているだろう。待ちかねた食事だ。遠慮せずに食べるといい」

「ありがとうございます」

ヴェルフレムにうながされるまま、朝食に手を伸ばす。ほかほかと湯気が立つほうれん草と豆とベーコンのスープをスプーンですくい口に入れた途端、思わず顔がほころんだ。

「おいしいです……っ！」

味付けは素朴だが、ベーコンの塩味がほうれん草と豆に染み込んでいてほっこりとする。

次いで手でちぎれるくらい柔らかな白パンにバターをたっぷりと塗って口に入れる。外はぱりぱりだが、中はふんわりと焼かれた白パンは、小麦の甘味とバターの風味が口の中に広がって、幸せな気持ちになってくる。

と、もう一度ヴェルフレムが吹き出す声が聞こえた。不思議に思って対面のヴェルフレムを見やると、金の瞳が穏やかな光をたたえてレニシャを見ていた。

「お前は本当においしそうに食べるのだな。見ているだけで幸せなのだとわかる」

「おいしいものをいただいているのですから、幸せになるのは当然ではありませんか？」

きょとんと首をかしげ、はっと気づく。

「す、すみません。見苦しかったでしょうか……？」

神殿に引き取られた頃、食堂で聖女や神官達とそろって食事をしていた時に、何度か笑われたことがある。

『食べることに必死になっているなんてみっともない。やはり貧乏な農民の娘だ』と。

故郷では石みたいにかちかちになった黒パンしか食べたことがなかったため、柔らかな白パンを初めて見た時は、これもパンなのだとわからなかったほどだ。

初めて白パンを食べた時の衝撃はいまだに忘れられない。このパンを故郷の家族にも食べさせてあげたいと何度思ったことだろう。

レニシャの問いかけに、ヴェルフレムが不思議そうに目を瞬く。

「別に見苦しくなどないぞ。気のおけない朝食の席なのだ。作法など気にする必要はない」

そう言いながら、レニシャよりよほど優雅な所作でヴェルフレムがパイのひと欠片を口に運ぶ。

「ハーブティー以外を口にしたのは数十年ぶりだが……。やはり、食事はうまいな。あまりに長く摂らずにいたせいで忘れていた」

レニシャを見つめたヴェルフレムが柔らかな笑みを浮かべる。

「お前に感謝せねばならんな。お前が誘ってくれなければ、食事を食べる楽しみを忘れてしまうところだった。……また、こうして誰かと食事を楽しむ日が来るとはな……」

低く呟いたヴェルフレムの金の瞳が、ここではないどこか遠くを見やる。

遥か遠くに過ぎ去った過去を眺めるかのような……。見ているレニシャまで胸が締めつけられるような、切なげなまなざし。

ヴェルフレムの心に浮かんでいるのが誰なのか、聞いてみたいという願いがレニシャの心に湧き上がる。だが、聞いてよいものなのかどうか、判断がつかない。

「どうした？　食べぬのか？　このパイなど絶品だぞ」

「い、いただきます！」

手が止まっていたことに気づき、パイにあわてて手を伸ばす。

どうやらミートパイらしい。切り口からこぼれ落ちそうなほどたっぷりと詰められたひき肉が見え、じゅわりと口の中に唾液が湧く。

ぱくりと口の中に入れると、さくりとしたパイ皮の食感と、香辛料が効いたひき肉の旨味が口の中に広がった。みじん切りの玉ねぎも入っているらしい。玉ねぎの甘味が高価な香辛料をさらに引き立てて、こんなおいしいものは神殿でもほとんど食べた記憶がない。

「すごくおいしいですっ！」

まだ焼き上げてから間がないのだろう。あつあつの具は舌が火傷しそうで、はふはふと口を開閉する。が、食べる手は止まらない。

「そうか。気に入ったようでよかった。好きなだけ食べてよいのだぞ」

ヴェルフレムがまだ大皿に残っているパイをレニシャに勧める。

「いえ、おかわりはいただきますが、さすがにこれだけの量は食べられません。それに、ヴェルフレム様も絶品だと褒めてらっしゃったではありませんか。ヴェルフレム様の分を奪うわけにはいきません」

あわてて遠慮する。そもそも、こんな豪華な朝食を出してもらえたのも、領主であるヴェルフレムが一緒に食べることになったからに違いない。何より。

「お腹いっぱい食べられることも幸せですけれど、こうして一緒に『おいしい』と言いながら食べられることが、何より嬉しいんです。ですから……。わがままを聞いてくださって、ありがとうございます」

フォークを置き、両手を膝の上に置いて深々と頭を下げる。

「いや、礼を言うのは俺のほうだ。さっきも言っただろう？　また食事を摂る気になったのは、お前のおかげだ。ありがとう、レニシャ」

柔らかな笑顔にぱくりと心臓が跳ねる。いったいどうしてしまったのだろう。昨夜から、なんだか変な気がする。ヴェルフレムと一緒に出かけたり、夜中におしゃべりしたりと、急に距離が縮まったせいだろうか。

「い、いえ……っ」

鼓動の速さをごまかすようにかぶりを振りながら、レニシャは願う。

レニシャがヴェルフレムに親しみを感じているように……。

ヴェルフレムも、少しでもレニシャに心を開いてくれていたらいいな、と。


朝食の後、執務室へ戻るというヴェルフレムを見送り、レニシャは昨日と同じように温室の手入れに向かった。

昨日、半日作業しただけでは、まだ入口付近の雑草を抜いたくらいだ。これだけ広い温室だと、あとどれくらいかかるだろうか。気が遠くなりそうだが、少しずつ進めていくしかない。何より、レニシャにとってはずっと憧れていた作業なのだから、頑張らない理由がどこにあるだろう。

昨日と同じように、ハーブは抜かないように気をつけながら、それ以外の草を抜いていく。抜いた草は後でまとめて運ぶことにして、枯れ草とまだ青々としている草とに分けて入口付近に積んでおいた。

冬が近いとはいえ、温室の中はぽかぽかとあたたかい。動いていると汗ばむほどだ。途中、腰が痛くならないよう、何度か背伸びをして息抜きをしながら作業を続けていると。

「今日も精が出るな。だが、昨日、癒やしの力を使って倒れたばかりなんだ。無理はするなよ」

不意に温室の入口から声が聞こえ、レニシャは驚いて振り向いた。

「ヴェルフレム様！　どうなさったのですか？」

立ち上がって服についていた土や葉っぱを払い、こちらへ歩いてくるヴェルフレムに駆け寄る。

「そろそろ昼が近いから呼びに来た。お前が無理をしていないかも心配だったからな」

「あ、ありがとうございます……」

「だが……。ひとりで手入れをするのは大変ではないか？　やはり庭師に手伝わせたほうがよいだろう」

温室を見回したヴェルフレムが、形良い眉をひそめる。

「では……。抜いた草を運ぶお手伝いを頼めたら、嬉しいです」

枯れている草はともかく、まだ青々としているものはまとめるとそれなりの重さになる。

「入口に積んでいる草は、捨てればよいのか？」

「あっ、いいえ。そのまま捨ててはもったいないので、乾燥させてから燃やして草木灰《そうもくばい》にして、温室の肥料にしようかと……」

「なるほど。それはよいな」

頷いたヴェルフレムがぱちりと長い指を鳴らす。途端、ぼっ、と積んでいた草に火がついた。

「温室で使うのなら、運んで燃やすより、ここで処理してしまったほうが早いだろう？　灰を残す程度で焼けばよいか？」

「は、はいっ。それでお願いします……っ」

やはりヴェルフレムはすごいと感心しながら、こくこく頷く。

「……うん？　ということは、要らぬ草はこの場で燃やしていったほうが早いか？」

「え？」

ふと思いついたと言いたげな呟きに、きょとんと首をかしげる。

「いちいち抜いて集めるのも手間だろう？　なら、目立つものだけでも燃やしてしまったほうがお前も楽なのではないか？　たとえば、あのつる草とか……。あれは不要だろう？」

ヴェルフレムが指さしたのは温室の少し奥に生えている木に巻きついているつる草だ。木はつる草に絡まれてかなり元気がない様子だ。

神殿で学んだレニシャでさえ見たことのない木だ。いったい何の木だろう。だが、温室に植えられているということは、きっと有用な木に違いない。

「そうですが……。でも、あの木まで一緒に燃えてしまったらかわいそうです」

「そんなことをするものか」

苦笑したヴェルフレムが、もう一度ぱちりと指を鳴らす。ぽっ、つる草に宿った炎が、みるみるうちにつる草に燃え広がり、木には一切燃え移ることなく、つる草だけを燃やしていく。

「すごいですっ！　そんなことまでできるんですか⁉」

感嘆の声を上げたレニシャに、ヴェルフレムがあっさり頷く。

「ああ。不要なものだけ燃やすことなど、造作もない。ちゃんと根まで燃やしておけば、また生えてくることもなかろう。ほら、ローゼルの木には傷ひとつついていないだろう？」

「ローゼルの木……？　ヴェルフレム様は、あの木が何の木なのかご存じなのですか？」

「ああ……」

ヴェルフレムのまなざしが、ここではないどこかを見つめるように遠くなる。

「俺の故郷によく生えていた木だ。色あざやかな一日限りの花を咲かせる木で……」

波間を漂うかのような低い声は、抑えきれぬ懐かしさにあふれている。

レニシャの目には葉がしおれた低木にしか見えないが、きっとヴェルフレムの目には、花が咲いているさまが映っているに違いない。

「……まさか、温室に植えられていたとはな……。いままで、まったく知らなかった……」

低くかすれた声で言うヴェルフレムが、不意に泣き出してしまうのではないかと思えて、手が土で汚れていることも忘れて、思わずレニシャはヴェルフレムの手を掴む。

「私がちゃんとお世話をします！　いまは元気がないようですけれど、ちゃんと肥料をあげて、手入れをして……っ！　そうしたらきっと、来年には花が咲くでしょうから、だから……っ！」

自分でも何が言いたいのかよくわからない。

けれど、ただただヴェルフレムにこんな哀しげな顔をさせたくなくて、名前すら初めて知った木だということも忘れて請け負う。

「私も、どんな花なのか見てみたいですっ！　だからっ、その……っ。もし私が花を咲かせられたら一緒に……っ！」

「レニシャ……」

ヴェルフレムが驚いたように目を瞠る。と、不意にとろけるような笑みが浮かんだ。

「ああ。楽しみにしている。俺も手入れを手伝うから一緒に見よう」

そっと伸ばされたヴェルフレムの大きな手のひらがレニシャの頰を包み、鼓動が跳ねる。

心臓がどきどきして息が苦しい。なんだか、頭がくらくらする。そうか、これは。

故郷の記憶が甦る。これはだめだ。一刻も早く――。

ヴェルフレムの腕を掴んだ手にぐっと力をこめて見上げる。

「ヴェルフレム様！　炎を消し――」

だめだ。立っていられない。

「レニシャ⁉」

ヴェルフレムの焦った声を最後に、レニシャは気を失った。

「わたしを謀《たばか》ったな！　油断させておいて聖女を殺す気だったとは……っ！　やはり穢らわしい魔霊だなっ！」

いままで聞いたこともないほど激昂したスレイルの怒鳴り声が聞こえる。

「何とか言ったらどうだっ⁉　悪事をわたしに見抜かれた衝撃で口もきけんか⁉」

「いや……。どれほど感謝しても足りん……」

聞く者の胸まで締めつけるような苦しげな声。それがヴェルフレムのものだと気づいた瞬間、レニシャはぱちりとまぶたを開けた。

「レニシャ！」

途端、ヴェルフレムの美貌が間近に迫る。

「すまなかった！　俺のせいで……っ！　いったい何と詫びればよいか……っ！」

寝台に身を乗り出したヴェルフレムにぎゅっと抱きしめられ、一瞬で混乱の渦に叩きこまれる。

「ヴェ、ヴェルフレム様っ⁉　いったいどうなさったんですか⁉　あの……っ⁉」

身を起こそうとしても、ヴェルフレムに覆いかぶさるように抱きしめられているので動けない。

「すまなかった……っ！」

絞り出すような謝罪に、気を失う前のことを思い出す。

「ヴェルフレム様こそ大丈夫でしたかっ⁉　気分が悪くなったりとか……っ⁉」

様子を確かめようと、もぞもぞと身じろぎすると、ようやくヴェルフレムが腕を緩めてくれた。

ほっとする間もなく、今度は至近距離で顔を覗き込まれる。

「体調はどうだ⁉　どこかつらいところは⁉　昨日、急に聖女の力を使ったせいか……⁉」

「わ、私は大丈夫ですっ！　ヴェ、ヴェルフレム様こそ、ご無事なのですか……？」

頬だけでなく全身が熱を持つのを感じながら問い返すと、ヴェルフレムがこくりと頷いた。

「ああ、俺は何ともない。だが、急にお前が倒れて――」

「やはりレニシャを手にかけようとしたのではないのか⁉　わたしが気づかなければ、いったいどうなっていたか！」

ヴェルフレムを責め立てる声に、レニシャは視線を動かし、寝台のそばに立って険しいまなざしでこちらを睨みつけるスレイルを見上げる。いや、スレイルが睨みつけているのはレニシャではなくヴェルフレムだろう。

「スレイルさんが助けてくださったんですか？　ありがとうございます」

礼を言うと、スレイルが顔をしかめたまま頷いた。

「ああ、抱えられて屋敷に飛び込んできたあなたにたまたま気づいたんです。すぐに癒やしの力を使ったので、身体は何ともないはずですが……。正直に言いなさい。こいつに殺されかけたのでしょう？」

「ち、違いますっ！」

レニシャを覗き込んで問うたスレイルの言葉に、泡を食ってかぶりを振る。

「ヴェルフレム様がそんなことをするはずがありませんっ！　これは私がうっかりしていたせいで……っ！」

レニシャの否定に、スレイルが嘲るように唇を歪める。

「そんなに庇うとは、すっかり手懐けられたようですね。まあ、期待外れと蔑まれていたのが、急にこんな贅沢な暮らしができるようになったんですから……。尻尾を振るのも当然ですか」

「貴様っ！　レニシャを侮辱する気ならただではおかんぞっ！」

身を起こし、立ち上がったヴェルフレムがスレイルを睨みつける。長身のヴェルフレムに気圧されたように、スレイルがわずかに身をのけぞらせる。

一触即発の険悪な雰囲気に、わけがわからぬままレニシャはあわてて割って入った。

「ま、待ってくださいっ！　私が気を失ったのは私自身のせいです！　ヴェルフレム様のせいではありませんっ！　私がうっかり、温室の中で草木灰を作ろうとしたから……っ！」

レニシャの言葉に、ヴェルフレムとスレイルがそろって不思議そうな顔をしてレニシャを振り返る。寝台に身を起こし、レニシャは急いで言を継いだ。

「故郷にいた頃、たまに起こっていた事故なんです。私の故郷は寒くて、聖都とは違って冬は暖房が欠かせない地方だったので……。閉め切っていたり、空気の流れの悪い場所で火を燃やすと、気分が悪くなるという事故がたまに起こっていたんです」

一息に説明したレニシャは勢いよく頭を下げる。

「すみませんっ！　聖都にいる間にすっかり忘れてしまっていて……っ！　だから、気分が悪くなったのは自業自得なんですっ！　ヴェルフレム様はそんな私を助けてくださっただけです！」

「違うだろう⁉　それを言うなら俺が勝手に――！」

「ヴェルフレム様！」

反論しようとしたヴェルフレムの袖を強く引く。語気の強さに驚いたのか、ヴェルフレムの声が途切れた。

「スレイルさん。助けていただいてありがとうございました。私のせいでご迷惑をおかけしてしまい、申し訳ありません」

その隙を逃さず、スレイルに深々と頭を下げる。はぁっ、と苦々しげなスレイルの溜息が降ってきた。顔を上げたレニシャの視界に入ったのは、不機嫌そうなスレイルの顔だ。

「……まあ、あなたがそう言うのなら、今回はそういうことにしておきましょう。魔霊伯爵があなたを気に入っているのは確かなようですから。……せいぜい、うまく取り入りなさい」

一方的に告げたスレイルが、レニシャの返事も待たずに身を翻す。スレイルが部屋を出て行き、扉が閉まったところで、レニシャはヴェルフレムの袖を摑んでいた手を放して頭を下げた。

「申し訳ありませんでしたっ！　ヴェルフレム様にとんでもないご迷惑を――」

「何を言うっ⁉」

険しい声に、反射的に肩が震える。

「すまん。違うんだ……っ」

泥水を飲んだかのような苦い声で謝罪が紡がれた次の瞬間。

「お前が無事で、本当によかった……っ！」

ぎっ、と寝台に腰かけたヴェルフレムに思いきり抱き寄せられる。ぎゅっと身体を包むあたたかさと同時に、香草を燃やしたような香りが押し寄せる。

「すまない。俺のせいでお前を……っ！　もし神官がいなかったらどうなっていたかと思うと、ぞっとする……っ！」

かすかに震える声。まるでレニシャの存在を確かめるように、身体に回された腕にぎゅっと力がこもる。

「あ、謝らないでくださいっ！　さっき言った通り、決してヴェルフレム様のせいではありませんから……っ！」

ヴェルフレムの熱と香りに、溺れそうな心地になる。羞恥と混乱のあまり、頭が爆発しそうだ。

「そんなわけはないだろう？」

腕がほどかれ、ほっとしたのも束の間、ヴェルフレムが身を屈めてレニシャの顔を覗き込む。

「お前が倒れたのは俺のせいだ。お前は温室の外に運び出して草木灰を作ると言っていたのに、俺がそれを聞かずに中で燃やしてしまったから……。だというのに、なぜ俺を責めるどころか、庇ったんだ？」

偽りは許さないと言わんばかりに、金の瞳がレニシャを見つめる。

「い、いえっ。さっきは無我夢中で、とっさに口を突いて出て……」

ふる、とかぶりを振って視線を伏せる。

「ヴェルフレム様とスレイルさんが険悪な雰囲気だったので、なんとかしなきゃと思って……。でも、さっき言ったことは嘘ではありませんっ！　今回のことは本当に私がうっかりしていたせい――、っ⁉」

みなまで言う前に、ふたたびぎゅっと抱きしめられ、言葉に詰まる。

「お前は……。本当に、お人好しすぎる」

呆れたような、けれどもどこか甘い響きを宿した声でヴェルフレムが呟く。

「あのっ、ヴェルフレム様は大丈夫なのですかっ⁉　ご気分が悪くなったりとか……っ⁉」

ばくばくと心臓が鳴っている。このまま抱きしめられているとまた気が遠くなりそうで、身じろぎしながら尋ねると、ヴェルフレムが苦笑する気配がした。

「炎の魔霊である俺は、たとえ周りで業火が燃え盛っていようと無傷でいられる。俺はどこも何ともない。……お前は、いつも自分より俺の心配なのだな」

「そうでしょうか……？　魔霊の方とお会いしたのは初めてなので、勝手がわからなくて……」

「俺も、お前を見習わねばならんな」

「ひゃっ⁉」

逃げるどころか、さらに強く抱きしめられて、悲鳴が飛び出す。

「己の立場に慢心して、相手を気遣う心を忘れていた。……人間は魔霊と違って儚く、少しのことが命取りになると、知っていたはずなのにな……」

「ヴェルフレム様……？」

聞いているレニシャの胸まで締めつけられるような苦みを帯びた声を聞き、おずおずと呼びかけると、背中に回されていたヴェルフレムの手に優しく頭を撫でられた。

「お前がラルスレード領のことを知りたいと願ってくれたように……。俺も、お前のことを知りたい」

「……昨日の馬車の中で、もうたくさんお話しした気がしますけれど……？」

ロナル村へ行く馬車の中で、三時間近くも、ほぼレニシャばかりが話していたのだ。呆れられていないかと、内心不安になっていたくらいだ。

レニシャの返事に、ヴェルフレムがふはっと吹き出す。

「昨日の話は、お前自身のことではなく、お前の故郷のことだろう？　故郷の話も興味深かったが……」

頭を撫でていた手がすべるように動き、レニシャの頬を包む。そっと顔を上げたレニシャの目を、金の瞳が覗き込み。

「俺は、お前自身のことをもっと知りたい」

真っ直ぐ見つめられて告げられた言葉に、息を呑む。あたたかなヴェルフレムの手のひら以上に、自分の顔が燃えるように熱くなっているのがわかる。

とっさに言葉が出てこず、あうあうと意味のない声を洩らしていると。

くーきゅるる、と緊張を破るかのように、気の抜けた音が鳴る。

「す、すみません……っ」

あわててお腹を押さえても、くぅくぅ鳴る音は止まらない。ヴェルフレムが笑いながら立ち上がった。

「食欲旺盛なようで何よりだ。少し待っていろ。すぐにモリーに昼食を持ってこさせよう。倒れたばかりなのだ。今日はゆっくりと過ごせ」

ぽふぽふとレニシャの頭を撫でたヴェルフレムが立ち上がり、部屋を出て行く。

歩みにあわせて燃える炎のように揺れる紅の髪を、レニシャはぼんやり見送った。ぱくぱくと騒ぐ鼓動はまだ落ち着きそうにない。ヴェルフレムの熱がレニシャの身体の中にこもってしまったかのようだ。

じっとしていると、その熱が身体の芯にまで達してしまいそうで、レニシャは意味もなく深呼吸する。ひとつに束ねていた髪から乱れ落ちた栗色の髪がはらはらと肩に散った。

「どうしよう……」

誰にともなく、ひとり呟く。誰かに気遣われることが、こんなにも嬉しいなんて。

神殿に引き取られて以来、期待外れのレニシャのことなんて、誰も気にかけてくれなかった。たとえ気にかけてくれたとしても、それは『聖婚』の聖女としての役目を果たせるかどうかという点だけ。

ヴェルフレムが気にかけてくれるのも、つつがなく『聖婚』を成就するためだと、わかっているのに。それでも。

「嬉しい……っ」

蔑むことなくレニシャを見てくれる金の瞳が、いたわりにあふれたあたたかな手のひらが、まるで、レニシャの心まで融かすようで。

同時に、ヴェルフレムのことをもっと知りたいとも思う。

今日、温室で一緒にローゼルの木を見た時のように、抑えきれない懐かしさを宿したまなざしの先に、ヴェルフレムはいったい誰の幻を見ているのか。彼の心を、もっと知りたい。

いまはもう見えぬヴェルフレムの後ろ姿を追いかけるように、レニシャはヴェルフレムが出て行った扉を見つめ続けた。


「し、失礼してよろしいでしょうか……？」

モリーが運んできてくれた昼食を摂り、作業用の服からモリーが選んでくれた普段用のドレスに着替えたレニシャは、おずおずとヴェルフレムの執務室の扉をノックした。

温室の手入れの途中で倒れてヴェルフレムに運ばれたため、寝台を土や草で汚してしまい、モリーに平謝りしたのだが、「大丈夫ですよ、このくらい。洗えばすぐに落ちますから」とあっさりと言われ、急いで後始末をしてヴェルフレムの執務室へと来たのだ。

レニシャのノックに扉を開けてくれたのはジェキンスだった。故郷の上の兄と同じ年頃の二十代半ばのジェキンスは、穏やかな物腰も兄と似ていて、レニシャは勝手に親しみを感じている。

「レニシャ？　どうした？」

　執務机に向かっていたヴェルフレムも立ち上がり、足早に扉のほうにやって来る。主のためにジェキンスがさっと身を引いた。

「何かあったのか？　もしや、まだ体調が……？」

　長身を屈め、心配そうにレニシャを覗き込んだヴェルフレムの大きな手のひらが頬を包む。あたたかな手のひらの熱がうつったかのように、レニシャの頬が一瞬で熱を持った。

「い、いえっ、違います！　私は大丈夫です！　その……っ。お約束しましたでしょう？　午後はヴェルフレム様のお手伝いをさせてください、と……」

　かぶりを振った拍子に、ヴェルフレムの手が外れる。ほっとしたように吐息したヴェルフレムが形良い眉を寄せた。

「倒れたばかりなのだから、手伝いなど気にせずともよいというのに……」

「で、ですが、昨夜《ゆうべ》約束したばかりだというのに、初日から反故《ほご》にするのはよくないと思いまして……」

「昨夜……？」

　レニシャの言葉に、そばで控えていたジェキンスがいぶかしげな声を上げる。だが、それ以上は何も言わない。

「ご迷惑でなければ、お手伝いさせていただけませんか……？」

　金の瞳を見上げて請うと、仕方がなさそうにヴェルフレムが吐息した。

「お前が願うなら俺はかまわんが……。本当に、無理はするなよ」

「はいっ！　しません！　ありがとうございます！」

「礼を言うべきは俺のほうだろう？　ちょうど、お前に確認したいこともあったしな」

「確認したいこと、ですか……？」

昨日も座ったソファへと導かれながら、きょとんと首をかしげる。ソファに座ったレニシャに、執務机に積まれていた書類の一番上に置かれていた束を渡し、ヴェルフレムが頷いた。

「ああ。お前の故郷に送る援助の品について、俺とジェキンスでまとめたが、実際に現地を知っているお前の意見も聞いておいたほうがいいだろうと思ってな。実際に送るのは、あちらの領主に援助したい旨の手紙を送って了承の返事が来てからになるが……。今朝早くに手紙を持たせた使者を遣わしたし、準備は整えておいたほうがいいだろう」

「え……？」

ヴェルフレムの言葉に、呆然と声を洩らす。

「昨日、話したばかりですのに……。もう準備まで……っ⁉」

いかにヴェルフレムが決定権を持つ領主とはいえ、信じられない速さだ。

「冬の寒さが厳しい土地だと話していただろう？　まもなく冬だ。少しでも早く援助の品を届けたほうがよかろう」

「あ、ありがとうございます……っ！」

テーブルの上に書類を置いたヴェルフレムの手を握りしめ、額をこすりつけるようにして頭を下げる。

「なんとお礼を申し上げればよいのか……っ！」

感動に喉が詰まって言葉にならない。こらえようとしてもこらえきれない涙が固く閉じたまぶたからこぼれ落ちる。

「レニシャ？　泣いているのか？」

ぐすっと鼻をすすりあげたところで驚きに満ちた声で問われ、レニシャはあわてて握りしめていたヴェルフレムの右手を放すと、上半身ごと顔を背けた。

「す、すみませんっ！　嬉しくて思わ――、ひゃっ⁉」

目元をぬぐおうとした手を摑まれたかと思うと、強引に振り向かされる。

「あのっ、これは嬉し涙で……っ！」

きつく眉根を寄せるヴェルフレムに、誤解させてはとあわてて言う。ほっ、とヴェルフレムが安堵したように息を吐き出した。

「そうか……。ならばいいが……」

長い指先がすべるように動き、まなじりにたまった涙をそっとぬぐう。

「ほ、本当にありがとうございます……っ！」

ヴェルフレムのまなざしから逃げるようにもう一度深々と頭を下げる。みっともない泣き顔を見られた恥ずかしさで頰が熱い。

「礼などよい」

ぽふぽふとレニシャの頭を撫でたヴェルフレムが身を離す。が、ほっとする間もなくヴェルフレムが隣に座り、レニシャは肝を潰した。

「あ、あの……っ⁉」

「それで、どうだ？　足りないものはありそうか？」

「す、すぐに見てみますっ！」

一緒に表を確認するためかと納得したものの、不意打ちを食らった心臓はばくばく騒いでいて、すぐに落ち着きそうにない。表を見ているはずなのに、ヴェルフレムがすぐそばに座っていると思うだけで緊張して目がすべる。

麦や豆。保存がきく塩漬け肉や燻製肉。食べ物だけではない。うさぎや狐の毛皮や毛織物まで、品目と数量が表に書き入れられている。

「こ、こんなにもよろしいのですか……っ⁉」

これほどの品を用意するには、どれほどのお金がかかるのだろう。レニシャには想像もつかない。先ほどまでとは別の意味で頭がくらくらするのを感じながら、隣に座るヴェルフレムを見上げると、あっさりした頷きが返ってきた。

「もちろんだ。領主の下に留まらせずに村人にまで配ろうと思えば、このくらいは必要だろう？」

そう言われても、知識のないレニシャには必要量がどれだけなのかよくわからない。ひとつだけ確かなことは、とんでもない金額がかかるだろうということだけだ。

「ありがとうございますっ！　何と感謝を申しあげたらよいのか……っ！　で、ですが……」

何も聞かずに素直に頷くのが賢いやり方なのかもしれない。

けれど、確かめずにはいられなくて、レニシャは震える声で問いを紡ぐ。

「こんなにも多額の援助をしていただいてもよいのですか……？　いくら『聖婚』で嫁いできたとはいえ、私はラルスレード領に縁もゆかりもない一介の……。いいえ、期待外れの落ちこぼれでしかありませんのに……。これほど大きなご恩をお返しできる気がしませんっ！」

ヴェルフレムがいったいレニシャに何を望んでいるのか、さっぱり想像がつかない。レニシャなどに親切にしても、何の益もないというのに。

もたらされる益が大きすぎて、喜ぶと同時に不安が黒雲のように湧いてくる。真意を見抜こうとヴェルフレムを見据えて問うと、金の目が虚をつかれたように瞬いた。

「恩返しなど、必要ない。最初から、してもらおうなど考えておらん」

「で、ですが……っ」

「そもそも」

なおも言い募ろうとするレニシャの言葉を、ヴェルフレムが遮る。

「援助をしてやると申し出たのは俺だろう？　お前が気にする必要はない。そうだな……。それほど気に病むのなら、昨日、ロナル村の村人達を助けた礼だと思えばいい。村長達がどれほど感謝していたか……。お前もしっかり聞いただろう？」

「そ、それはもちろん……っ！」

忘れられるわけがない。生まれて初めて癒やしの力を使って、聖女として感謝されたのだから。命を救えたという安堵と感動は、きっと一生忘れられないだろう。

「大切な領民を助けてもらったのだ。礼をするのは当然だろう？」

ヴェルフレムは笑顔で申し出るが、頷いてよいものかレニシャが悩んでいると。

「ヴェルフレム様のおっしゃる通りでございますよ、レニシャ様」

執務机の脇に置かれた机で書類仕事をしていたジェキンスが、にこやかに割って入った。

「昨日、ヴェルフレム様よりお話をうかがいましたが、ロナル村の怪我人はかなり具合が悪かった様子。氷狐がいなくなったとしても、馬車でこちらの神殿まで連れてくる間にさらに具合が悪化していたかもしれません。何より、町の神殿の神官様はかなりの高齢ですから、果たして無事に治せたかどうか……。未来ある若者の命を救ったのですから、ヴェルフレム様がお礼をしたいとお考えになるのも当然のことでございます。レニシャ様はご自身を過少に評価しすぎです」

「いえっ、あの……っ。私がしたことは本当にたいしたことじゃなくて……っ」

いたたまれなさに顔を伏せると、ふはっとヴェルフレムが吹き出す声が降ってきた。

「お前は本当におもしろい娘だな。ふつうの人間は、自分の手柄を誇るものではないのか？」

「と、とんでもありませんっ！　誇るだなんて！　それより、あの……」

伏せていた顔を上げ、ヴェルフレムとジェキンスを交互に見る。

「町の神殿には、ご高齢の神官様しかいらっしゃらないのですか？　それでは、癒やし手が足りなくてお困りなのでは……？」

聖都の大神殿では、神官や聖女から癒やしの奇跡を賜るためには、多額の喜捨《きしゃ》を行わなければならない。喜捨できる金銭を持たぬ貧乏人は癒やしの奇跡にあずかれないため、栄養のある食べ物を摂るなり、薬草を煎じて飲むなりして自力で治すしかない。

レニシャが神殿で薬草について独学で学んだのも、癒やしの力が使えぬのならば、せめて他の方法で癒やすことができないかと考えたためだ。

レニシャが薬草についての本を読んでいると知った他の聖女達は、

『癒やしの力を持っている聖女が、それより劣る薬草について学んでいるなんて……。ぷっ。何の冗談なの？』

『あら、仕方がないじゃない。癒やしの力を使えない落ちこぼれなんですもの。それにしても、みじめだこと。本当に、どうして神殿にいるのかしら？』

と、くすくすと嘲笑を浴びせていたが。

だが、レニシャは自分が学んできたことが無駄だとは決して思っていない。

聖女も神官も、一般的に高齢になればなるほど癒やしの力が衰えると言われている。それにレニシャは昨日はたった四人治療しただけで疲れ果ててしまった。もしもの時のために、他にも誰かを助けられる手段を持っているのは悪いことではないはずだ。

「あの、私でよければ神殿に行って、癒やしの力を必要としている方を癒やしたいのですが……。あっ、もちろん喜捨は最低限で大丈夫ですし、いただいたものはすべて神殿に納めていただいてかまいませんので――」

「駄目だ」

みなまで言うより早く、ヴェルフレムの硬い声に遮られる。

「す、すみませんっ！　勝手なことを――、ひゃっ⁉」

謝ろうとすると、不意にぎゅっと隣に座るヴェルフレムに抱き寄せられた。ふわりと香草を燃やしたような香りが揺蕩う。

「忘れるな。お前は先ほど倒れたばかりなのだぞ。だというのに、すぐさま己の力を使おうとするとは……。もっと自分を大切にしろ。休む気がないのなら……」

身体に回された腕に、ぎゅっと力がこもる。

「抱き上げて、無理やり寝台に連れて行くぞ」

「っ⁉」

耳元で囁かれた低い声に、息が止まりそうになる。

「し、しししししませんっ！　無理なんてしませんから……っ」

思いっきり噛みながらヴェルフレムの腕から逃げようと身じろぎすると、ぱっと腕をほどかれた。手に持っていた書類を握りしめたまま、さささっ、と罠から逃げ出す獣のようにソファの反対側の端へ逃げようとし――。

だが、途中であからさまに避けてしまってはヴェルフレムにいらぬ気を遣わせてしまうのではないかと、意志の力を振り絞って、わずかに距離を置くだけにとどめる。心臓に悪すぎるとはいえ、ヴェルフレムがレニシャをいたわろうとしてくれているのは事実なのだから。

と、ヴェルフレムの執務机のそばの机から、ジェキンスが小さく吹き出す声が聞こえた。

「レ、レニシャ様……っ！　レニシャ様は本当に、もう……っ」

うつむいたジェキンスは、こらえきれないようにぶるぶると肩を震わせている。

「あの、ジェキンスさん……？」

いったい急にどうしたのだろう。おずおずと声をかけると、「失礼いたしました」と恭しく一礼したジェキンスが机を離れてソファに歩み寄り、レニシャの前で片膝をつく。

「聖女のお力をラルスレード領のために使おうとしてくださるレニシャ様のお優しさに、伯爵家の家令としてわたくしからもお礼を申し上げます。レニシャ様が神殿を訪問されたいのでしたら、わたくしでよろしければ後日ご案内いたしましょう」

「お前には任せられん」

ジェキンスの言葉に、間髪入れずヴェルフレムの声が飛ぶ。

「こいつは放っておくと無茶をして癒やしの力を使いすぎるからな。お前ひとりに任せるのは不安だ。俺がともに行く」

確信を持って言われ、それほど頼りなく思われているのだと、レニシャは情けなさに目を伏せる。前科があるだけに何も言えない。と、あやすようにぽふぽふと頭を撫でられた。

「というわけだ。日を改めて一緒に行こう」

「っ⁉　は、はいっ！　ありがとうございます！」

てっきり、神殿に行くことすら反対されるかと思っていたレニシャは、ヴェルフレムの思いがけない言葉にはずんだ声で頷く。立ち上がったジェキンスが、しみじみと声を洩らした。

「失礼いたしました。わたくしの出る幕ではございませんでしたね。……ヴェルフレム様とレニシャ様は仲がよろしいようで、何よりでございます」

笑顔で言うジェキンスは、レニシャの目から見ても嬉しそうだ。

「お二人がもっと一緒にお過ごしになる時間を確保できるよう、わたくしも努力いたします」

「えぇっ⁉　そ、そんな、お忙しいヴェルフレム様の時間を私などが奪うわけには……っ！」

とんでもないっ！　と遠慮する。ジェキンスは仲がよいと言ってくれたが、ヴェルフレムが内心どう思ってくれているのかはわからないのだから。

レニシャに続いて、ヴェルフレムもジェキンスをたしなめる。

「ジェキンス、お前はもうすでに十分働いているだろう。無理はするなよ」

「ありがたいお言葉ですが、昼夜関係なく働かれているヴェルフレム様にそうおっしゃられましても……」

忠告されたジェキンスが苦笑する。

「この領で一番の働き者は間違いなくヴェルフレム様でいらっしゃいますよ」

「それは私もそう思います！」

思わずレニシャも同意する。脳裏に浮かんでいるのは昨夜、夜更けにもかかわらず執務を行っていたヴェルフレムの姿だ。

「それは俺が魔霊だからだ。自分の特性を活かしているだけなのだから、別にたいしたことではない」

　あっさり言うヴェルフレムは、心からたいしたことではないと思っているようだが、レニシャは素直に頷けない。

「ジェキンスさんはずっとヴェルフレム様のもとで働いてらっしゃるんですか？」

「はい。わたくしの家は代々伯爵家にお仕えさせていただいておりまして。二年前より父に代わり、家令を務めております」

　ジェキンスは二十代半ばくらいに見える。その若さでこれほど大きなお屋敷の家令を務めているなんて、よほど優秀に違いない。

「あの、ジェキンスさんにお願いがあるんですけれど……」

「わたくしにですか？」

　ジェキンスが意外そうに目を瞠る。

「わたくしでよろしければ、何なりとおっしゃってください」

　ちらりとヴェルフレムを見たジェキンスが、レニシャに視線を向け、穏やかな笑みを浮かべる。

「その……。このお屋敷のお仕事のことを私に教えていただきたいんですっ！」

　気合いを込めて頼むと、ジェキンスの茶色い目がさらに丸くなった。

「……はい？」

　思わずといった様子でジェキンスが視線を向けた先は、主であるヴェルフレムだ。ヴェルフレムは美貌をしかめ、何やら不満そうな表情をしている。

「なぜ、俺にではなくジェキンスに教えを請う？」

「へ？」

低い声で発せられた問いかけに、間の抜けた声を出す。

「屋敷の仕事について知りたいのなら、ジェキンスではなく、俺に直接聞けばいいだろう？」

明らかに不機嫌そうな声に、「で、ですが……」とおどおどと言を継ぐ。

「ヴェルフレム様にうかがってはご迷惑でしょう……？　いえ、ジェキンスさんにうかがうのもご迷惑だとわかっているのですが……っ！　そのっ、私もお手伝いできるようになったら、少しでもヴェルフレム様のお役に立てるのではないかと思って……」

「……俺のために？」

虚をつかれたようなヴェルフレムの声にこくこくと頷く。

「は、はいっ！　ヴェルフレム様がおっしゃってらしたでしょう？　『聖婚』の成就のために、ラルスレード領のことをよく知る必要がある、と。ヴェルフレム様やジェキンスさんのお手伝いをさせていただけたら、少しでもお二人の負担を減らせるでしょうし、ラルスレード領のことも学べますから、一石二鳥だと思ったんですっ！」

金の瞳を見上げて懸命に訴えると、不意にヴェルフレムが笑顔を覗かせた。

「そうか。なら、やはりジェキンスではなく。俺に聞けばいい。ラルスレード領について一番くわしいのは、俺なのだから」

「ヴェルフレム様のおっしゃる通りでございます。この領の誰ひとりとして、ヴェルフレム様の知識と経験には敵いません。学ばれるのでしたら、どうぞヴェルフレム様に直接お話をうかがってください」

「当たり前だろう。何年、この地を治めてきたと思っている」

ジェキンスの言葉に、当然だとばかりにヴェルフレムが胸を張る。

「ヴェルフレム様は、本当にラルスレード領を大切に思ってらっしゃるのですね……」

昨日、一緒にロナル村へ行った際にも感じたが、これほど領主であるヴェルフレムに大切に思われているラルスレード領の領民達は、とても幸せだと思う。

感嘆の声を上げると、ヴェルフレムが「ああ」と、てらいもなく頷いた。

「……よろしく頼むと託されたからな……」

それは、いったい誰になのだろう。

聞いてみたい。けれど、ここではない遥か遠くを見つめる金の瞳は不用意にふれるのがためらわれるほど切なげで――。

いつか、聞くことができる日がくればいいな、と。

そのためにしっかりラルスレード領のことを学ばねばと、レニシャは決意を新たにした。


モリーがハーブティーとクッキーの皿をお盆に載せてヴェルフレムの執務室を訪れたのは、レニシャがヴェルフレムに教えられた通り、各村からの収穫量の報告を一枚の紙にまとめている時だった。ジェキンスもヴェルフレムの補佐として、忙しそうに立ち働いている。

「レニシャ、休憩にしよう。ジェキンスもひとまず手を休めるといい」

「は、はいっ」

ソファのテーブルで計算していたレニシャは、テーブルの上に広げていた書類を片づけようと急いでかき集める。

神殿で教育を受けたので、読み書きや計算はある程度できるものの、実務なんていままでほとんどしてこなかった。慣れない作業のせいで、頼まれた作業のまだ半分もできていない。

「継続的に手伝うというのなら、レニシャのための机を用意せねばならんな」

執務机からソファへと歩み寄りながら、ヴェルフレムがひとり言のようにこぼす。

「すみません。時間がかかっている上に散らかしてしまいまして……」

書類やペン、インク壺などをわたわたと端へ寄せていると、レニシャの隣に座ったヴェルフレムがひょいと書類を覗き込んだ。

「初めての作業なのだから、時間がかかるのは当然だろう。大丈夫だ。よくやってくれている」

大きな手でよしよしと撫でられ、動揺のあまり手の中にあった書類がばさりと床に落ちる。

「す、すみませんっ！」

しゃがみこみ、あわてて拾おうとすると、それより早く身を屈めたヴェルフレムが書類を拾い上げた。落としたせいで乱れてしまった書類を、ヴェルフレムがぱらぱらとめくって、順番通りに直していく。

「うむ。ざっと見たところ、問題はなさそうだ」

「ほんとですかっ⁉」

ヴェルフレムの言葉に、ほっ、と安堵の息をつく。ヴェルフレムから受け取った書類をテーブルの端に置いてソファに座ると、ヴェルフレムも隣に腰を下ろした。

「ちゃんとできているようでしたら、よかったです……っ！」

「ずいぶん根を詰めて作業していたな。疲れたのではないか？」

「いえ、大丈夫です。確かに慣れない作業でしたけれど、ヴェルフレム様が丁寧に教えてくださいましたので……」

最初に説明してくれただけでなく、ヴェルフレムはレニシャの手が止まっていると、そのたびに隣に来て丁寧に教えてくれた。ちゃんとできていたのなら、そのおかげにほかならない。

「ヴェルフレム様とレニシャ様は本当に仲睦まじくていらっしゃいますね」

テーブルにカップや皿を置きながらモリーが嬉しそうに目を細める。

「そ、そうでしょうか……？」

仲睦まじい、のだろうか……。レニシャにはよくわからない。だが、そう見えるのだとしたら、すべてレニシャに細々と気遣いしてくれるヴェルフレムのおかげだと思う。ヴェルフレムには本当に感謝しかない。

「ええ！　そうでございますよ！」

頼りないレニシャの声を吹き飛ばすかのように、モリーが力強く頷く。

「長年このお屋敷にお勤めしておりますけれど、聖女様がヴェルフレム様と一緒にお茶を楽しまれたことなんて――」

「モリー」

低いヴェルフレムの声に、モリーがはっとしたように口をつぐむ。

「失礼いたしました」

一礼したモリーがそそくさと部屋を出て行く。

モリーが言おうとしたのは、前の聖女のことだろうか。気になるが、問いかけを拒絶するように険しくなったヴェルフレムの表情を前にすると、とてもではないが口に出せない。

困り果てたレニシャの心を慰めるように、カップから立ち上った香りがかすかに鼻に届く。

「あ……。昨夜と同じ、カモミールティーですね」

林檎に似た爽やかな香りは、沈んだ心をほぐすかのようだ。カップを手に取り香りを楽しんでいると、テーブルの向かいに座るジェキンスが、意を決したように口を開いた。

「その……。ずっと気になっていたのですが……」

「何だ？」

「どうしたんですか、ジェキンスさん？」

問いかけたレニシャとヴェルフレムの声が偶然重なる。レニシャとヴェルフレムの顔を交互に見たジェキンスが、ごくりとつばを飲み込んでから、こわごわと口を開いた。

「先ほどからおっしゃっている昨夜というのは……。いったい、何があったのですか……？」

「何、が……？」

怖いけれども確かめずにはいられない。そんな雰囲気を醸《かも》し出して問いかけたジェキンスに、レニシャはきょとんと首をかしげる。

「昨夜は、帰りの馬車の中で眠ってしまったので、夜中に変な時間に目が覚めてしまって……。たまたま、ヴェルフレム様が執務室にいらっしゃるのに気づいてうかがったところ、カモミールティーをいただいたんです」

「そ、それで……？」

ジェキンスが不安げに先を促す。

「あたたかいカモミールティーのおかげでほっと一息つけたので、ヴェルフレム様がおっしゃる通り、部屋に戻ってぐっすり眠りましたけれど……？」

ジェキンスは、なぜこれほど緊張した顔をしているのだろう。不思議に思いつつ、問われるがままに素直に答える。途端、ジェキンスが身体中から絞り出すように深い安堵の息をついた。

「おい。ろくでもない誤解をするな」

なぜかヴェルフレムが金の目を細めてジェキンスを睨みつける。

「申し訳ございません。わたくしもありえないと思ったのですが、あまりに気になったものですから……」

かぶりを振ってジェキンスが弁明する。

「どうなさったんですか……？　あっ！　ヴェルフレム様の執務のお邪魔をしてしまったことは

反省しています！　すみませんでしたっ！」

　がばりと頭を下げるとヴェルフレムの吐息が降ってきた。

「……これでは、どうにもなりようがないだろう？」

「……さようでございますね……。誠に失礼いたしました……」

「あの……？」

　何やら二人だけに通じる意味ありげな視線を交わしあったヴェルフレムとジェキンスに、首をかしげる。

「気にするな。こちらの話だ。それよりも、菓子を食べないのか？」

「いえっ、いただきます！　いただきたいです！」

　カモミールティーの香りとともに漂うバターのいい匂いは、お皿がテーブルに置かれた時から、ずっと気になっていた。ヴェルフレムの許しに、どきどきしながらクッキーに手を伸ばす。ちょこんと上に木の実が飾られたクッキーを噛むと、ほろほろと口の中で崩れた。同時に、口いっぱいに蜂蜜の甘さとバターと木の実の風味が広がり、思わず頬が緩む。

「気に入ったようだな」

　ほっとした表情のヴェルフレムによしよしと頭を撫でられ、危うくクッキーを喉に詰まらせそうになる。

「ヴェ、ヴェルフレム様っ⁉　どうしてそんなに頭を撫でられるのですか⁉」

　レニシャの声に、ヴェルフレムが初めて自分の行動に気づいたように手を止める。

「すまん。……嫌だったか？」

「い、いえっ。決して嫌では……っ」

決して嫌ではない。嫌ではない、けれど。

故郷を後にして以来、誰かに頭を撫でてもらうことなんてまったくなかったので、どう反応すればいいのかわからない。

くすぐったくて嬉しくて、同時に恥ずかしくて逃げ出したい気持ちになって……。

どきどきと胸が騒いでしまう。

レニシャの返事に、ほっ、とヴェルフレムが息をつき、もう一度頭を撫でる。クッキーを食べながら、レニシャは鼓動がぱくぱくといつまでもおさまらないのを感じていた。

◇　◇　◇

「聖女様！　こちらにいらっしゃったのですね！」

温室で倒れてから二日後。今日も朝からひとりで温室の雑草抜きをしていたレニシャは、温室に響いた若々しい声に驚いて入口を振り返った。

きらきらした瞳でレニシャを見ているのは、ロナル村で傷を治した村長の息子のトラスだ。

「トラスさん!?　どうしたんですか!?　もしかして、まだ傷が……っ!?」

あわてて立ち上がり、手についた土を払って温室の入口に駆け寄る。外へ出ると、閉ざされてあたたかい温室と異なり、秋の濃い気配を宿した冷たい空気に、汗ばんでいた身体の熱が一気に冷えていく心地がする。

「とんでもありません！　聖女様のおかげで、すこぶる元気です！　どこも痛くなんかありません！」

力強い声で否定したトラスが改まった表情になる。

「親父……。じゃなかった、父が領主様に報告にあがるというので、おれも一緒に連れてきてもらったんです。おれ……。どうしても聖女様にちゃんとお礼が言いたくて……っ！」

気負った様子のトラスが、やにわにレニシャの右手を両手で握りしめる。

「聖女様、本当にありがとうございます！　三日前、聖女様が助けてくださらなかったら、おれ、いったいどうなっていたことか……っ！　一命を取り留めたとしても、もう畑を耕せない身体になっていたかもしれません！」

「い、いえ……っ！　わ、私はただ、自分の務めを果たしただけですから……っ。それより、トラスさんの怪我をちゃんと治せて、本当によかったです……っ！」

ヴェルフレムのあたたかでしなやかな手とは違う、日々の畑仕事で荒れてごつごつした両手。そういえば故郷の父や兄の手はこんな手だったと懐かしく思い出す。

トラスは二十代前半くらいだろう。顔立ちはまったく異なるものの、乾いた藁のような髪もそれより濃い茶色の瞳も、故郷にいる兄とよく似ていて、トラスの怪我を治すことができてよかったと、心から思う。

「せ、聖女様……っ⁉」

レニシャの目が潤んだことに気づいたのか、トラスが戸惑った声を出す。

「す、すみません……っ。嬉しくて……っ」

摑まれていないほうの手で目元をぬぐおうとすると、その手もトラスに摑まれた。

「せ、聖女様っ！　おれ……っ」

トラスが緊張に満ちた様子で身を乗り出す。レニシャよりずっと大柄な身体がずいと迫ったところで。

「レニシャ？」

屋敷のほうからヴェルフレムのいぶかしげな声が聞こえた。途端、驚いたようにトラスの動きが止まる。振り返ったレニシャが見たのは、美貌をしかめ、一直線にこちらへ向かってくるヴェルフレムの姿だった。

「どうした？　何があった？」

凍りついているトラスの手からレニシャの手を引き抜いたヴェルフレムが、肩に手を回したかと思うと、ぎゅっとレニシャを抱き寄せる。トラスに向けた視線は刃のように鋭い。

ヴェルフレムの広い胸板に抱き寄せられた途端、長身から伝わる熱がレニシャを包み込み、冷えた身体をあたためる。

「な、何も……っ」

まさか抱き寄せられると思っていなかったレニシャは身じろぎして逃げようとするが、ヴェルフレムの腕は緩まない。それどころか、さらに強く抱き寄せられる。

「だが、泣き出しそうな顔をしているではないか」

「こ、これは、トラスさんの怪我が無事に治っていたことにほっとした嬉し涙ですから……っ！　なので大丈夫ですっ！　放してくださいっ！」

二日前、温室で倒れて以降、ヴェルフレムはレニシャに対してやけに過保護になっている気がする。

レニシャがふぅ、と溜息をつけば『どうした？』と大きな手のひらで頬を包んで覗き込み、『疲れているのではないか？』とレニシャが何も言わないのに、抱き上げて運ぶこともしばしばだ。ヴェルフレムが気を遣ってくれるのは嬉しいが、行動が大胆すぎて困ってしまう。そのうち心臓が壊れてしまうのではないかと、心配が尽きない。

ましていまはトラスや屋敷から一緒に出てきたロナル村の村長までいるのだから。鏡を見ずとも、顔が真っ赤になっているのがわかる。

「嬉し涙……？」

「そうですっ！　ですから放してくださいっ！」

おうむ返しに呟いたヴェルフレムがようやく腕をほどいてくれる。

さっと一歩ヴェルフレムから離れてトラスを振り返ると、呆然とした顔で二人を見ていたトラスが、弾かれたように頭を下げた。

「は、伯爵様！　このたびはロナル村をお助けいただきまして誠にありがとうございました！」

「いや、氷狐程度たいしたことではない。それより、お前も怪我をした他の者も元気で過ごしているか？」

ヴェルフレムの問いに、トラスが顔に緊張をにじませて大きく頷く。

「は、はいっ！　聖女様の癒やしのお力のおかげで……っ！　あのっ、聖女様のお名前は、レニシャ様とおっしゃられるのですか……？」

「ああ」

頷くと同時に、ヴェルフレムの手が肩に回り、ふたたびそばに引き寄せられる。

「『聖婚』でラルスレード領へやってきた俺の妻だ」

『妻』という単語にぱくりと心臓が跳ねる。

まだラルスレード領について学び始めたばかりのため、『聖婚』は成就していない。けれども、ヴェルフレムに『妻』と言われたことが嬉しくて、鼓動が速まるのを感じる。

「つ、ま……」

愕然とした表情で呟いたトラスが、「でしたら……っ！」と一歩踏み出す。

「ならば、レニシャ様は伯爵夫人なのでしょう⁉　だというのに屋敷の裏でおひとりで畑仕事をなさっているなんて……っ！　伯爵様っ、いったいどういうことなのですか⁉」

責めるようなトラスの視線にレニシャはあわてて口を開く。

「いえっ、これは、私がヴェルフレム様にお願いして温室のお世話をさせていただいているんですっ！　この温室にはいろいろな薬草が植えられているので……っ！　私が好きでさせていただいていることなので、ヴェルフレム様に咎《とが》はありませんっ！」

きっとトラスは、農婦みたいな格好をしたレニシャが伯爵夫人だなんて伯爵家の品位が損なわれる、と文句を言いたいに違いない。立派な絹の衣服を纏ったヴェルフレムと、着古した作業着を着たレニシャでは、誰がどう見ても不釣り合いだ。

ただでさえ、人外の美貌を持つヴェルフレムの隣は、よほどの美女でなければ見劣りするというのに、隣に立っているのが服装からしてみすぼらしいレニシャだなんて。

自分のせいでヴェルフレムが誤解されてはとんでもないと必死で言い募ると、「では！」とトラスが意気込んだ表情で身を乗り出した。

「おれにお手伝いをさせていただけませんかっ⁉　こんなに大きな温室、レニシャ様おひとりでは大変に違いありませんっ！　おれでしたら畑仕事も慣れておりますし……っ！」

「だが、お前はロナル村へ帰らねばならんだろう？」

気負うトラスを落ち着かせるように、ヴェルフレムが低い声で問う。

「村に帰るまで、まだ時間があります！　せめて今日、村に帰るまでの間だけでも……っ！」

「も、申し訳ございません！　こらトラス！　伯爵様と聖女様を困らせるんじゃない！」

ヴェルフレムに視線を向けられた村長が、目を吊り上げて息子を諫《いさ》める。ヴェルフレムが小さく吐息した。

「トラス。申し出はありがたいが、今日はこのあとレニシャは予定があってな」

「え？」

予定などあっただろうか。今日は昼まで温室の手入れをしたあと、午後はいつものように執務室でヴェルフレムとジェキンスを手伝う予定だと思っていたのだが。不思議に思ってヴェルフレムを見上げると、金の瞳が柔らかな光をたたえてレニシャを見下ろしていた。

「神殿に行きたいと言っていただろう？　今日は時間が取れる。行ってみるか？」

「はいっ！　ありがとうございます！」

二日前に願った時は、『倒れたばかりで何を言う？』と反対されてしまったが、体調が戻った今日ならよいということだろうか。

ヴェルフレムがレニシャの希望を覚えていてくれたことが嬉しくて声がはずむ。

「では、着替えたら出かけよう」

微笑んでレニシャの頭をひと撫でしたヴェルフレムがトラスを振り向く。

「というわけだ。すまんが、お前が手伝う機会はないようだ」

「わかりました……」

しょげた犬のように広い肩を落としたトラスが、不意に勢いよく顔を上げてレニシャを見る。

「お手伝いできないのは残念極まりありませんが、レニシャ様が神殿に行かれるのは光神ルキレウス様のお導きに違いありませんっ！　おれも父と一緒に神殿に行く用があるのです！　神殿でまたお会いいたしましょう！」

「は、はい……」

トラスの勢いに呑まれるようにこくんと頷く。

「も、申し訳ございません、伯爵様！　聖女様に癒やしの奇跡を授けていただいて以来、尊敬の気持ちが抑えられぬようでして……っ！　せがれにはよく言って聞かせておきますので……っ」

なぜか泡を食って謝罪する村長の声が飛んでくる。続いてヴェルフレムの深い溜息が聞こえ、わけがわからぬレニシャはきょとんと首をかしげた。


神殿は屋敷からさほど離れていない町中の一画に建てられていた。馬車で行く道すがらヴェルフレムが教えてくれたところによると、聖アレナシスが建立した神殿だそうで、石造りの素朴な神殿は規模こそ小さいものの、年月の重みを感じさせる。

「これはこれは、伯爵様。聖女様もようこそおいでくださいました」

レニシャは着替えがあるため、先に神殿へ行くと言っていた村長とトラスが先ぶれをしてくれたのだろう。馬車から降りたヴェルフレムとレニシャを恭しく出迎えてくれたのは、七十歳近いだろう白髪の神官だった。

深い皺が刻まれた顔に浮かぶ柔和な表情と穏やかな声音に、故郷の神殿の神官を思い出す。スレイルや聖都の神殿の居丈高《いたけだか》な神官とは大違いだ。老いてはいるものの、かくしゃくとした様子にレニシャの背筋まで伸びる気がする。

「久しいな、ベーブルク。息災《そくさい》にしていたか？」

旧知の仲なのだろう。ヴェルフレムが親しげに老神官に話しかける。

「以前より、さらに痩せたのではないか？」

「お気遣いありがたく存じます。ですが、年からくるものですのでご心配いりません。……ヴェルフレム様はまったくお変わりございませんな。わたくしがラルスレード領に来た若い頃より、どこも変わってらっしゃらない」

一礼したベーブルクが長身のヴェルフレムを見上げ、感嘆と畏怖が入り混じった声を洩らす。老いた己と若々しい姿のヴェルフレムを比べているのだろうか。実感がこもった言葉に、レニシャの胸が轟く。

ベーブルクはすでにかなりの高齢だが、何十年も昔には、青年姿のヴェルフレムと同じ年頃の外見をしていたに違いない。きっとレニシャがこの先年老いても、魔霊であるヴェルフレムだけは、いつまでも変わりなく若々しい姿を保っているのだろう。

レニシャは隣に立つヴェルフレムの美貌をそっと見上げる。

いまは二十五歳くらいの姿をしているヴェルフレムのほうが年上に見えるが、あと十年もすれば、レニシャはヴェルフレムと同じ年頃に見えるようになるだろう。

そして何十年もすれば……。年老いたレニシャとヴェルフレムを初めて見て、二人を夫婦だと思う者など、皆無に違いない。

（この先、ずっとヴェルフレム様のおそばにいられたとしても……。いつか、私は……）

人間であるレニシャは、年老いぬヴェルフレムを遺して逝くしかないのだと思うと、締めつけられるように胸が痛む。それが遺されるヴェルフレムの心情を思いやるゆえか、それとも遺して逝かざるを得ない定めが哀しいからなのか……。

レニシャ自身ですら、自分の胸の痛みの理由がわからない。ただ、願わくば。

（いつか私が死んだあと……。ほんのときどきでよいから、ヴェルフレム様に懐かしんでもらえると嬉しいな……）

温室でローゼルの木を見つめていたヴェルフレムの横顔を脳裏に思い描く。

いつか遺して逝かねばならないのなら、レニシャを気遣ってくれる優しいこの方に、せめて幸せな想い出を残すことができたらと願う。レニシャが神殿でつらい思いをしていた頃、遠く離れた故郷の家族のことを思い出して心を慰めていたように。

「伯爵様と直接お言葉を交わすのは五年ぶりでございますな……。その節は多大なるご迷惑をおかけいたしまして、誠に申し訳ございませんでした」

深々と頭を下げたベーブルクの言葉に、考えに沈んでいたレニシャははっと我に返る。

「あのことはもうよい。おぬしの咎ではないだろう。それに、すでに新しい聖女も来ていることだしな」

鷹揚《おうよう》にかぶりを振ったヴェルフレムがベーブルクにレニシャを紹介してくれる。

「初めてお目にかかります。ご挨拶が遅れて申し訳ございませんでした。聖都から参りましたレニシャ・ローティスと申します」

レニシャはドレスのスカートをつまみ、恭しく頭を下げる。今日のドレスもヴェルフレムが用意してくれたものだ。薄桃色のドレスには白いレースがあしらわれていて、自分にはもったいないほど可愛らしい。

「これはこれはご丁寧にありがとうございます。わざわざ聖女様にお越しいただけるとは……」

「聖女様だなんて！　ベーブルク様のほうが私などよりずっと目上のお方なのですから！　私のことはどうぞレニシャとお呼びください」

レニシャは身を縮めてかぶりを振る。ベーブルクが孫を見るような柔和な笑みを浮かべて一礼した。

「わたくしはベーブルク・ノレルと申します。三代前の『聖婚』の聖女とともに聖都からラルスレード領へ来たのですが、その頃ちょうどこちらの神殿の神殿長が引退となり……。あとを引き継ぐ形で、この聖アレナシス様に縁《ゆかり》のある神殿の神殿長を務めております。といっても、神官はわたくししかいないのですが」

ベーブルクが皺が刻まれた顔に穏やかな笑みを浮かべて説明してくれる。

「神官がおひとりでは大変ではございませんか？　癒やしの奇跡を施されるのも、おひとりではなかなか手が回らぬのではないかと……。今日は、私でも何かお手伝いできることはないかと思いまして、ヴェルフレム様に連れてきていただいたのです」

レニシャに続いて、ヴェルフレムが気まずそうな表情を浮かべる。

「急な訪問となってすまなかったな。それと……。すまん。もう少し神殿やおぬしについて気遣うべきだったな。レニシャに言われて、ようやく気づいた」

「謝罪などなさらないでください。伯爵様と疎遠になってしまったのは、元はと言えばわたくしども神殿側の不手際。このようにお心遣いをいただけるだけでありがたいことでございます」

ベーブルクが恐縮しきった様子で頭を下げる。

国や領地を治めるのは世俗の王や諸侯達だが、癒やしの奇跡を施す神殿の力は無視できぬほど強い。特に聖都などは神殿の直轄領と言ってもよい。領によっては神殿と領主が対立しているところもあるようだが、ラルスレード領では神殿の規模が小さいせいか、伯爵家のほうが上位の関係にあるらしい。

だが、ヴェルフレムと神殿が疎遠というのはどういうことだろう。レニシャが来る前には聖女が不在の期間があったというし、過去に何かあったのだろうか。

問うようにヴェルフレムを見上げると、いまは何も言うなと視線で制された。そばにロナル村の村長やトラスもいるし、あまり大っぴらにできない話なのかもしれない。

と、ベーブルクの満足そうな声が耳に届く。

「このたび来られたレニシャ様は、伯爵様と仲良く過ごされているご様子ですな。神官のひとりとして、嬉しく思います」

にこにことレニシャとヴェルフレムを見る様子は心から喜んでいるようだ。まるで孫を見守る祖父のようにも見える。レニシャの祖父はレニシャが生まれる前に他界してしまったが、もし存命していたらこんな感じだろうかと、胸があたたかな気持ちで満たされる。

「仲がよく見えるのでしたら、ヴェルフレム様がお気遣いくださっているおかげに他なりません」

少し話しただけで、ベーブルクは誠実な人柄だとわかる。ベーブルクの言葉が、お世辞ではなく真実だといいと願いながら、レニシャは笑みを浮かべ、隣に立つヴェルフレムを感謝のまなざしで見上げた。

「ヴェルフレム様はとてもお優しいので、私のような者にもお心を砕いてくださるのです」

故郷に援助してくれることといい、癒やしの力を使えるようにしてくれたことといい、いくら感謝してもし足りない。もっと早くラルスレード領に来ていたらと思うほどだ。

「当然だろう？　お前は『聖婚』の聖女なのだから」

レニシャを見下ろす金の瞳が柔らかな光をたたえる。きらめく夕陽のような輝きを目にするだけで、レニシャの心も光が当たったかのようにほどけてゆく心地がする。

「伯爵様とレニシャ様が仲睦まじいのは、わたくしにとっても喜びでございます」

皺が刻まれた顔ににこやかな笑みをたたえたベーブルクが、

「ところで、先ほど手伝いとおっしゃっておられましたが……？」

と話を戻す。ベーブルクに向き直ったレニシャは、ベーブルクの後ろに控える村長とトラスの姿を見て首をかしげた。

「それは……。村長さんのご用は済んだのですか？　私なら後でかまいませんので……」

横入りしては申し訳ない。遠慮すると、村長が首を横に振った。

「わたくしどもの用事はすでに済みましたので、どうぞお気になさらないでください。わたくしの高齢の母が年のせいでずっと調子が悪く……。ベーブルク様に定期的に薬をお分けいただいているのです」

「薬を……？」

レニシャが首をかしげるとベーブルクが頷く。

「残念ながら、わたくしの癒やしの力はさほど強くありませんので、必要な者にはわたくしが薬草から調合した薬を処方しているのです。それに、わたくし自身も年寄りですからよくわかるのですが、寄る年波からくる不調は、怪我や病気と異なり、癒やしの力で全快するものではないので、自然と対症療法になるのですよ」

「そうなのですねっ！　勉強になります！　あのっ、私がこちらを訪れたのは、まさにベーブルク様にお教えいただきたいことがありまして……っ！」

ベーブルクの言葉に勢い込んで身を乗り出す。

「そのっ、私はごく最近まで癒やしの力を使えなかった落ちこぼれだったのですけれど、ヴェルフレム様のおかげで使えるようになりましたので……。ご恩返しのために、癒やしの力を求めていらっしゃる方を助けられないかと思ったのです！　助けを求めている方を知るには神殿の神官様にうかがうのが一番早いと思い、訪問させていただいたのですが……っ！」

「レニシャ様の癒やしのお力は素晴らしいんですよ！　氷狐にやられたおれの傷もたちどころに治してくださって……っ！」

レニシャが勢い込んで説明すると、その熱にあてられたように、トラスが興奮した様子で口を挟む。ベーブルクが「なるほど」とゆったりと頷いた。

「癒やしの奇跡をラルスレード領の民のために使おうとなされるとは、素晴らしいお心映えですな。レニシャ様のお言葉に喜ぶ者が多くおりましょう」

「ありがとうございます！　微力ながら力を尽くさせていただきますので、なにとぞ……っ！」

「レニシャ。少し落ち着け」

さらに前のめりになったところで、隣のヴェルフレムに肩を摑んで引き留められた。つい、と金の瞳がベーブルクへ向けられる。

「ベーブルク。先ほどレニシャ自身が言った通り、こいつはまだ力を使えるようになったばかりのひよっこだ。前に力を使った時は一気に使いすぎて倒れたほどだからな。レニシャが望むゆえ、連れては来たが……。こいつは人を助けるためとなると、直情的で向こう見ずなところがある。俺としては、無理はさせたくないのだ」

低い声で説明するヴェルフレムに、レニシャは「申し訳ありません」と身を縮めるようにして詫びる。ロナル村でヴェルフレムに迷惑をかけてしまったのはまぎれもない事実だ。

レニシャとヴェルフレムの様子を見守っていたベーブルクが皺だらけの顔をほころばせた。

「なるほどなるほど……。伯爵様のお考えもレニシャ様のお気持ちも承知いたしました。確かに力を使いすぎると使った者に反動がきますからな。慣れるまでは無理をせぬようにとヴェルフレム様がおっしゃるのも当然でございます」

「そうなんですね……」

経験に裏打ちされたベーブルクの穏やかな言葉に、レニシャは素直に頷く。

「ですが、経験を積まねばうまく使えるようにならぬのも確か。何より、人々のために尽くすという光神ルキレウス様の教えを実践なさろうとしているレニシャ様をお止めすることは、同じ神官としてできません。ですから……」

ベーブルクがヴェルフレムとレニシャを交互に見る。

「わたくしがレニシャ様に使い方をお教えするというのはいかがでしょうか？　癒やしの力ではなく、薬でも対処可能な者にはわたくしが薬を処方し、薬では完治が難しい者には癒やしの力をお使いいただくという形にするのは。それなら、伯爵様も少しは安心できるのではございませんか？」

レニシャの希望を汲んでくれたベーブルクの提案に、レニシャはヴェルフレムを見上げる。

「ヴェルフレム様、いかがでしょうか⁉　私自身は、ベーブルク様のご提案はとても素晴らしいと思うのですけれど……っ！　ヴェルフレム様さえよろしければ、温室の薬草もベーブルク様に使っていただけたら嬉しいですし、私もいろいろお教えいただきたいですっ！」

聖都の神殿では、ずっと期待外れの役立たずと嘲笑されていた。

薬草の勉強をしていれば、周りの聖女や神官達に『癒やしの力が使えないからって薬草に頼ろうとするとは。聖女失格だ』と蔑まれ、かといって反論することもできず。

だが、ベーブルクは癒やしの力も薬も、どちらも必要なのだと言ってくれた。自分が学んできたことが、ようやく誰かのためになるかもしれないと思うと、嬉しくて仕方がない。

「どうかお願いしますっ！」

勢いよく頭を下げる。が、ヴェルフレムの答えは返ってこない。

温室の手入れや執務の手伝いも半人前なのに、さらに神殿の手伝いまでしたいだなんて、呆れられているだろうか。不安で顔が上げられず、唇を引き結んで頭を下げ続けていると、諦め交じりの吐息が降ってきた。

「顔を上げろ。お前が来た翌日にも言っただろう？　俺の力の及ぶ限り、お前の望み通りにさせてやる、と」

「で、では……っ⁉」

期待を込めて見上げると、ヴェルフレムが仕方がないと言いたげにもう一度吐息した。

「一度口にした約束を反故にするような真似はしない。ベーブルクもこう言っているのだ。教えを請うといい」

「ありがとうございますっ！」

喜びに声がはずむのを抑えられない。

「温室のハーブも、お前の好きにすればよい。放置し、荒れ果てていた温室を手入れしたのはお前なのだから。俺に確認せずとも、遠慮なく使えばよい。ラルスレード領の民のために使われるのなら、俺としても望むところだ」

大きな手のひらでレニシャの頭をひと撫でしたヴェルフレムが、ベーブルクに向き直る。

「というわけだ。手間をかけるが、くれぐれもよろしく頼む」

「ベーブルク様！　どうぞご指導よろしくお願いいたしますっ！」

頭を下げたヴェルフレムに続いて、レニシャも深々と頭を下げる。ベーブルクが穏やかな笑い声を上げた。

「お顔をお上げください。お礼を言うのはこちらでございますよ。まさか、この年になって後進の指導をすることになるとは。長生きしていれば思いがけぬことが起こるものですな。……いえ、わたくしより遥かに長く生きてらっしゃるヴェルフレム様の前では、わたくしなど若人《わこうど》に過ぎぬやもしれませんが」

「……いや。奇貨に驚嘆する気持ちは俺もおぬしとさほど変わらん。本当に……。長く生きていれば、思いがけないことがあるものだ」

しみじみとした声音に、レニシャは思わずヴェルフレムを見上げる。一時期、疎遠になっていたというベーブルクと、ふたたび交流するようになったことを言っているのだろうか。

「さて……。レニシャ様にお手伝いいただけることになりましたが、具体的にはどうしましょうか……」

ふうむ、と呟いたベーブルクが腕を組む。「あのっ！」と気負った様子で口を開いたのはトラスだった。

「うちの祖母をレニシャ様に診ていただけませんでしょうか……っ!? ベーブルク様に薬を処方いただいているのに無礼なことを申し上げているのは百も承知の上です！ ですが、最近、前以上に弱っているみたいなのでどうにも心配で……っ！ 一度診ていただくだけでもいいんです！お許しさえいただければ、明日にでもロナル村から連れてきますので、診ていただけませんか!?」

「わ、私でよろしければもちろん……っ！」

トラスの必死な様子に、引き込まれるように答えてから、はっと我に返る。

「あのっ、ベーブルク様……。よろしいでしょうか……？」

勢いで頷いてしまったが、レニシャの一存で決めてよいものではないだろう。おろおろとベーブルクを振り向くと、なぜかベーブルクがいまにも吹き出しそうな顔でレニシャを見ていた。

「……なるほど。これは、伯爵様がご心配になられるお気持ちもわかる気がいたします」

「も、申し訳ございません……」

叱られているわけではないが、何やら呆れられているらしいというのはレニシャでもわかる。身を縮めて詫びると、

「いいえ、光神ルキレウス様の教えを体現なさろうとしているのは素晴らしいことですよ。なかなかできることではありません」

と、ベーブルクに穏やかな声で慰められた。はぁっ、と吐息したヴェルフレムが口を開く。

「ベーブルク。お前にもレニシャの性格を摑んでもらったようで何よりだ。すまんが、レニシャに教えを授けるのは、神殿ではなく伯爵邸でしてもらえるか？　レニシャを俺の目の届く範囲においておきたい。行き帰りの馬車や他に必要なものがあるなら、こちらで用意しよう」

「ご厚情に感謝いたします。では、その通りにし、さっそく明日からうかがわせていただきます」

ベーブルクとヴェルフレムが手早く話をまとめていく。レニシャはただただ感心して二人の話

に聞き入っていた。

「ヴェルフレム様！　本当にありがとうございます！」

ベーブルクに見送られて神殿を出て、馬車に乗り込むなり、レニシャは深々とヴェルフレムに頭を下げた。

「神殿につれてきていただけたばかりか、ベーブルク様にお教えいただけるようにしてくださって……っ！　どれほど感謝しても足りませんっ！」

「何を言う？　俺は何もしていない。お前の真っ直ぐな熱意がベーブルクを動かしたのだろう？」

座席に腰かけたヴェルフレムが目を瞬き、不思議そうに言う。

「いいえ！　ヴェルフレム様のお言葉がベーブルク様のお心を動かしてくださったからです！　そもそも、ヴェルフレム様が連れて来てくださらなければ、神殿に来ることもできませんでしたから……っ！　私の願いを覚えていてくださって、ありがとうございます！」

「神殿に連れてきたのは勢いだ。……本当は、もう少し後でと思っていたのだがな……」

低い呟きがよく聞こえず首をかしげると、「何でもない」と返された。

「それより、ベーブルクがついているゆえ大丈夫だとは思うが、無茶はするなよ。もし明日、倒れるようなことがあれば、しばらく手伝いは禁止するからな」

「は、はいっ！　気をつけます！」

こくこくこくっ！　と勢いよく頷くと、不意にヴェルフレムに手を取られた。

「約束だ」

くい、と手を引きレニシャを隣に座らせたヴェルフレムが、摑んだままの手を不意に持ち上げる。かと思うと、ちゅ、と指先にくちづけられ、レニシャは息を吞んだ。

「ヴェ、ヴェルフレム様っ⁉」

「ん？　どうした？」

レニシャは一瞬で頰に熱がのぼったというのに、ヴェルフレムは平然とした顔をしている。

「い、いえ……っ」

レニシャはもごもごと口ごもる。三日前、温室で倒れてからというもの、やけにヴェルフレムとの距離が近い気がする。よく頭を撫でてくれたり、頰や手にふれてきたり……。

熱を出したわけではないので、確かめる必要はないと思うのだが、ヴェルフレムが心配してくれているゆえだというのはわかるので、恥ずかしいからやめてくださいとも言いづらい。

ただただ、レニシャが慣れぬ近さに勝手にどきどきしているだけなのだから。

動き出した馬車の中で、レニシャはそっと隣に座るヴェルフレムの横顔をうかがう。揺らめく炎のような紅の髪に縁《ふち》どられた面輪は、魅入られてしまいそうなほど端整だ。

ともすれば冷酷な印象を与えかねない人外の美貌が、レニシャに対する時は柔らかにほどけるのを見るだけで、わけもなく鼓動が速くなってしまう。

「どうかしたのか？」

不意にヴェルフレムがこちらを振り向き、いつの間にか見惚れていたことに気づいたレニシャはあわてて口を開く。

「い、いえっ！　そのっ、ヴェルフレム様にどれほど感謝すれば、この気持ちが伝えられるだろうかと考えてまして……っ！」

「感謝などよい。むしろ、礼を言うべきは俺のほうだろう？　癒やしの力を、ラルスレード領のために使おうとしてくれているのだから」

大きな手のひらが、いたわるようにレニシャの頭を撫でる。

「で、では……っ。私がお役に立てたら、『聖婚』の成就にまた一歩近づけるでしょうか⁉」

勢い込んで問いかけると、頭を撫でていたヴェルフレムの手が止まった。

「……それほど、『聖婚』を成就させたいのか？」

心の奥まで見通そうとするかのような真っ直ぐな金の瞳に、戸惑いながら頷く。

「は、はい。そのために、聖都から遣わされたのですから……」

立派な伯爵邸で快適に過ごせるのも、ヴェルフレムがレニシャを気遣ってくれるのも、すべてレニシャが『聖婚』の聖女だからだ。そのために来たのだから、早くヴェルフレムに認められるようにならなくては、来た意味がない。

「……そうだったな」

低い声で呟いたヴェルフレムの手が、ふいと頭から離れる。

あたたかな熱が消えた寂しさのせいか、胸の奥がしくりと痛んだ。

もしかして……。ヴェルフレムはレニシャなどでは『聖婚』の聖女にふさわしくないと考えているのだろうか。ふと心に浮かんだ疑問に、全身がわななく。

（そんなこと……っ。ううん、きっと違う）

レニシャは膝の上で祈るようにぎゅっと両手を握りしめる。

ヴェルフレムは、『聖婚』はレニシャがもっとラルスレード領についてよく知ってから、と言っていた。まだ一週間にも満たないつきあいだが、いままでヴェルフレムが嘘をついたことなんて一度もない。

（大丈夫……。私がもっとヴェルフレム様のお役に立てるようになったらきっと……）

そのためにも、明日からはしっかりベーブルクに学ばなくては、とレニシャは固く決意した。

第四章　気づいてしまった想い

翌日、ベーブルクは約束どおり昼過ぎに、ヴェルフレムが迎えに遣わした馬車に乗って伯爵邸にやってきた。馬車に乗っていたのはベーブルクだけではない。

「この少年は、わたくしの薬では癒やせぬ病に苦しんでいる者でございまして……」

ベーブルクが連れてきたのは苦しそうに乾いた咳をしている七歳ほどの少年だった。

「来ていただきありがとうございます。どうぞお入りください」

レニシャは手伝いを申し出てくれたモリーと一緒に、ベーブルク達を伯爵邸の玄関広間に招き入れる。

今日は天気が悪く、重く立ち込めた灰色の雲からはいまにも雪が降り出しそうだ。風も冷たく、動きやすいようにといつもの神殿の作業着を着ているが、それだけではくしゃみが出そうなほど寒い。

ヴェルフレムの厚意で、今日は玄関広間を好きに使ってよいことになっている。ジェキンスの指示により、玄関広間には長椅子とテーブルがひとつずつ運び込まれていた。

レニシャは少年を長椅子に案内する。服の上からふれた少年の身体はびっくりするほど痩せていた。まだ幼いというのに、肌が粉をふいたように乾燥しているだけでなく、赤く荒れているのが痛々しい。

「こんにちは。私はレニシャというの。あなたの名前は？」

不安げに周りを見回す少年の心をほぐしたくて、優しく尋ねると、「タック……」と短い答えが返ってきた。

「タック。すぐに治しましょうね」

こんなに幼い少年が苦しんでいるのだと思うと、心が締めつけられる心地がする。

長椅子に座らせたタックの隣に腰かけ、小さな両手をぎゅっと握る。

癒やしの力を使ったのはロナル村の一件だけだが、一度感覚を摑んだいまなら、ずっとできなかったことが嘘のように本能的に力の使い方がわかる。光神ルキレウスへ祈りを捧げようとすると、ベーブルクに「少しお待ちください」と止められた。

「レニシャ様。ロナル村で氷狐に傷を負わされたトラスを癒やした後、倒れられたと聞きましたが……。いったい、どのような状況だったのですか？」

「えっと……。トラスさん達が傷の痛みと熱にうなされていて、とてもつらそうで……。なので、なんとしても治さないと、と思って、夢中で……」

戸惑いながら答えると、ベーブルクがいぶかしげに眉根を寄せた。

「治したのはトラスひとりではなかったのですか？」

「はい。怪我をした方は四人いたので、全員を……」

こくりと頷くと、ベーブルクが目を瞠った。

「それは倒れても仕方がありませんよ。氷狐によって怪我を負わされた者を一気に四人も治すなんて、無茶なことを……。伯爵様が心配するのもわかります」

「す、すみません……。癒やしの力が使えたのは初めてなので、何も知らなくて……」

溜息交じりの言葉に肩を縮めて詫びると、「責めているのではありませんよ」と、ベーブルクが穏やかな声で慰めてくれた。

「レニシャ様の聖女としての力はかなりお強いらしい。ふつうの者なら、二、三人も治せば息も絶え絶えになってしまいますからね。しかも、魔霊に与えられた傷は治すのに通常以上の力がいる。四人も治して気絶しなかったのはたいしたものですよ。ですが……」

難しい顔をしたベーブルクが、テーブルに歩み寄る。テーブルの上にはベーブルクが持参した鞄の中身が広げられていた。乳鉢や秤なども出てきたところを見るに、レニシャに薬の調合の仕方なども教えてくれるつもりなのだろう。

テーブルに置かれていた大きさの違う木の杯を片手ずつ持ち、ベーブルクが戻ってくる。

「癒やしは、聖女や神官がその身に宿す聖なる力を、光神ルキレウス様への祈りを通じて、相手に渡す行為です。光神ルキレウス様のお力によって、邪悪な魔霊を打ち滅ぼす槍としたり、身を護る盾としたり、はたまた魔霊を封じることもできるそうですが……。それは、おいおいでよいでしょう」

ベーブルクが片手ずつに持った大きさの違う木の杯を持ち上げる。

「こちらの大きな杯をレニシャ様としましょう。この杯になみなみと水が入っていると思ってください。大きな杯から小さな杯に勢いよく水をそそいだとしたら……。どうなると思いますか？」

「あふれてしまいます……よね？」

問いの意図がわからず、おずおずと答えると、「その通りです」とベーブルクが頷いた。

「こちらの小さな杯はこの少年です。あふれたものが水ならば、手や床が濡れるだけで済むでしょう。ですが、それが熱湯だったらどうなります？」

「あ……っ」

反射的にぱっと少年の手を放す。

「若く、体力のある青年ならば、多少、聖なる力が過剰でも受け止められるでしょうが、すべての怪我人や病人が体力のある者とは限りません。むしろ、弱っている者のほうが多い。薬も適正量を過ぎれば毒となるように、癒やしの力も弱っている者に大量にそそげば、逆に弱らせてしまうことにもなりかねないのです」

「す、すみませんっ！　私……っ！」

癒やしの力が使えるようになったからと浮かれていた自分が恥ずかしい。

そのせいで、この少年をさらに苦しめていたかもしれないなんて。

「勝手なことをしようとして申し訳ありませんでしたっ！　私、とんでもないことを……っ！」

身体が震え出す。深く頭を下げて詫びると、ベーブルクの穏やかな声が降ってきた。

「いえ、わたくしこそすみません。少し驚かせすぎてしまったようです。確かに、癒やしの力を使う際には注意が必要ですが、劇薬のように細心の注意を払わねばならぬというわけではありません。何より、光神ルキレウス様の聖なるお力が悪しきものであるはずがないでしょう？」

「は、はいっ！　それはもちろん……っ！」

ロナル村でヴェルフレムにくちづけられた時に感じた力は、まるで春の陽だまりのようにあたたかく、優しかった。あれが光神ルキレウスの力だというのなら、悪いものであるはずがない。

「それに、治す相手によって、どれだけの力を使うかどうかというのは、癒やし手にとっても大切なことなのですよ。先ほど申しあげたように、ふつうの神官ならば、一度に癒やせるのはせいぜい三人……。その後は十分に休養して聖なる力を回復させねばなりません。ですが、相手に必要な力を適正に使うことができれば、より多くの者を癒やすことが可能です。レニシャ様のように強い力をお持ちならば、配分次第で多くの者を癒やせることでしょう」

穏やかに説明してくれていたベーブルクの面輪が、ふと哀しげな表情を宿す。

「年老いると聖なる力も徐々に弱ってまいります。残念ながら、もともと神官としての力が弱かったわたくしは、数年前から、よほどの力を振り絞らねば、人ひとり癒やすこともままならないのです……」

「ベーブルク様……」

持っていた力を徐々に失っていくのは、どれほどつらいことだろう。気遣わしげに見つめると、ベーブルクは無言でかぶりを振った。

「申し訳ございません。レニシャ様を哀しませるつもりはなかったのです。どうかお気になさらないでください。癒やしの力をろくに使えずとも、わたくしにはこれまで積み重ねてきた薬の知識と経験があるのですから」

　静かな口調ながらきっぱりとした声音には、長年神殿長を務めてきた者の矜持がうかがえる。

「私……っ、ベーブルク様に教えを請うことができて、本当に幸せ者です！」

　ベーブルクと話していると、癒やしの力を使えない代わりに薬草について学んできた自分の行動は間違っていなかったのだと自信が湧いてくる。

「ベーブルク様がおっしゃるように……。ひとりひとりを力をあふれさせることなく治すことができたら、癒やしの力を必要としている方を、何人も治すことができるということですよね？」

　ベーブルクが満足そうに頷く。

「ええ、その通りです。そのためには、一方的に力をそそぐのではなく、相手の様子を見ながら少しずつ力を分け与えることが大切です。こればかりは、経験を積むしかありませんが……」

「わかりました！　やってみます！」

　レニシャは呟き込みながらも、おとなしくベーブルクとレニシャの話を隣で聞いていたタックを振り返る。

「不安にさせてごめんなさい。タック、私にあなたを癒やさせてくれる？」

「うん……」

　タックがこわごわと、けれどもきっぱりと頷く。

「ぼく、いつも身体中が痒くて、咳がつらくて……。聖女様が少しでも楽にしてくださるというんなら、なんだっていいよ」

年に似合わぬ投げやりな物言いに、つきんと胸が痛くなる。ベーブルクが連れてきたということは、きっとずっと薬を処方されているはずだ。それでも治っていないのだから、長い間苦しんできたに違いない。差し出された小さな手を両手できゅっと握りしめ、集中するために目を閉じる。

「いと慈悲深き光神ルキレウス様。どうかこの者に癒やしの奇跡をお恵みくださいませ……」

祈りの言葉を唱えると、レニシャを取り囲むあたたかな力が揺らめくのを感じる。ロナル村の時は無我夢中で力を行使したが、ベーブルクに教えを受けたいまは違う。

目を閉じたまま、輪郭をなぞるように、握りしめた手を通じてそろそろとタックに力をそそぐ。

ざらざらと荒れた少年の肌を包み込むように、優しく力を分け与えていく。

「光神ルキレウス様。どうか、この少年に安らかな日々をお与えください……」

タックが、その身を苛む苦しみから逃れられますようにと、心からの祈りを捧げる。

力をそそぐうちに、タックの身体の中で淀んでいる核のようなものを感じとる。ゆっくりと力を込め、ぱきり、とそれを割った瞬間、タックが鋭く息を呑む音が耳に届いた。

「どう……？　まだ苦しいところは――、ひゃっ⁉」

タックの手を放し、おずおずと尋ねた瞬間、どんっと衝撃に襲われた。

「ありがとうっ！　聖女様っ！　もうぜんぜん苦しくないっ！」

勢いよく抱きついたタックが、きらきらした目でレニシャを見上げる。

「いつも肌がちりちりして痒くって、服がこすれるだけでもつらかったのに……っ！　聖女様す

「ごいっ！」

　興奮に頬を紅潮させている少年の肌は、先ほどまでがさがさに荒れていたのが嘘のようになめらかになっている。掻き壊してしまった後のかさぶたもない。

「聖女様っ、ありがとうっ！」

　ぎゅっと抱きついてきた腕の力強さに、レニシャの心にも喜びが満ちてくる。

「よかった……っ。もう、どこもつらくはない？」

　レニシャの問いにタックが大きく頷く。

「うんっ！　ほら、もう咳だって出てないよ！」

　満面の笑みで言うタックは、痩せていることさえ除けば、他の元気な子どもと変わらない。

「聖女様！　本当にありがとうっ！」

　喜びの声に、レニシャの心まで明るく輝く心地がする。

「あ、でも……。お礼をしないといけないんだよね……？」

　タックが不安そうな顔でレニシャを見上げる。

「あっ、私はお礼をもらおうとは考えていなくて……」

　聖都の神殿では高額な喜捨を行わねば癒やしの奇跡を授けられないらしいが、レニシャは最初から喜捨を求めようとは考えていなかった。もともと、早く『聖婚』を成就できるように、ラルスレード領のためにレニシャにできることがないかと考えた上でしたことなのだ。

　困り果てて、判断を仰ごうとベーブルクを振り返ると、「そうですな……」と、ベーブルクがゆったりと頷いた。

「高額な金銭を要求するつもりは、わたくしもありません。喜捨は金銭に限っていませんからね。現物や労働での喜捨も受けつけていますし。何より、こんな幼子に謝礼を要求するなど、とてもできません」

「じゃあ、家に帰って父さんと母さんに話してみる……」

タックが困り顔でもじもじと口を開く。

「いいのよ、タック。ご両親に気負わないでくださいと伝えてちょうだい。ですよね？　ベーブルク様」

「その通りだよ。きみはまだ幼いのだから。きみが元気になってラルスレード領で成長してくれるのが一番のお返しだよ」

ベーブルクが好々爺《こうこうや》の笑みを浮かべてタックを諭す。

「うんっ！　ぼく、これからはもっと家や畑のことを手伝うよ！」

まぶしいほどのタックの笑みにふれて、レニシャの心までほっこりする。

この後レニシャは、ベーブルクに薬草の調合の仕方を教えてもらう予定だが、タックはベーブルクの馬車で家まで送ってもらうということなので、一緒に待つらしい。レニシャが午前中に温室から積んできたハーブの調合の仕方をベーブルクに教えてもらっていると、屋敷の従者がロナル村の村長達の来訪を報告しに来た。

「聖女様、また病人を癒やしてあげるの？」

レニシャがベーブルクに習う様子をそばでおとなしく眺めていたタックが、興味津々といった表情で見上げてくる。

「ええ。私に治せそうならだけど……」

「聖女様ならきっと大丈夫だよ！」

信頼に満ちたタックの言葉をまぶしく感じながら、村長達を出迎える。

「レニシャ様！　祖母のターラを連れて参りました！」

真っ先に入ってきたのは、毛布にくるまれた小柄な老婆を抱き上げたトラスだった。

いまにも雪が降り出しそうな曇天の屋外から吹き込んできた風は、身を切るように冷たい。

「二年前、体調を崩して以来、ずっと調子が悪くて……。ベーブルク様に薬を処方していただいているものの、最近、目に見えて痩せてきて……」

長椅子にそっと祖母を下ろしたトラスが、茶色い瞳にあふれんばかりの心配を宿してレニシャを振り向く。

「祖母は、年のせいだから仕方ないって言うんですけど、やっぱりおれ、心配で……っ！」

「何言うんだい。あたしゃ、大丈夫だよ。まったく、聖女様の癒やしの奇跡を、こんな老いぼれに使う必要なんて……っ！」

トラスの言葉に、ターラがとんでもないと言いたげにかぶりを振る。だが、口調はしっかりしているものの、声に張りがない。

「でも、ばあちゃんってば、最近寝てばっかりで……っ！」

「確かに、半年前にお会いした時よりも痩せられていますね」

トラスに続いてベーブルクまで心配そうに眉根を寄せる。

「ターラさん。せっかく来られたのですし、よろしければ私に癒やさせてくださいませんか？」

レニシャは長椅子に座る老婆の前にひざまずき、丁寧に話しかける。

「聖女様っ⁉　そんな、とんでもない！　聖女様にそんな風に言っていただくなんて……っ！　こちらからお願いすべきところですのに！」

泡を食って言うターラに、レニシャは安心させるように微笑みかける。

「どうか、気になさらないでください。手を失礼しますね」

断ってから、骨が浮き出てかさついた手をそっと握る。

「光神ルキレウス様。どうか、この方に癒やしの奇跡をお恵みくださいませ……」

目を閉じ、注意しながらゆっくりと力をそそいでいく。

レニシャが感じとれるターラの生気は弱々しい。先ほどベーブルクに教えてもらった通り、大きな力をそそいでは負担になるに違いない。ゆっくりゆっくり時間をかけて癒やしていく。老婆の中に凝《こご》る塊を、氷を融かすように消し去り。

「どうでしょうか？　お身体の調子は……？」

目を開け、おずおずと見上げると、ターラがトラスと同じ茶色の目を見開いていた。

「あんなにずっと痛かった胃の痛みが消えるなんて……っ！」

「ばあちゃん⁉　ずっと痛かったって……⁉　そんなこと、言ってなかったじゃないかっ！」

トラスが驚いて声を上げる。

「言っても仕方がないと思ってたんだよ。自分の身体のことは自分が一番わかる。こりゃあ、もう治らないってね。だったら、余計な心配をかけないほうがいいじゃないか」

「そんなことないだろ！　おれや親父がどれほど心配していたか……っ！」

つんとそっぽを向いた祖母にトラスが言い返す。その声が不意に潤んだ。

「よかった……っ！　無理やりにでも連れてきてほんとよかったよ……。聖女様！　ばあちゃんを治してくださって本当にありがとうございますっ！」

「ひゃっ⁉」

立ち上がったところで急にぎゅっと力強く手を握られ、たたらを踏む。が、なんとか尻もちをつかずに持ちこたえた。

「おれだけじゃなくばあちゃんまで癒やしていただいて……っ！　なんとお礼を申し上げたらいいのか……っ！」

トラスが握り潰さんばかりに握りしめた手に力をこめてくる。トラスに続いて村長も礼を言ってくれるが、レニシャは答えるどころではない。

「いえっ。あの、私にできることをしただけで……っ！」

「こらトラス！　聖女様を困らせるんじゃないよ！」

おろおろと答えるとターラがトラスを叱責する。

「あんたは図体ばっかりでっかくて、礼儀がなっちゃいないんだから！　聖女様がびっくりしてらっしゃるだろう⁉　あんたの馬鹿力で聖女様の手を握り潰すつもりかい⁉」

「図体だけって……っ！　そんなことないだろ！」

レニシャの手を握る指先を緩めたものの、まだ放さないトラスが、祖母に向き直って言い返す。

「あ、あのっ、私の手は大丈夫ですから……」

レニシャはおろおろと割って入ったが、自然と口元が緩む。

「お二人とも仲がいいんですね。うらやましいです」

レニシャの祖父母はレニシャが生まれる前に亡くなってしまった。ぽんぽんと遠慮なくやりとりしているトラスとターラの様子に、羨望の気持ちが湧き上がる。

「ターラさんもすっかりお元気になられたようでよかったです」

「それもこれも聖女様のおかげです。本当に、なんとお礼を申し上げたらよいのやら……」

「どうか頭を上げてください。私は聖女としての務めを果たしただけですから」

深々と頭を下げたターラに、あわてて答える。

「それより、これからはお身体に不調を感じたら、隠さずすぐに教えてくださいね。トラスさんもとても心配されていました」

にっこりと微笑んで注意すると、皺だらけのターラの顔にばつの悪そうな表情が浮かんだ。

「確かに、余計な心配をかけまいとして、逆に心配させてしまったのは認めますよ。……あとトラス、あんたがまだまだばあちゃん子ってのはよくわかったよ」

「ちょっ⁉　ばあちゃん⁉」

「……こんな年寄りを心から心配してくれてありがとうね」

ターラの静かな声にトラスが息を呑む。

「ばあちゃん……」

呟いたきり、ぎゅっと唇を引き結んだ顔は、いまにも泣き出しそうだ。

「ほらほら、そんな顔をしてるんじゃないよ。そんなだから図体ばかりって言うんだよ」

笑んだ声で孫をからかうターラの声は、言葉とは裏腹にどこまでも優しい。

「聖女様。誠にありがとうございます。癒やしの奇跡をお恵みくださったお礼につきましては、日を改めて必ずさせていただきます」

長椅子から立ち上がったターラが恭しく頭を下げる。

「氷狐の件といい、私や孫を治していただいた件といい、伯爵様と聖女様にはどれほどお礼を申し上げても足りません。このご恩は必ず返させていただきますので」

丁寧に話す老婆の姿からは、来た時に感じた弱々しさはすっかり霧散している。

「それと、このお馬鹿にはしっかり言い聞かせておきますから、伯爵様にもご心配いらないとお伝えください」

「えっ、あの……？」

このお馬鹿とは誰のことだろうか。戸惑った声を上げると、ターラがレニシャの手を握ったままのトラスを勢いよく振り返った。

「トラス！　いつまで聖女様の手を握っているんだい⁉　村へ帰るよ！」

「急にどうしたんだよ⁉　もうちょっとゆっくり休んだほうがいいんじゃないのか⁉」

　レニシャの手を放したトラスが、ターラが立ち上がった拍子に落ちた毛布を拾い上げて、心配そうに祖母の小さな肩にかける。

「大丈夫だよ。聖女様にちゃんと治していただいたからね。あと五年は元気であんたをどやしつけられるさ」

　しゃきしゃきと話すターラは来た時とは打って変わって本当に元気そうだ。

「これ以上、大恩ある伯爵様と聖女様にご迷惑をおかけするわけにはいかないよ。それに、あんただってお忙しい聖女様のお邪魔をするのは嫌だろう？」

「そ、そりゃそうだけど……っ！　でもこんな急に……っ」

　ひとりでさっさと歩き出し、出ていこうとする老婆をトラスと村長があわてて追いかける。

「ばあちゃん、ちょっと待ってくれよ！　外は寒いんだから……っ！　せっかくレニシャ様に治していただいたのに、風邪なんかひいたら大変だろ⁉　すみません、レニシャ様。ばあちゃんってばせっかちで……！」

「ターラさん！　私のことでしたら気にせず、ゆっくりしていただいて大丈夫ですから……」

　レニシャもあわてて後を追うが、ターラの歩みは止まらない。痩せた手が力強く玄関扉を押し開ける。開けた途端、隙間からひょおっ、と雪混じりの冷たい風が吹き込んできた。トラス達を出迎えた時は曇天だったが、いつの間にか雪が降り始めたらしい。

「聖女様。本当にありがとうございました。伯爵様にもどうぞよろしくお伝えください」

「いえ、何のおかまいもできず……」

あわただしく一礼した村長が、トラスと老婆を追いかけて外へ出る。せめて見送りをしようと、レニシャも村長に続いて扉に手をかけたところで。

「氷狐っ⁉　なんで……っ⁉　こんなところに……っ⁉」

驚きに満ちたトラスの叫びが響き、その場にいた全員が息を呑む。

「トラスさんっ⁉」

レニシャは乱暴に扉を押し開け、外へ出る。

うっすらと雪が積もった前庭に四本脚で立ち紅い目でこちらを睨みつけている十匹ほどの獣は、間違いなく氷狐だ。

なぜ屋敷の前に、という疑問が湧くより早く身体が動く。驚愕に立ち尽くす村長と祖母を守ろうとするトラスの横を駆け抜け、レニシャは三人を背に庇って氷狐に相対した。

「レニシャ様っ⁉」

「だめです！　トラスさんはターラさんを守ってくださいっ！」

声を上げたトラスを振り返らずに制する。

若いトラスでも氷狐に襲われて重傷を負ったのだ。もしターラが襲われたりしたら大変だ。

だが、反射的に前に出てしまったものの、これからどうしたらいいかなんて、レニシャ自身もわからない。

聖なる力を使えば撃退できるのかもしれない。だが、どうすればいいのだろう。

ただ、トラスやターラを危険な目に遭わせるわけにはいかないと、いざとなれば自分の身を挺して庇うつもりで氷狐達を睨みつける。

四肢をふんばり、身を低くして唸る氷狐達は、いまにも飛びかかってきそうだ。紅い目が害意という名の薪をくべられたようにぎらついている。

(ヴェルフレム様……っ!)

頭の中でここにいない炎の魔霊の名を祈るように紡ぐ。

ヴェルフレムさえいてくれれば、氷狐達をあっという間に蹴散らしてしまうだろう。だが、この時間は執務室にいるはずだ。きっとベーブルクかタックが知らせてくれるに違いない。ならば、ヴェルフレムが来てくれるまでの間は、レニシャがトラス達を守らなければ。

がくがくと震え出しそうになる足を踏ん張り、油断なく氷狐を睨みつける。雪混じりの冷たい風が吹きつけるが、寒さを感じる余裕すらない。気を抜けば恐怖に膝から崩れ落ちそうだ。

どれほどの時間が過ぎただろう。実際にはいくつか数を数えるくらいだったかもしれない。

不意に、氷狐一匹がふぉーん! と叫び声を上げる。

それを合図にしたかのように、他の氷狐がいっせいに地を蹴って飛び上がり——、

「っ!?」

とっさに動けず、身を強張らせたレニシャの視界を、揺れる紅の髪が埋める。

「レニシャ!」

切羽詰まった叫びに、氷狐達の断末魔《だんまつま》の鳴き声が重なった。

　かと思うと、燃えるような熱にぎゅっと抱きしめられる。

「無事かっ⁉　どこか怪我はっ⁉」

「ヴェル、フレム様……？」

　射貫くような金の瞳を見た途端、張り詰めていた緊張の糸が切れる。くたりとくずおれかけた身体を力強い腕が抱きとめてくれた。

「だ、大丈夫です……っ。でも、どうして……？」

　来てほしいと願っていたヴェルフレムが突然目の前に現れるなんて。夢を見ているかのようだ。

「どうしたもこうしたもあるか！　氷狐の前に飛び出すなど……っ！　俺がすぐ駆けつけられたからいいものの……っ！　なんという無茶をする⁉」

　激しい口調のヴェルフレムが抱きしめる腕に力を込める。

　ヴェルフレムから伝わってくる熱も、力強い腕も、絶対に幻ではありえない。そう気づいた途端、沸騰しそうなほど全身が熱くなる。

「あっ、あの……っ⁉」

　腕の中から逃れようと身をよじったレニシャは、屋敷の二階の窓のひとつが大きく開け放たれているのに気がついた。カーテンが風にあおられ大きくはためいている。あそこはヴェルフレムの執務室だ。きっと氷狐の鳴き声を聞いて、飛び降りて駆けつけてくれたに違いない。

　二階から飛び降りるなんて、魔霊であるヴェルフレムでなかったら大怪我をしていたかもしれない。だが、ヴェルフレムのおかげでレニシャが無事だったのはまぎれもない事実だ。

「た、助けていただいて、ありがとうございました……」

わずかに腕を緩めてくれたヴェルフレムに頭を下げる。

「ヴェルフレム様はお怪我をなさっていませんか？」

「……心臓が痛い」

「えぇぇっ⁉」

低い声で言われ、弾かれたように顔を上げる。

「氷狐の爪で怪我されたのですかっ⁉　すぐに治しますっ！　あっ、魔霊の方でも、人間と同じように治せるんでしょうか……っ⁉」

絹の服に包まれたヴェルフレムの胸元を両手でぺたぺたとさわるが、どこも破れたり血が出ていたりする様子はない。

だが、魔霊の場合は人間と同じとは限らない。見た目は変わりなくても傷を負っているのかもしれない。自分を庇ってヴェルフレムが怪我を負ったかもしれないと思うと、足下の地面が消えたような心地がする。

「傷はどこですかっ⁉　教えてくださいっ！　とりあえず中へ――、ひゃっ⁉」

ヴェルフレムの手を取ろうとした瞬間、もう一度抱きしめられる。

「大丈夫だ。どこも怪我などしていない」

「で、ですが、心臓が痛いとおっしゃって……っ！」

必死で言い募ると、レニシャを見下ろしたヴェルフレムの口元が悪戯っぽく吊り上がった。と、

ひょいと横抱きに抱き上げられる。

「本当だ。怪我などしておらん。心臓が痛いと言ったのは……」

ヴェルフレムが、レニシャの顔を覗き込む。

「お前が無謀にもひとりで氷狐に立ち向かっているのを見たせいだ。驚きと心配で心臓が壊れそうになったのも仕方がないだろう？」

「っ⁉」

責めるわけではない。だが、心から心配したことが察せられる真摯な声に、言葉に詰まる。

レニシャが何も言えないでいる間に、ヴェルフレムがレニシャを抱き上げたまま無言でこちらを見守っているトラス達に歩み寄る。氷狐の断末魔の鳴き声が聞こえたからだろう。ベーブルクとタックも心配そうな様子で外へ出てきていた。

「ヴェ、ヴェルフレム様……っ⁉」

人前で抱き上げられていることに気づき、足をばたつかせて下りようとするが、ヴェルフレムの腕はまったく緩まない。

「すまん。驚かせたな。お前達に怪我はないか？」

ヴェルフレムの問いにターラが頷く。

「もちろんでございます。聖女様が庇ってくださいましたので、何の怪我もございません。ですが、なぜ急に氷狐が……？」

「俺の屋敷に氷狐が現れるなど、いままで一度もなかったことだ。正直、俺にも原因がわからん」

　ヴェルフレムの苦い声に、青い顔で口を開いたのは村長だ。

「氷狐は、わたし達が外へ出た途端に現れました……。も、もしや、またロナル村が狙われるということなのでしょうか……っ⁉」

「いや、それはなかろう。氷狐が同じ年にふたたび同じ村を襲ったことは、これまで一度もないからな。むしろ……」

　一瞬、レニシャを見下ろしたヴェルフレムがすぐに村長へ視線を向ける。

「どうしても帰りが不安だというのなら、送ってやってもよいが」

「とんでもないことです！　伯爵様にそのようなお手間をかけるわけにはまいりません！」

　ヴェルフレムがみなまで言うより早く、ターラが激しい口調で突っぱねる。

「氷狐はそうたびたび姿を現すものではないと聞いております。ならば、わたくしどもがこのまま帰ったとしても、無事に村へ着きましょう。さあ、トラス。荷台に乗せておくれ」

　固い意志を見せて告げたターラが、孫を急かす。

「ったく、ばあちゃんってば、一度言い出したらきかねぇんだから……」

　ぶつぶつと文句を言いながらも、トラスが素直にターラを抱き上げて荷台に乗せる。

「タックを送ってやらねばなりませんし、わたくしも、本日はここでお暇いたしましょう。レニシャ様の癒やしの力を見ることも叶いましたし……。レニシャ様、相談事がございましたら、いつでもお呼びください」

「ベーブルク様、本日はいろいろお教えいただき、ありがとうございました！」

ようやくヴェルフレムに下ろしてもらったレニシャはベーブルクに深々と頭を下げる。と、肩にあたたかな布地がかけられた。絹の布地のなめらかな肌ざわりとふわりと揺蕩う香草を燃やしたような香りに、ヴェルフレムの上着だと気づく。

「着ておけ。外は寒い。どうせ、見送りをすると言うのだろう？」

「は、はい！」

先ほどまで寒さなどまったく感じなかったのに、ヴェルフレムから離れた途端、石畳から冷気が這い上がってくる。ありがたく上着を借り、レニシャはヴェルフレムと並んであわただしく出て行く二台の馬車を見送った。

馬車が門を通り抜け、がらがらと響く車輪の音が遠のいたところで。

「ヴェルフレム様！　先ほどは本当にありが――、っ⁉」

あらためて礼を言おうとした瞬間、レニシャは思いきりヴェルフレムに抱きしめられた。

「ヴェ、ヴェルフレム様……っ⁉」

「お前が無事で、本当によかった……っ！」

胸に迫る声に、何も答えられなくなる。

「氷狐に襲われそうになっているお前を見た時は、炎の魔霊だというのに、心臓が凍るかと思った……っ！」

レニシャの存在を確かめようとするように、身体に回されたヴェルフレムの腕に力がこもる。

「頼むから、決してあんな無茶はしないでくれ……。お前が倒れた時のような思いを味わうのは、もう二度と御免だ」

聞いているレニシャの胸まで締めつけられるような切ない声。

「も、申し訳ありません……っ」

震える声で詫び、こわごわとヴェルフレムを見上げると、じっとこちらを見下ろす金の瞳とぶつかった。心から心配しているとわかる包み込むようなまなざしを見た途端、ぱくんと鼓動が跳ねる。同時に。

不意に、前ぶれもなく気づく。気づいてしまう。

どうしてヴェルフレムにふれられるだけで心臓が飛び出しそうなほど胸が高鳴るのか。

金の瞳に見つめられるだけで、胸が切なく疼き、嬉しいと同時に恥ずかしくて逃げ出したい気持ちになってしまうのか。

（私……。ヴェルフレム様のことが、好きなんだ……）

自覚した途端、ぼんっと顔が沸騰したように熱くなる。

「どうした？」

突然、挙動不審になったレニシャを見て、ヴェルフレムがいぶかしげに眉根を寄せる。が、正直に明かせるわけがない。

「ヴェ、ヴェルフレム様！　そろそろ中に戻りましょう！」

「うん？　寒いのか？」

自分の熱を分け与えるように、ヴェルフレムが抱き寄せる腕にますます力をこめる。

だが、逆効果だ。燃えるような頬にさらに熱がのぼって、気絶するのではないかと思う。

「ち、違いますっ！　寒いわけではなくて、その……っ！　ヴェルフレム様は執務中でしたし、玄関広間を片づけなければいけませんし……っ！」

あわあわと声を上げると、ふはっとヴェルフレムが吹き出した。

「確かに、それはそうだな」

腕がほどかれほっとしたのも束の間、ヴェルフレムがレニシャの手を引いて歩き出す。

手をつないでいるだけなのに、ぱくぱくと高鳴る心臓の音が指先を通じて伝わってしまうのではないかと心配になる。

（ヴェルフレム様は、『聖婚』のお相手だもの……。だから、恋心を抱いたとしても、悪いどころか、むしろ当然、で……）

少しでも心を落ち着かせるべく、レニシャは自分が抱いた想いを正当化しようと試みる。

そうだ。レニシャはヴェルフレムに嫁ぐためにラルスレード領へ来たのだ。ならば、ヴェルフレムに恋心を抱くのは何も悪いことではない。

なのに、これほど心に不安が渦巻いているのは……。

レニシャは半歩前を歩くヴェルフレムの横顔をそっと見上げる。見惚れてしまうような人外の美貌は、その内にどんな感情を宿しているのか、レニシャには読み取れない。

初めて自覚した己の恋心を素直に喜ぶことができないのは、やはり相手が魔霊伯爵だからに違いない。レニシャは先ほど癒やしたターラの皺だらけの痩せた手を思い出す。

いつか……。レニシャがターラのように年老いたとしても、ヴェルフレムはいまの美しい青年姿のまま、変わらぬに違いない。

やがて置いて逝かざるをえないヴェルフレムに、想いを伝えてもよいのか……。レニシャには、判断がつかない。

（そもそも、ヴェルフレム様が私をどう思ってくださっているのか……）

『聖婚』の聖女として、大切にしてもらっていると、思う。それを疑う気など、まったくない。

だが……。

（私の前の……。代々の聖女様には、どんな風に接してらしたんだろう……？）

期待外れと呼ばれていたレニシャにも優しいヴェルフレムのことだ。代々の聖女達にも優しくふるまっていたに違いない。

（嫌だ。私……っ）

前の聖女達のことを考えた瞬間、もやりと黒い感情が湧き上がりかけた己を恥じる。

この感情の名を、レニシャは知っている。嫉妬だ。

期待外れの聖女だと聖都で蔑まれていた時、何の苦労もなく癒やしの力を使う聖女達がうらやましくて仕方がなかった。

けれど、いま胸に湧き上がったどろどろとした感情は……。聖都で感じていた嫉妬よりももっと強くて穢《きたな》い。何より、もうここにはいない過去の聖女達に嫉妬するなど、ヴェルフレムが知れば呆れ果てるに違いない。

　ヴェルフレムに嫌われるかもしれないと思うだけで、締めつけられるように心が痛む。

　聖女になってから初めてレニシャに優しくしてくれた方。レニシャを気遣うだけでなく、故郷に援助までしてくれた方。

　それが『聖婚』の聖女だからという理由だとしても、ヴェルフレムの言動にレニシャがどれほどの喜びを感じているのか……。

　きっと、ヴェルフレム自身は気づいていまい。

（私が、ヴェルフレム様が『聖婚』を執り行っていいと思えるほど、立派な聖女になることができたら……）

　その時には、恋心を伝えても迷惑だと思われないだろうか。そうだったらいい、と心から願う。

（いつか、ヴェルフレム様に想いを伝えられるように……）

　そのために自分ができることは何であろうと頑張ろう、とヴェルフレムに手を引かれて歩きながら、レニシャは固く決意した。

◇　◇　◇

　恋心を自覚した後、初めてヴェルフレムと一緒に摂った夕食は、どきどきして胸がいっぱいになり、ろくにお腹に入らなかった。

　ヴェルフレムに「どうかしたのか？」と心配そうに問われたが、もちろん答えられるわけがなく、なんとかごまかそうとするあまり、変な汗がだらだらと出てしまった。

「体調が悪いのではなかろうな」

と眉根を寄せたヴェルフレムに大きな手のひらで頬を包まれ、顔を近づけられた時には、羞恥と混乱で危うく叫びそうになったほどだ。

ヴェルフレムがそばにいてくれるだけで、自分の意志とは裏腹に、勝手に心臓が高鳴って顔が熱くなってしまうなんて……。

これから先、『聖婚』を成就できるまでうまく隠せるのかと途方に暮れてしまう。どきどきしすぎて、心臓が壊れてしまうほうが先ではなかろうか。

やっとの思いで夕食を終えたレニシャは、執務を続けるというヴェルフレムに許可をもらった上で、屋敷の一階にある図書室に向かった。

昼間、ベーブルクに薬について教えてもらった際に、伯爵邸の図書室ならば薬学の本も所蔵されているので、時間があれば読んでみるといい、と助言されたためだ。

正直、もう少し心が落ち着かないことには、ヴェルフレムの執務を手伝えるとは思えない。手伝ったとしても、間違えたり書類を取り落としたりして迷惑をかける姿しか思い浮かばなかった。これ以上、ヴェルフレムに呆れられる事態だけはなんとしても避けたい。

レニシャはヴェルフレムが灯してくれた燭台を片手に、図書室の重厚な扉に手をかける。『本を読むのなら、こちらの明かりのほうがいいだろう』とヴェルフレムが燭台に灯してくれた炎は、握り拳ほどの大きさだというのに、レニシャの全身をほわりと包むほどのあたたかさだ。

かすかに揺らめく炎はヴェルフレムの紅の髪を連想させて、ささやかな厚意にさえ、ぱくぱくと鼓動が速くなってしまう。

（ヴェルフレム様はただ、気遣ってくださっただけなのに……）

いつまでも挙動不審が続けば、そのうち恋心を見抜かれてしまうかもしれない。そんな事態は避けなければ。

きっと本を読めば心が落ち着いて、少しはましになるだろう。ヴェルフレムのことばかり考えてしまうからどきどきが止まらないのだ。自分がやるべきことに打ち込めば、余計なことを考えずに済むだろう。

かすかに軋む扉を押し開けたレニシャは、図書室の奥で明かりが灯っているのに気づいて首をかしげた。

立ち並ぶ書棚の奥がかすかに明るい。不思議に思いながらも扉を閉めて足を踏み入れる。中は紙とインクの香りがかすかに漂っていた。聖都の神殿にあった図書館を思い出す。天井近くまである書棚がいくつも並んでいるさまには、自然と圧倒されてしまう。書棚に整然と並べられた本の一冊一冊に叡智《えいち》が詰まっているのだと思うと、敬虔《けいけん》な気持ちさえ湧き起こる。

聖女になって嬉しかったことのひとつは、読み書きを習えたことだ。故郷の村では、字を読める者は数えるほどしかいなかった。

レニシャは求める本を探して背表紙を確認しながら進んでいく。ひとつ目の書棚を過ぎ、角を曲がろうとしたところで。

「レニシャ⁉」

「スレイルさん……っ⁉」

図書室の奥から現れたスレイルの姿にレニシャは驚きの声を上げた。どうやら、扉を開けた時に気づいた明かりはスレイルのものだったらしい。

聖都からの旅の間は、ずっと馬車で顔を突き合わせていたというのに、到着して以降は部屋や食事が別ということもあり、スレイルとは顔を合わせる機会がほとんどなかった。

最後に言葉を交わしたのは、レニシャが温室で倒れた時だ。

「スレイルさん！　先日は助けていただきまして、本当にありがとうございました！」

意識を取り戻した時は、あわただしくてろくにお礼が言えなかった。深々と頭を下げて礼を述べると、愛想のない声が降ってきた。

「気にする必要はありません。『聖婚』の聖女であるあなたに何かあっては大変ですからね。ですが……」

スレイルの声が低くなる。

「本当にあの魔霊があなたを害す気がなかったという保証はありません。神殿とは打って変わった贅沢な暮らしにずいぶんと浮かれているようですが……。気を抜くのではありませんよ」

レニシャが纏う綺麗なドレスをちらりと見やったスレイルがはんっ、と忌々しげに鼻を鳴らす。

何があったのかは知らないが、やけに機嫌が悪そうだ。

ラルスレード領に来る前のレニシャなら、委縮して、何が悪いのかもわからぬまま謝罪していたかもしれない。だが、いまは。

「ヴェルフレム様が私を害そうとするなんて、そんなはずがありませんっ！　いつだって私を気遣ってくださるばかりか、癒やしの力を使えるようにまでしてくださったんですから！」

自分が蔑まれるのはいいが、ヴェルフレムが悪く言われるのは耐えられない。

顔を上げ、きっ、とスレイルを見据えて言い返すと、レニシャの反応が意外だったのだろう。スレイルが虚をつかれたように目を瞬いた。が、すぐに不快そうに細い眉が吊り上がる。

「そういえば、喜捨も得ずに癒やしの奇跡を施したらしいですね。使用人が褒めそやしているのを聞きましたよ。勝手なことを！　癒やしの力を使えるようになったからと調子に乗っているのではないでしょうね⁉　このことが聖都に知れてみなさい！　お目付け役のわたしが叱責されるのですよ⁉」

「困っている方のために尽くすのは神殿の本分ではありませんか！　それに、無償でしたわけではありません！　タックはお手伝いを頑張ると……っ！」

「はっ、手伝いとは！」

スレイルの薄い唇が嘲るように歪む。

「そんなものに何の価値があるんです？　何でも、数代前の聖女の目付け役が、聖女が死んだ後も残って神殿長を引き継いでいるそうじゃありませんか。聖都を捨ててこんな辺境に骨を埋めようとは、気が知れませんね。……まぁ、どうせ、聖都でうだつが上がらず、尻尾を巻いて逃げてきたのでしょうが」

「な……っ⁉　なんてことをおっしゃるんですかっ⁉」

　ベーブルクに対してあまりに失礼過ぎる物言いに、怒りで目がくらむ心地がする。

「ベーブルク様は本当に素晴らしい御方です！　ご高齢だというのに、民のことを真摯に考えていらっしゃって、薬の知識も深くて……っ！　それに、聖女のお目付け役というのなら、スレイルさんにとって先輩にあたる方ではないですか！」

　言った瞬間、スレイルの眉が吊り上がる。

「馬鹿も休み休み言いなさいっ！　わたしはここで功績を上げたら、聖都での出世が約束されているのですよっ⁉　わたしをあんな負け犬などと一緒にしていいはずがないでしょうっ⁉」

「え……？」

　初めて耳にした話に、間抜けな声がこぼれ出る。

「まあ、その点、あなたがうまくやってくれているのは認めましょう」

　スレイルの薄い唇が、ねばついた笑みで歪む。

「毎夜、魔霊に可愛がられているんでしょう？　うまく取り入ったじゃありませんか。贅沢のために魔霊なんぞに身を捧げるなんて、わたしなら死んでも御免ですが、『聖婚』の成就は神殿の急務ですからね。魔霊に首輪をつけ直したとなれば、わたしの評価だって……」

「な、何を言ってるんですか……？」

　くつくつと愉悦に喉を鳴らすスレイルに、レニシャは呆然とした声で問いかける。

「可愛がって……？　それに、『聖婚』はまだ成就できていませんっ！　ヴェルフレム様は、私がラルスレード領のことをしっかり学んで、相手としてふさわしくなったら『聖婚』を執り行おうとおっしゃっていて……っ」

「何だとっ⁉」

「きゃっ！」

突然、血相を変えて摑みかかってきたスレイルに驚き、小さく悲鳴を洩らす。

「まだ『聖婚』を成していないだとっ⁉　馬鹿なっ⁉　あの魔霊と毎晩同じ寝台で睦みあっているんだろう⁉」

「むつみ……？　あの、スレイルさんが何をおっしゃりたいのかよくわかりませんけれど……。私はいつもひとりで寝ていますし、何より、ヴェルフレム様は夜の間もずっと執務をされていますけど……」

わけがわからぬまま、おろおろと返すとスレイルの顔が憤怒に赤く染まった。

「くそっ！　騙したなっ⁉」

「痛っ！」

両肩を摑むスレイルの爪が布越しに肩に食い込み、痛みに声が洩れる。

「穢らわしい魔霊ごときがわたしを騙すなど！　ふざけるなっ！　お前もあいつと一緒にわたしを嘲笑っていたのか⁉　期待外れの聖女ごときが……っ！」

「そ、そんなこと……っ」

スレイルが何にこれほど激昂しているのか、レニシャにはまったくわからない。

ただ、睨みつける血走った目も、肩を潰さんばかりに摑む手も、レニシャが知るスレイルとはあまりに違っていて、恐ろしくてたまらない。

「は、放してくださいっ！」

身をよじって抗うがスレイルの手は緩まない。反射的に右手を動かした拍子に、持っていた燭台の炎がスレイルの腕をかすめた。

「熱……っ！」

悲鳴を上げたスレイルがばっと手を放す。

「す、すみませ――」

「この……っ！」

炎が燃え移ったかのように目をぎらつかせたスレイルが右手を振りかぶる。

息を吞み、身を強張らせた瞬間、燭台の炎が、湧き立つように一気に燃え立つ。かと思うと、紅の長い髪が目の前で揺れた。

突然現れ、レニシャを守るようにスレイルの前に立ちふさがったヴェルフレムの広い背中を、レニシャは呆然と見上げる。いったい何が起こったのか理解できない。だが、幻ではない証拠に、ヴェルフレムの手がレニシャに殴りかかろうとしていたスレイルの腕をがっちりと摑んでいる。

「――レニシャに、何をしようとした？」

湧き立つ溶岩のような激しい怒りを孕んだ声が、スレイルを詰問する。

「ぐぅ……っ！　は、放せ……っ！」

よほど強い力で摑まれているのだろうか。額に脂汗をにじませたスレイルが苦悶の声を上げる。必死に振りほどこうとしているようだが、ヴェルフレムの戒《いまし》めは巌《いわお》のようにびくともしない。

「大切な『聖婚』の聖女に、何をしようとしたと聞いている」

『大切な』そんな場合ではないとわかっているのに、ヴェルフレムの言葉に心臓が跳ねる。苦悶に顔を歪ませながら、それでもスレイルが嘲るように吐き捨てた。

「はっ！　『聖婚』の聖女だとっ⁉　笑わせるなっ！　こいつに手を出していないくせに何を言うっ⁉　レニシャから聞いたぞっ！　最初からわたしを騙して教会の軛から逃れる魂胆だったのだろう⁉」

なぜスレイルはこれほど激昂しているのだろう。確かに、すぐに『聖婚』を行うわけではないのは、成就を急ぐスレイルの意に沿わないかもしれない。

だが、レニシャが伯爵夫人としてふさわしくなってからというヴェルフレムの言い分は、至極真っ当だと思う。加えて、ヴェルフレムはレニシャをふさわしいと認めた時には、『聖婚』を執り行うと約束してくれているのだから。

スレイルの激しい怒りをいなすように、ヴェルフレムが小さく吐息する。

「神殿に反旗を翻す気はない。……と言っても、偏見に凝り固まったお前は信じぬのだろうな」

呟いたヴェルフレムの声は、はなから期待していないと言いたげに平坦だ。

「確かに、俺はレニシャに手を出す気はない」

「っ⁉」

きっぱりと告げられた言葉にレニシャは息を呑む。

――つまり、ヴェルフレムは本当は『聖婚』を執り行う気はないということか。

胸の中央にぽっかりと穴が空いたように、ずきずきと痛む。

不意にじわりとヴェルフレムの後ろ姿がにじみ、泣きそうになっているのだと初めて気づく。

涙をこぼすまいと、レニシャは固く唇を噛みしめた。

ヴェルフレムは最初から『聖婚』を執り行う気がなかったのだろうか。レニシャに言ったことは、すべて虚言だったと……。

嫌だ。信じたくない。

レニシャにかけてくれた優しい言葉も、柔らかな微笑みも、それらが全部嘘だったなんて。

祈るように広い背中を見上げたレニシャの耳に、スレイルのひび割れた声が届く。

「やはりそうか！　信の置けぬ穢らわしい魔霊めが！　最初から『聖婚』を破棄するつもりだったのだろう⁉」

「そうではない。『聖婚』は成す。ただ、お前が考えているような形でレニシャを傷つける気はないというだけだ」

ヴェルフレムの静かな声に、レニシャはぽかんと瞬きする。ヴェルフレムが言わんとすることがわからない。レニシャの疑問を代弁するかのように、スレイルが声を荒らげる。

「世迷言を……っ！　そんな言い分を信じられるわけがないだろうっ⁉　たわごとでわたしを煙に巻こうとしても――」

「お前が信じようと信じまいとどちらでもよい」

刃のように鋭いヴェルフレムの声がスレイルの言葉を断ち切る。

「だが、己の考えが正義だと固執するがゆえに、レニシャを傷つける者を見過ごす気はない」

ヴェルフレムが手首を握る手に力を込めたのだろう。スレイルが苦しげに呻く。

「レニシャとともに聖都から来た神官ゆえ、屋敷への滞在を許してやっていたが……。レニシャに手を上げる気ならば容赦はせん。ひと晩だけ猶予をやる。だが、明日の朝には屋敷から出てゆけ。お前とて、いつまでも俺の顔を見ていたくはないだろう？」

冷ややかに告げると同時に、ヴェルフレムがぱっと腕をほどく。逃れようと身をよじっていたスレイルが、急に解放されてたたらを踏んだ。なんとか踏みとどまり、憎しみに満ちた目で、自分より背の高いヴェルフレムを睨みつける。

「聖都の神官であるわたしにこんな仕打ちをして、ただで済むと思うなよ⁉　覚えておけ！　聖都の神殿に訴えてやる！」

「好きにしろ。その程度、俺には痛くもかゆくもない。むしろ、お前が叱責を受けるのではないか？　『聖婚』の聖女に暴力を振るおうとした、とな」

ヴェルフレムの言葉に、図星をつかれたのだろう。スレイルが憎々しげに唇を噛みしめる。

「さっきのはもののはずみだ！　大切な『聖婚』の聖女を傷つけるわけがないだろう⁉　傷つけるというなら、どう考えてもわたしではなくお前のほうではないか！」

スレイルの糾弾に、ヴェルフレムの広い肩が刃で貫かれたように揺れる。

「……レニシャを傷つけるつもりは、ない」

答えた声はいつものヴェルフレムと別人のように弱々しい。

「はっ！　どうだかな！」

ヴェルフレムの反応に嗜虐心《しぎゃくしん》が刺激されたのか、スレイルが唇を歪める。

「口では何とでも言える。そもそも、こんな小娘を気遣ってどうする？　この娘は、お前の贄となるべく来たというのに。それとも……。ああ、そうか」

にやり、と侮蔑と嫌悪がないまぜになった歪んだ笑みがスレイルの口元に浮かぶ。

「信用させた上で、絶望の淵に叩き込むのがお好みというわけか。いかにも狡猾で穢らわしい魔霊らしいな。そういうことなら協力してやろうじゃないか」

納得したように頷いたスレイルがくつくつと喉を鳴らす。

「わたしの目がないほうが自由にできるというのなら、お前の言う通り出て行ってやろう」

騒いだせいで乱れた神官服の襟元を正したスレイルが傲岸《ごうがん》に応じる。

「レニシャ。『聖婚』の聖女としての務めをしっかり果たすのですよ」

「は、はい！」

すれ違いざまに言われた言葉に頷き、レニシャは振り返りもせず図書室を出て行くスレイルの後ろ姿を見送った。スレイルが出て行き、ぱたりと扉が閉まったところで。

「あの、ヴェルフレム様、いまのは……？　それに、どうして急に……？」

レニシャはヴェルフレムを見上げて、おずおずと尋ねた。何でもないことのように、あっさりとヴェルフレムが答える。

「お前に渡した炎に、大きく揺れた時は俺に知らせが来るよう、細工しておいたんだ。万が一、また昼間のようなことがあっては大変だからな。しばらくの間、昼間であろうと常に俺の炎を持ち歩け」

「は、はい……。あのっ、先ほども助けていただきありがとうございました！」

突然、目の前に現れるなんていったい何が起こったのかと驚いたが、魔霊の能力だったらしい。改めて魔霊とはすごいものなのだと感心する。

ぺこりと頭を下げて礼を述べたレニシャは、「その……っ」と不安も露わにヴェルフレムを見上げた。

「す、すみません……っ。先ほどのお話、私にはぜんぶ理解できなかったのですけれど……。『聖婚』は執り行っていただけると考えてよい……のです、よね？」

おずおずと発したレニシャの問いかけに、ヴェルフレムが目を瞠る。呆れとも感心ともつかぬなんとも言えない微妙な沈黙が落ちた。

「……初日のやりとりを考えれば、お前が理解できなかったというのも仕方がないか……」

はあぁっ、と、ヴェルフレムが深い溜め息をこぼす。

「ああ。『聖婚』は執り行う。……いまから話す内容を聞いてなお、お前が望むなら、だがな」

「……？」

緊張を孕んだ低い声に、レニシャはきょとんと首をかしげる。ヴェルフレムの形良い唇が自嘲するように歪んだ。

「長い話になる。こちらへ来るといい」

ヴェルフレムがレニシャの手を取り、図書室の奥へと進む。

書棚をいくつか通り過ぎた窓際に置かれていたのはさほど大きくはないテーブルと椅子、それと優に二人は座れるソファだった。テーブルの上にはスレイルが置いていったらしい燭台と本が一冊残ったままだ。

テーブルに座るのかと思いきや、ヴェルフレムが歩を進めたのはソファだった。促されるまま、レニシャは持っていた燭台をテーブルの上に置き、ヴェルフレムと並んでソファに座る。

カーテンが開けられた窓からは闇に沈んだ裏庭が見える。昼間は曇天で雪が降っていたが、夜になって晴れたらしい。月明かりを反射しておぼろに浮かび上がるのは、レニシャが毎日手入れをしている温室だ。

「すぐには信じられぬかもしれんが……」

低い声に、レニシャはすぐ隣に座るヴェルフレムを見上げる。

窓から射し込む月明かりに照らされたヴェルフレムは、闇の中でただひとつ燃える炎のようだ。

見惚れずにはいられない人外の美貌は、ふれれば火傷《やけど》せずにはいられないとわかっていながら、熱を求めてそばへ行きたいと願わずにはいられない。

人ではありえない幻妙なきらめきを宿す金の目をかすかに細め、ヴェルフレムが口を開いた。

「表向きには、聖アレナシスが封印した俺をラルスレード領に縛りつけるため、代々、聖都から

『聖婚』の聖女と神官が来ることが定められているが……。本当は、『聖婚』など、必要ではないのだ」

「…………え？」

思いもよらない告白に、レニシャはぽかんとして間抜けな声を上げる。

「『聖婚』が必要ない、って……。ええっ⁉　いったいどういうことですかっ⁉」

混乱のあまり、頭がくらくらする。『聖婚』の聖女に指名された時、レニシャは周りの神官達に耳にたこができるほど何度も言い聞かされた。

『聖アレナシス様が封じた魔霊を自由にしてはならぬ。彼を封印し続けられるが否かは、ひとえに「聖婚」の聖女にかかっているのだ』

『「聖婚」は、なんとしても成就させなければならない。もし魔霊が自由になれば、豊かなラルスレード領は焦土と化すだろう。民を守るためにも、聖女としての務めを果たせ』

と。それが、必要ないということは……。

「つまり、聖アレナシス様の封印はもう解けているということですか……？　だから、『聖婚』は必要ない、と……？」

「いや、違う。そもそも、アレナシスは俺を封印などしておらん。『聖婚』は、俺をこの地に留めおくためのあいつの悪巧みだ。……そんなことをせずとも、約束を違えることなどしないのにな」

「へっ⁉」

あっさり言われた内容にすっとんきょうな声が飛び出す。

「ふ、封印をしていないって……っ⁉　えぇぇっ⁉　で、ではヴェルフレム様はどうしてラルスレード領に……っ⁉」

ヴェルフレムはもともと、もっと南の地方に棲んでいた魔霊だと聞いている。炎の魔霊である彼の力を削ぐため、聖アレナシスはわざわざ寒い北の地に彼を封じたのだと。

「……お前は、どことなくあいつに似ている」

レニシャの問いには答えず、振り向いたヴェルフレムが、懐かしさにあふれた目でレニシャを見る。

「故郷思いなところも、魔霊に隔意を持たないところも、真っ直ぐな気質も……」

レニシャを見つめる金の瞳は包み込むような優しさに満ちていて、ぱくぱくと鼓動が速くなってしまう。

実はヴェルフレムを封印したわけではないという聖アレナシスは、いったいどんな人物だったのだろう。レニシャは埒もない疑問を抱く。

三百年という気が遠くなるほどの年月を過ぎてなお、ヴェルフレムの心に棲み、これほど大切そうな響きを宿した声で語られる聖アレナシスは、いったいヴェルフレムとどんな時間を過ごしたのだろうかと。

黙って続きを待つレニシャに、ヴェルフレムが昔を懐かしむような遠いまなざしで言を継ぐ。

「もともとアレナシスは、ラルスレード領……。いや、当時はレード村だな。ここの出身だったんだ。あの頃のレード村はレシェルレーナが支配下に置いていて、年の半分近くが雪に覆われているような僻地の寒村で……」

話していたヴェルフレムが、くすりと笑みをこぼす。

「だからといって、南の地から炎の魔霊を連れてきて氷の魔霊を追い払おうなんて、ふつう、思いつきさえしないだろうがな」

くつくつと喉を鳴らすヴェルフレムは本当に楽しそうだ。

「アレナシスがあんまり真剣に俺をかき口説くものだから……。長い年月に倦《う》み、かといって後を継ぐ魔霊を生み出す気にもなれなかった俺は、誘いに乗ってレード村へ来たんだが……。まさか、生まれたわけでもないこの地に、これほどの愛着を持つようになるとはな」

「後を継ぐ魔霊、ですか……?」

ふとレニシャが洩らした呟きに、ヴェルフレムが「ああ」と頷く。

「長い年月を生きる魔霊は、人間と異なり、次代の魔霊を生むのに相手は必須ではない。昔、聞いた話によれば、他の魔霊や人間との間に子を生すことも可能らしいが……。ともあれ、魔霊は生きることに倦めば、自分の力を分け与えた存在を作って、そいつに己の力を分け与えれば死ねる。まあ、力だけが残り、記憶や自我がなくなることを『死』というべきなのかどうか、俺にはわからんが。もっとも、そんなことをする魔霊などふつうはいない。それよりはむしろ、魔霊同士で戦って死ぬ者のほうが多いだろう。相手の力をすべて滅《めっ》すれば、完全な『死』となるし、そこまでいかずとも、力を使い果たした魔霊は弱体化して赤子や幼児のようになることもある。俺がレシェルレーナを滅ぼさぬのも、正面切って戦えば、俺自身も無事ではいられぬからだ」

淡々と話したヴェルフレムが、「すまん、話がずれてしまったな」と詫び、表情を引き締める。

「つまり、俺はアレナシスに封じられたわけではなく、自分自身の意志でラルスレード領を治めているんだ。長い寿命を持つ俺ならば、この地を豊かにし、レシェルレーナの脅威から守れることができるに違いないと、アレナシスに託されたからな。だから『聖婚』は……。アレナシスなりの、俺への気遣いなんだろうさ。すでに形骸化して、余計なお世話と化しているが。いや、あいつの性格だ。俺をラルスレード領に縛る罠の意味もあったかもしれんな」

ヴェルフレムが感心と呆れが入り混じった苦笑をこぼす。

「気遣いと罠、ですか……？」

あまりに正反対な言葉に、レニシャはきょとんと首をかしげる。

「あいつが、死ぬしばらく前に言っていたんだ。魔霊と人間の寿命はあまりに違う。だから、遺される俺が寂しくないように、友人候補と花嫁候補を用意しておくよ、とな。神官や聖女なら、過度に魔霊を恐れたりはしないだろうと。『きみは意外と情が深いもんね。聖婚が続く限り、ラルスレード領を見捨てたりしないだろう』と。そして……」

ここではないどこか遠くを見やったヴェルフレムの声が途切れる。

その胸中にどんな感情が渦巻いているのか、まだ十八年しか生きていないレニシャには想像もつかない。

ただ、永い永い時を生きてきたヴェルフレムの日々が……。

代々の聖女や神官達の存在によって、少しでも彩り豊かなものであったのならいいと祈る。

そして叶うなら、これから何十年かの間、自分が少しでもヴェルフレムの寂しさを埋めることができますようにと。

「……つまり、だ」

「は、はいっ！」

強いまなざしに見据えられ、考えにふけっていたレニシャはぴんと背筋を伸ばす。

人外の美貌をしかめ、ヴェルフレムが淡々と話す。

「アレナシスの奴が勝手に決めただけで、本当は、『聖婚』を執り行う必然などないんだ。よりによって、あいつが『聖アレナシス』なんぞと崇められる力を持っていたせいで、『聖婚』の取り決めが神殿に認められてしまったが……。いまや、『聖婚』の最初の理由を知る者など、神殿にはひとりもいない。何より、たとえ『聖婚』がなくとも俺はラルスレードを放り出す気はないしな。だから……」

ヴェルフレムの声が低くなり、痛みをこらえるかのように形良い眉が寄る。

「レニシャ。お前が『聖婚』を厭《いと》うなら、無理に成す必要はない。神官に責められるのが恐ろしいというのなら、俺が説得しよう。なんとしても『聖婚』を執り行いたいと考える神殿は、お前に『聖婚』を強いようとするやもしれんが……。俺がそんなことはさせん。だから、お前は決まりになど囚われずに好きにしていいんだ。望むなら、援助物資と一緒に故郷へ帰ったって――」

「私は！」

反射的に飛び出した叫びに、ヴェルフレムが小さく息を呑んで言葉を止める。

「私の、望みは……っ！」

喉が詰まってうまく言葉が出てこない。

一瞬、ヴェルフレムに恋心を打ち明けてしまおうか、という衝動がレニシャの心に湧き上がる。が、すぐに冷静になれと理性が感情を叱咤した。ヴェルフレムは、レニシャが望むなら故郷へ帰ってもよいと言った。つまり、レニシャはいてもいなくてもどちらでもよい存在というわけだ。

ヴェルフレムにとって、自分がそれだけの価値しかないのだと思うと、身を切られるように切なくなる。震えそうになる唇を、レニシャはきつく噛みしめた。

泣いてはだめだ。レニシャが期待外れだということは、最初からわかっていたのだから。わずかなりともヴェルフレムに好意を持ってもらえているかもしれないなんて……。そんな甘い期待は、抱いてはいけない。それでも。

「私は……っ！　ラルスレード領にいたいです……っ！」

金の瞳を真っ直ぐに見上げ、レニシャはせつせつと訴える。

「故郷のことはもちろん気になります！　ですが……。私が帰ったとしても、私ひとりの力で故郷を豊かにすることは難しいでしょう……。それならば、私はここで自分の務めを果たしたいですっ！　温室も少しずつ手入れが進んでますし、ベーブルク様にも薬の知識を教えていただき始めたばかりですし……っ！　それに……。毎年のように氷狐の被害に遭うのなら、癒やしの力を使える者がいたほうがよろしいのでは……？」

言い募る内容に嘘はない。けれど、何よりも強い本当の想いは。

ただ、ヴェルフレムのそばにいたくて。

たとえ、ヴェルフレムが親愛の情以上の感情をレニシャに抱いていないとしても。

『聖婚』が建前であったとしても、ヴェルフレムのそばにいられるのなら。

「……ここにいては、だめですか……？」

問う声が否応なしに震える。

祈るような気持ちで金の瞳をじっと見上げると。

「だめなわけがないだろう」

言葉と同時にヴェルフレムの腕が伸びてくる。かと思うと、包み込むようにぎゅっと抱きしめられた。ふわりと揺蕩った香りに、ぱくんと心臓が跳ねる。

「お前の好きにしていいと言っただろう？　お前がラルスレード領にいてくれるというなら、俺に否はない」

「ヴェルフレム様……っ」

耳元で囁かれた言葉に、感極まった声がこぼれる。

たとえレニシャの願いを受け入れてくれただけだとしても、涙があふれそうなほど嬉しい。

ヴェルフレムから伝わってくる熱に鼓動が速まり、顔だけでなく身体中が火照ってくる。

「嬉しいです！　ありがとうございます！」

ヴェルフレムを見上げ、はずんだ声で感謝すると、柔らかな微笑みにぶつかった。

「礼を言うのは俺のほうだ」

レニシャを真っ直ぐに見下ろしたヴェルフレムの片手が頬を包む。

ふれられたところが融けてしまうようなあたたかな手のひら。

「お前が留まってくれるなら、俺も嬉しい」

「……ほ、ほんとですか……？」

反射的に問い返すと、ヴェルフレムがふっ、と口元を緩めた。

「お前に嘘をつく必要がどこにある？」

どこか甘い声で囁いたヴェルフレムの面輪がゆっくりと下りてくる。

見惚れずにはいられない美貌を魅入られたように見つめ――、

「ヴェルフレム様！　こちらにいらっしゃいますか⁉　大変です！　その……っ！」

ジェキンスのあわてふためいた声と同時に、図書室の扉が切羽詰まった様子で叩かれる。

はっと我に返ったようにレニシャから身を離したヴェルフレムが、厳しい表情を扉に向けた。

「ああ、ここにいる。どうした？　また氷狐が現れたか？」

「いえっ、そうではないのですが……っ！」

何が起こったのだろう。いつも落ち着いているジェキンスの声が、動揺して揺れている。

「落ち着け。何があった？」

問いながら、ヴェルフレムがソファから立ち上がり、扉に歩み寄る。つられるようにレニシャも立ち上がり、テーブルの上に置いていた燭台を持ってあとに続いた。

ヴェルフレムが扉を開けた途端、待ち切れないと言いたげに、ジェキンスが青い顔で叫ぶ。

「いかがいたしましょう⁉　先ほど急に前聖女様が……っ、デリエラ様が戻ってらっしゃいました！」

ジェキンスが報告した途端、ヴェルフレムの広い肩が強張ったのをレニシャは確かに見た。

デリエラという名を、レニシャは聞いたことがない。だが、前聖女ということは……。

レニシャの前に『聖婚』の聖女としてラルスレード領に赴き、五年前、突然失踪したという聖女だろうか。

「デリエラであるのは間違いないのか？」

身を強張らせたのはほんの一瞬で、すぐさま立ち直ったヴェルフレムが厳しい声音でジェキンスに問いかける。ジェキンスが壊れた操り人形のように頷いた。

「は、はい！　間違いありません！　五年で多少面変わりされていますが、間違いなくデリエラ様です！」

「……それで、デリエラはひとりで来たのか？」

「は、はい。貸し馬車で来られたようです。御者は荷物だけ置くと、わたくしが止める間もなく出発してしまいまして……。いまはデリエラ様は玄関ホールでお待ちです」

いまにも図書室に姿を現すのではないかと言いたげに、ジェキンスが気ぜわしい様子で背後を振り返る。ヴェルフレムが諦めたように吐息した。

「何の音沙汰もなく五年も行方不明になっておいて、突然、姿を現すとは、いったいどういう了見か……。わかった。すぐに行こう」

「申し訳ございません」

　ジェキンスが恐縮しきった様子で頭を下げる。

「レニシャ。お前は――」

「私もお会いしたいですっ！」

　振り返ったヴェルフレムがみなまで言うより早く、声を上げる。

「前任の聖女様なのでしょう⁉　どんな方なのか、私にもご挨拶をさせてください！」

　レニシャの前に、ヴェルフレムのそばにいた女性《ひと》――。

　どんな人物だったのか、気にならないわけがない。正直、会うのは恐怖すら感じる。だが、自分ひとりであれこれと想像を巡らせるほうがもっとずっと怖い。

「いいえ、レニシャ様がわざわざお会いになる必要は……」

「わかった。お前がそうしたいのなら来い」

　気遣わしげなジェキンスの言葉を遮ったのはヴェルフレムだ。レニシャの決断を後押しするかのように、大きな手が燭台を持っていないほうの手を握る。

「はい！　ありがとうございます」

「ジェキンス。レニシャの燭台を」

　ヴェルフレムの指示を受けたジェキンスに素直に燭台を渡し、レニシャは歩き出したヴェルフレムについていく。

昼間、ベーブルクに薬の調合について教えてもらったり、ターラ達を癒やしたりした玄関広間は、とうに片づけられてすっきりとしていた。窓から陽射しが差し込む昼間と違い、日もとっぷりと暮れたいまは、窓の外には深い闇が凝り、かたかたと風が硝子を叩く音がやけに恐ろしく聞こえる。図書室の窓から見えていた月明りもここからでは見えない。広間の天井に吊るされた明かりが、忍び込もうとする闇を追い払うかのように煌々と輝いていた。

その明かりを一身に受け、まるで舞台に立つ女優のように辺りを睥睨《へいげい》していたのは、あざやかな濃い緑色のドレスを纏った派手な顔立ちの美女だった。

年齢は、よく見ればおそらく三十歳を超えているだろう。だが、華やかな顔立ちやつややかな黒髪といい、豪奢なドレスといい、二十代と言っても通用するに違いない。豊かな胸元や腰つきは、レニシャでは逆立ちしても出しようのない大人の女性の色香を漂わせていた。

ヴェルフレムの姿を認めた途端、デリエラがとろけるように婉然《えんぜん》と微笑む。

鉛でできた彫像でさえ融かしてしまえそうな笑み。左の目元にある泣きぼくろが蠱惑《こわく》的だ。

「ただいま戻りましたわ、あなた。ごめんなさい。少し遠出をするつもりが、ずいぶんと長引いてしまったみたい」

「な……っ⁉」

デリエラの言に、ヴェルフレムよりも先にジェキンスが声を上げる。

「何を言うのか⁉　突然、行商人と駆け落ちして五年も音沙汰なしだったというのに……っ！　それを少しの遠出だなんて……っ！　あなたが失踪したせいで、ヴェルフレム様がどれほど神殿

に責め立てられたことか……っ⁉」

「お黙りなさい。あたくしは、ヴェルフレム様にお話ししているの。従者ごときが口を出さないでちょうだい」

激しく糾弾したジェキンスに、デリエラが氷のように冷ややかな声を浴びせる。だが、次いでヴェルフレムに向けた微笑みは、別人のように甘かった。

「悠久の時を生きるヴェルフレム様にとっては、五年程度の時間など、瞬きくらいのものでしょう？　わざわざ戻ってきたあたくしを、無下にされたりなどなさいませんわよね？　少し離れてみたことで、あたくし、ヴェルフレム様の魅力にようやく気づきましたの。前にお約束くださった通り、『聖婚』の聖女として、また贅沢な暮らしをさせてくださいな」

蜂蜜のように甘い声――。なのに、レニシャはもやりと胸の奥に黒い感情が湧き上がるのを自覚する。なぜなのか、自分でもわからない。けれど勝手に口を挟むわけにもいかず、黙してヴェルフレムを見上げていると。

「確かに、魔霊にとって五年はさほど長くもない時間だな」

ヴェルフレムが感情のうかがえない低い声で告げる。途端、デリエラの美しい顔が花が咲いたようにほころんだ。

「そうでしょう？」

自信に満ちあふれた表情に、レニシャはようやく自分の心に湧き上がった感情の名前を知る。

これは、嫉妬だ。

何年も『聖婚』の聖女としてヴェルフレムのそばにいた美しく大人の色香にあふれたデリエラと、成人したばかりで子どもっぽくて、まだラルスレード領に来たばかりのレニシャ。

どちらが選ばれるかなんて、そんなのわかりきっている。

胸が痛くてくずおれてしまいそうで、すがるように手をつないだ指先に無意識に力を込めると、あたたかく大きな手のひらにぎゅっと握り返された。

「だが、神殿にとって、五年は長すぎる時間だったようだぞ？」

驚き、隣に立つヴェルフレムの美貌を見上げると、言葉と同時につないだ手を引かれる。

「ひゃっ⁉」

たたらを踏んだ身体を抱きとめたのは、ヴェルフレムの力強い腕だ。

「先ほどお前は『聖婚』の聖女と言ったが、俺の相手はすでにいる」

身体に回された腕にぎゅっと力がこもる。まるで、レニシャの不安を融かすかのようなあたたかな腕。

「な……っ⁉」

初めてレニシャの存在に気づいたかのように、驚愕の声を上げたデリエラの視線がレニシャを貫く。

「そんな小娘があたくしの代わりだと言うのっ⁉　ふざけないでっ！」

憎しみに燃えた刃のような視線に、反射的に身体が強張る。

「ふざけたことを言っているのはお前のほうだろう？」

低い声で応じたヴェルフレムから、無言の圧が放たれる。紅を塗ったデリエラの唇が気圧されたようにわななないた。

「だ、だってそうでしょう⁉　まさか、新しい聖女が遣わされているなんて……っ！　それに、落ち着いて考えればすぐにわかるはずよっ！　あたくしとその小娘、どちらがあなたの隣にふさわしいのかなんて、比べるまでもないでしょう⁉」

デリエラががなり立てるひび割れた声が、玄関広間に響き渡る。

「いったい何の騒ぎだ⁉」

デリエラの声が部屋まで届いたのだろう。玄関広間から二階への通じる階段に姿を現したのは神官服姿のスレイルだ。デリエラの姿を認めるなり目を見開く。

「デリエラ⁉　本当にデリエラかっ⁉　急に失踪して五年間もいったいどこへ……っ⁉」

階段を駆け下りたスレイルがデリエラに摑みかかろうとする。その手をぱんっ！　とデリエラが振り払った。

「やめてちょうだい。高価なドレスに皺がつくでしょ。さわらないで」

「何だとっ⁉　『聖婚』の役目を放り出しておいて、よくもそんな口が叩けたものだなっ！」

どうやらスレイルとデリエラは顔見知りらしい。目を吊り上げて糾弾するスレイルに、デリエラが傲岸に顎を上げる。

「だからこうして戻ってきたでしょう⁉　それよりも何よ、あの小娘は⁉　新しい聖女が来てるなんて聞いてないわよっ！」

「お前が勝手にラルスレード領を出て行ったからだろう⁉　そのせいで、どれほど神殿が混乱に陥ったと思っている⁉」

負けじとスレイルも声を張り上げる。

「今度こそ『聖婚』を成就させなければならぬと、わたしまでがこんな北の辺境へ……っ！」

「あらぁ。それはご愁傷様ね」

まったく気の毒と思っていない様子で、デリエラが口の端を吊り上げ笑みを刻む。

「でも、すぐに聖都へ戻れるわよ。だって、あたくしが帰ってきたんだもの」

「先ほどの俺の言葉を聞いていなかったか？　五年の間に耳まで悪くなったようだな。すでに『聖婚』の聖女はいると言っただろう？」

ヴェルフレムの声は、デリエラの自信を打ち砕くかのように冷ややかだ。が、デリエラは受け流すように婉然と微笑んだ。

「ヴェルフレム様はきっと、あたくしの突然の帰還に戸惑ってらっしゃるのですわね？　ご心配いりませんわ。あたくし、もう決してヴェルフレム様に寂しい思いをさせたりしないとお約束しますもの。ですから、そんな小娘をおそばに置かれる必要なんて――」

「ジェキンス。不作法な雌鶏《めんどり》が騒ぎ立てているようだ。追い払っておけ」

「かしこまりました」

ヴェルフレムの命にジェキンスが喜色を帯びた声で応じる。デリエラが愕然とした声を上げた。

「な……っ⁉　この夜更けにかよわい女性を追い出すというの⁉」

「ヴェ、ヴェルフレム様っ⁉　それはあまりにお気の毒です！　ご事情はよくわかりませんが、せっかくラルスレード領に戻られたというのに、お屋敷から放り出してしまうなんて……っ！　せめて、今夜は……っ！」

レニシャも驚いてヴェルフレムを見上げる。何が入っているのか、デリエラの周りには大きな鞄がいくつも置かれている。デリエラの細腕であれを全部運び出すのは不可能だろう。

レニシャの声に、ヴェルフレムが驚いたようにこちらを見下ろす。が、すぐに諦めたように吐息した。

「レニシャが頼むゆえ、今夜だけは屋敷に滞在することを許してやろう。だが、今夜だけだ。明日にはスレイルとともに屋敷から出て行け。ジェキンス、客間をひとつ用意してやれ」

命じたヴェルフレムがデリエラの返事も待たずに踵を返す。手をつないだままのレニシャも、ついていくほかない。階段をのぼる途中、気になって階下のデリエラを振り返ると、憎しみも露わな視線でレニシャを睨みつけていた。

抜き身の刃のような視線に、思わず悲鳴が洩れそうになる。きっと冴えないレニシャがヴェルフレムの隣にいるなんて、と忌々しく思っているのだろう。真っ直ぐ前を見て歩むヴェルフレムは、デリエラの視線には気づいていないらしい。

淀みなく歩むヴェルフレムが向かった先は執務室だ。中は明かりがついたままだった。

そういえば、図書室でスレイルに手を上げられそうになった時にヴェルフレムが駆けつけてくれたのだと、いまさらながら思い出す。書類が開かれ、ペンも放り出されたままの机を見ると、ヴェルフレムがいかに急いでくれたのかがわかり、胸の奥がじんと熱くなる。

手を握ったまま、ヴェルフレムがソファに座り、レニシャも隣に腰かけた。

「……まさか、デリエラがいまになって戻って来るとはな」

ひとり言のように、ヴェルフレムが低い呟きを洩らす。

「私の前の……。『聖婚』の聖女様なのですよね？」

レニシャが神殿に引き取られた六年前、すでにデリエラはラルスレード領に旅立っていたため、直接顔を合わせたのは今回が初めてだ。

だが、五年前デリエラが突然ラルスレード領から失踪した時、聖都の神殿がどれほどの混乱に陥ったのかは、レニシャもわずかだが知っている。何せ、魔霊に嫁いでいた聖女が突然失踪したのだ。当時は、ヴェルフレムが手を下したのではないかという噂がまことしやかに囁かれ……。

結局、事件性はなかったらしいが、一度神殿に広まった噂は深く根を張り、年頃の聖女達は恐ろしがって、『聖婚』の聖女になることをことごとく拒否したのだという。逃げ出したくなるほど恐ろしい魔霊に嫁がねばならないのなら、いっそのこと還俗《げんぞく》したほうがましだ、と。

ちょうどその頃、期待外れだと蔑まれていたのがレニシャで、神殿の上層部が検討した結果、レニシャは五年後の成人と同時にラルスレード領に嫁ぐことが決められた。

つまり、デリエラが失踪していなかったら、レニシャがラルスレード領に来ることはなかったのだ。それだけに、なぜデリエラが失踪したのか、気になってしかたがない。

ヴェルフレムの人となりを知った今なら、神殿で恐ろしげに囁かれていた『聖女は魔霊の恐ろしさに耐えかねて逃げ出したのだ』という噂は根も葉もないことだったと確信できる。それに、戻ってきたデリエラは、ヴェルフレムを恐れている様子ではなかった。むしろ、取り入ろうと媚びを売っていたほどなのだから。

先ほどのデリエラの様子を思い出すだけで、胸の奥がどうしようもなくざわつく。

「デリエラさんと何があったのか……。うかがってもよいですか……？」

不安に耐えきれず、レニシャはおずおずとヴェルフレムに問う。もしヴェルフレムが不愉快そうな顔をしたら、すぐさま謝ろうと思いながら。

「たいしたことではない。俺に愛想を尽かしたデリエラが、宝石だのドレスだの屋敷の金目の物を持って、行商人の若い男と駆け落ちしたんだ。人間の世界でも、よく聞く話だろう？」

あっさりと打ち明けられた衝撃の事実に息を呑む。

「そんなっ！　ヴェルフレム様に愛想を尽かすだなんて、信じられませんっ！　だって、ヴェルフレム様はこんなにお優しくて、領民思いで……っ！」

思わずつないでいないほうの手でもヴェルフレムの手を握りしめて言い募ると、ヴェルフレムの口の端に柔らかな笑みが浮かんだ。

「そんな風に俺を許してくれる聖女がいたのは、お前を除けば遠い昔の話だ。最近の聖女や神官達はみな、ラルスレード領の豊かな富をほしいままにしようとする者か、魔霊を恐ろしがって怯える者ばかりで……」

話すにつれ、ヴェルフレムの眉根が寄っていく。

「いまになってデリエラが戻ってきたのは、おそらく金が尽きたからだろう。もしくは、駆け落ちした男と別れたか、贅沢な暮らしが恋しくなったか……。どちらにせよ、デリエラの目当ては金に違いない。『聖婚』の聖女の地位に執着するのは、そうでなければ贅沢ができないからだ。いや、いままで聖女達の望むがままにさせてきた俺が言えることではないがな……」

ヴェルフレムの言葉に、どきんと心臓が轟く。

唾棄《だき》するような、苦々しい声。

……レニシャも、同じだ。

ヴェルフレムに『何が望みだ？』と問われ、故郷への援助を願ったレニシャは、デリエラと何ら変わらない。ヴェルフレムの厚意に甘え、寄生しているろくでなしだ。

心臓がばくばくと鳴って、背中にじわりと嫌な汗がにじむ。

「だからレニシャ、お前は何も心配する必要はない。俺が認めた『聖婚』の聖女はお前だけだ。……レニシャ？」

「は、はいっ！」

ヴェルフレムに名を呼ばれ、弾かれたように身を震わせる。ヴェルフレムが何を話していたのか、ろくに耳に入らなかった。

「どうした？」

いぶかしげに眉根を寄せたヴェルフレムがレニシャの頬に手を伸ばす。レニシャは身をよじって指先から逃げた。

「い、いえっ。何でもないのです！　今日はあまりにいろいろなことがあったので、急に疲れが出てしまって……」

ヴェルフレムに見られぬよう、深くうつむき表情を隠す。

なんと愚かだったのだろう。ヴェルフレムに想いを告げようと考えていたなんて、お笑いぐさもいいところだ。

ラルスレード領の富を食い物にしているレニシャなんかに、そんな資格はないというのに。

胸が痛い。デリエラとレニシャが変わらないのなら、誰だって美しいデリエラのほうがいいに決まっている。

ヴェルフレムはデリエラに出て行くように言っていたが、デリエラも諦める気はないだろう。

レニシャは薄氷の上に立っているようなものだ。ヴェルフレムが心変わりしてデリエラを選んでも、不思議はない。

「確かに、お前にはあれこれ心労をかけてしまったな。今日はもう休むといい」

大きくあたたかな手のひらであやすように頭を撫でられるだけで、切なさに胸が痛む。こんな風にヴェルフレムのそばにいられるのはいつまでなのか……。

まるで、窓の外に凝る闇のように、レニシャには見通せなかった。

◆　◇　◆

まさか、新しい『聖婚』の聖女が来ているだなんて、思わなかった。

けれど、あんな小娘なら自分の敵にもなるまい。

階段を上がっていったヴェルフレムとレニシャとかいう小娘の姿に、デリエラは自分の唇が笑みの形に吊り上がるのを感じた。

デリエラに睨みつけられただけで、子ねずみのように怯えていた子どもっぽい聖女。貧相なあの身体つきはきっとまだ成人を迎えたばかりに違いない。顔立ちは悪くはないが、あんな小娘に自分が負けるとは思えない。

勝利を確信したデリエラの耳に届いたのはスレイルの不愉快な怒鳴り声だった。

「デリエラ！　理由をまだ聞いていないぞ！　五年も失踪していたかと思えば、急に戻ってくるとは……っ⁉」

「うるっさいわねぇ」

ふたたび問い詰めようとするスレイルの声に、デリエラは不快感も露わに応じる。

「さっき言った通りよ。あたくしはちょっと遠出をしていただけ。戻ってきたんだからいいじゃない」

「いいわけがないだろう⁉　お前のせいでどれほど神殿が混乱したと思っている⁉」

スレイルの糾弾をデリエラは聞き流す。

神殿なんて、デリエラには知ったことではない。もともと、信仰心も何もないのだ。ただ、たまたま聖女の力に恵まれたから、農家の娘よりいい暮らしができると知って聖女になっただけ。

『聖婚』の聖女としてラルスレード領に来たのも、魔霊の妻であることさえ我慢すれば、贅沢し放題だと言われたからだ。神殿の都合なんて、どうだっていい。

恐ろしい魔霊と聞かされていたヴェルフレムが、目の覚めるような美貌の青年だと知った時には驚いたが、ラルスレード領を統治することしか頭にないつまらない男だと知って、幻滅した。ヴェルフレムはデリエラに指一本ふれることすらなかったのだから。

ただ、『好きに過ごすがいい』と贅沢を許してくれた点だけは評価してもいい。

神殿でも手に入らなかった華美なドレスに豪華な食事。けれども、いくら着飾っても、ヴェルフレムに忠誠を誓う領民達は、ジェキンスを筆頭に咎める目で見てくるばかり。こんな北の辺境では、美しさを見せびらかす相手も、デリエラを羨望のまなざしで見る崇拝者も不在で……。だから、よその町から来て、デリエラの美貌に夢中になってかき口説いてきた行商人の青年との火遊びに溺れた。

賛美の言葉が何よりも心地よく、『あなたのような美しい人が、こんな辺境で朽ちていくなんて耐えられない！』という台詞に乗せられて……。ありったけの金目の物と一緒に、行商人の馬車でラルスレード領を出たのだ。

行商人の青年を思い出すと、はらわたが煮えくり返る思いがする。

あれほど、熱心にデリエラをかき口説いたというのに。デリエラの金で贅沢な暮らしをしていたくせに、デリエラが持ち出した金や宝石が尽きかけてきたと知るやいなや、若い女にさっさと乗り換え、五年目にしてあっさりとデリエラを捨てた男。

あの男が自分を捨てなければ、いくら豊かでも、ろくな娯楽も社交もないこんな寒くて辺鄙《へんぴ》な田舎になど、帰ってくる必要はなかったというのに。

ぎりっ、と嚙みしめた奥歯が異音を立て、デリエラは我に返った。

違う。あんな薄情者の男のことなど、どうでもいい。デリエラが捨てられたわけではない。デリエラのほうが、将来性のない男を捨ててやったのだ。あんな男など、思い返す価値もない。

三十路を超えたとはいえ、デリエラはまだ十分に美しい。

ほとぼりが冷めて宝石や大金を手に入れたら、今度は大きな街へ行こう。そして、貴族の舞踏会にもぐりこんで、金持ちそうな貴族か大商人をたぶらかすのだ。

そのためには、もう一度『聖婚』の聖女の座に収まる必要がある。そう思って、嫌々ながらルスレード領へ戻ってきたというのに。

まさか、新しい聖女が派遣されていたなんて。

紅を引いた唇を嚙みしめそうになり、我に返ってやめる。口紅がはげた姿を晒すなど真っ平御免だ。

「ねぇ。あの小娘は何者なの？」

突然デリエラに話しかけられ、恨みつらみを吐き出していたスレイルの声が途切れる。

「『聖婚』の聖女に選ばれたんだもの。どうせ、何かへまをして聖都を追い出されたクチなんでしょ？」

デリエラが選ばれた理由もそうだった。神聖なる神殿の風紀を乱す、と。

なんて馬鹿らしい。神官達には何の罰も与えなかったくせに、デリエラひとりを悪者に仕立てて辺境に追い出し、体面だけ保とうだなんて。

デリエラがあんな小娘に負けるはずがないが、追い落とす相手の情報はあればあるほどいいに決まっている。

いぶかしげな顔をしながらも、スレイルがデリエラの問いにぼそぼそと答える。

「レニシャは聖女の力を見出されて神殿に引き取られたものの、ずっと癒やしの力を使うことができなかった期待外れの聖女だ。どういう方法を使ったのかは知らんが、あの魔霊のおかげで最近、使えるようになったようだが……。くそっ、レニシャめ……っ！　まさか伯爵に取り込まれてこのわたしを騙すとは……っ！」

スレイルが怒りに満ちた声を洩らす。

「あら。あなたのほうも大変だったみたいね」

ヴェルフレムの去り際の台詞を思い出し、デリエラは同情するように優しく声をかける。

「あなたも明日には屋敷から追い出される身なんでしょう？　嫌われ者同士、仲良くやりましょうよ」

「わたしをお前などと一緒にするなっ！　わたしは聖都から崇高な使命を帯びて遣わされたのだぞ!?　役目を放棄して逃げ出したお前とは違う！」

「へぇぇ、崇高な使命、ねぇ。神官サマはご立派なこと。で、その使命は果たせそうなの？」

答えを予想しつつあえて問うと、スレイルの顔が苦々しげに歪んだ。

「わ、わたしのせいではないっ！　あの小娘がわたしを謀《はか》ったせいだ……っ！　まさか、まだ

『聖婚』が成就していないだなど……っ！」

「あらあらまああ。それは大変ねぇ」

内心で喝采《かっさい》を上げたいのをこらえながら大仰に驚いてみせると、「何をのんきなっ！」と怒鳴り返された。

「このままでは、いつ聖アレナシス様が施された封印が解けるかわからぬのだぞっ⁉　だというのにあの小娘め！　穢らわしい魔霊などに肩入れしおって……っ！　わたしを馬鹿にするのもほどがある！」

憤懣《ふんまん》やるかたない様子で怒りをこぼすスレイルを冷ややかに見ながら、デリエラは頭の中で素早く算段を巡らせる。

「ねぇ。あたくしと組まない？」

「は……？」

虚をつかれて間抜けな声を上げるスレイルに、婉然と微笑みかける。

「あなたは『聖婚』を成就させたい。あたくしは『聖婚』の聖女として返り咲きたい。……ほら、お互いの利益が一致しているじゃないの」

「何を言うっ⁉　一度神殿を裏切ったお前となど……っ！」

「あらぁ？　じゃあ、あんな頼りなさそうな小娘に自分の人生を賭けるってわけ？　ずいぶん無謀だこと。あんな子どもっぽい小娘に任せていたら、いったい何年かかることやら。それまで、この辺境のど田舎でのんびり骨休みするってわけね。まぁ、いいんじゃない？　聖都と違って、ここならさぞゆっくり羽を伸ばせるでしょうね」

「そんなつもりはないっ！」

デリエラの言葉に、おもしろいほど過敏にスレイルが反応する。

「『聖婚』さえ成就させれば、聖都での出世が約束されているんだ！　こんな辺境でぐずぐずしている暇など……っ！」

「神殿の要求は『聖婚』を成就させること、なんでしょう？　……その聖女が誰かまでは、問うてないってコトよね？」

「っ⁉」

スレイルが息を呑んでデリエラを見つめる。デリエラは自信ありげに微笑んでみせた。

「あたくしは六年も『聖婚』の聖女を務めていたのよ。ヴェルフレム様だって、いまはただ小娘の目新しさを魅力的に感じているだけ。あの小娘とあたくし……。どちらが魅力的かだなんて、ひと目見ればわかるでしょう？」

本当は、デリエラとてヴェルフレムに手を出されたわけではない。魔霊では人の美醜に対する感覚が違うのか、人間の男とは違うのか……。それはわからないが、そのことをわざわざスレイルに教えてやる義理などない。

「……本当に、『聖婚』を成就させられるんだろうな……？」

疑わしげに問うたスレイルの不安を、鼻で笑ってみせる。

「当たり前でしょう？　そのために、帰ってきたんだもの。だから――」

つい、とスレイルに顔を寄せ甘く囁く。

「あたくしに、協力してくれるわよね？」

◇　◆　◇

吹きすさぶ雪混じりの風に、ふぉ――んと鳴く氷狐の声が混じる。

「ああ……っ」

降り積もる雪の上に身を横たえ、レシェルレーナは氷の魔霊とは思えぬ熱い吐息をこぼした。

何度も何度も思い返すのは、今日、ヴェルフレムに投げつけられた火球の熱さだ。

一撃で氷狐を跡形もなく融かすほどの、ヴェルフレムの想いがこもった炎。

「うふ。うふふふふ……っ」

氷狐を通じて感じ取った熱さを思い返し、レシェルレーナは愉悦に満ちた笑みをこぼす。

あれほど激昂したヴェルフレムを見たのは初めてだった。まさに炎の魔霊というべき、燃え立つような怒り。

それがただ、レシェルレーナだけに向けられていたなんて……。

「素敵……。とってもいいわ……っ」

雪の上で身をくねらせ、レシェルレーナは自分の腕で我が身をかき抱く。

まるで、ヴェルフレムを抱きしめるように。

ヴェルフレムがあれほど激昂するとは、予想だにしなかった。昼間の氷狐はほんのお遊びだ。

新しく来た聖女が、どの程度ヴェルフレムの関心を引いているのかと。少し驚かせて確かめるだけだったというのに。

まさか、傷つけようとしただけであれほど怒るだなんて。

「まったく、忌々しい人間だこと。あの方の腕の中にいるのがふさわしいのは、わたくしだけなのに……っ！」

レシェルレーナの怒りに呼応するように、ぱきぱきと音を立てて、地面から放射状に氷柱が伸びていく。

この氷柱をあの聖女の血で染めたら、どれほど心が晴れるだろう。彼の髪と同じ紅に染まった氷柱を、ヴェルフレムはきっと喜んでくれるに違いない。

そうだ。ちょっと怯えさせただけであれほど怒ったのだから、実際に害したら、ヴェルフレムはどれほど強い想いをレシェルレーナにぶつけてくれるのだろう。

雪も氷も、一瞬で蒸発するほどの炎を発しながら、金の瞳がレシェルレーナひとりを射貫くのかと思うと……。

喜悦に、背筋がぞくぞくとしてくる。

「うふ。うふふふふ……っ。待っていてね。愛しい方……」

うっとりと呟くレシェルレーナの声に、ふぉ――んと鳴く氷狐の声が重なった。

第五章　渦巻く悪意、すれ違う想い

「どうした？　食が進んでいないようだが……？」

テーブルの向かいに座るヴェルフレムに気遣わしげに問われ、朝食のパンをもそもそとかじっていたレニシャはあわてて首を横に振った。

「い、いえっ。そんなことはありません！　今日の朝食もとてもおいしいです！」

まだ器に半分以上残っていたスープを一気に飲み干す。

ヴェルフレムへの恋心を自覚した夕べは、どきどきしすぎて胸がいっぱいでろくに夕飯が入らなかったのだが……。

今朝は逆に、胸がずきずきと痛んでご飯が喉を通らない。

だが、ヴェルフレムに余計な心配をかけたくなくて、レニシャは精いっぱいの笑みを浮かべる。

「ちょっと、温室の手入れについて考えていたんです。雑草を抜いて空いたところにどんな薬草を植えるのがいいのかな、とか……」

嘘だ。本当は昨日の夜からずっと、五年ぶりに突然帰ってきたデリエラのことが頭の中をぐるぐる巡っている。

かつて、ヴェルフレムと『聖婚』を成していた美しいデリエラ。彼女もいまの自分みたいに、ヴェルフレムに気遣われていたのだろうか。

こんな風にヴェルフレムに優しく微笑まれ……。

二人がどんな風に過ごしてきたのか、気になって仕方がない。けれど、知ってどうするというのか。過ぎ去った時間にレニシャが割って入ることなどできないというのに。

（私……。こんなに嫉妬深かったんだ……）

自分の感情に自分で驚いてしまう。

こんなどろどろして薄暗い感情を誰かに抱く日が来るなんて。期待外れの聖女だと神殿で蔑まれていた時ですら、こんなに強く誰かに嫉妬したことはなかった。

醜い感情をデリエラに抱いていると、ヴェルフレムに知られるのだけは絶対に嫌だ。

身のほど知らずの恋心を抱いているばかりか、美しいデリエラを妬んでいるのだと知られて、軽蔑されたら……。

きっと、痛みで心臓が破裂してしまう。

「わ、私……。そろそろ失礼します。スレイルさんの見送りに行かないと……っ」

残りの朝食をかきこみ、そそくさと席を立とうとすると、ヴェルフレムが美貌をしかめた。

「あんな輩の見送りなど、してやる必要はないだろう？」

「で、ですが、スレイルさんにはラルスレード領に来るまでの旅で、たくさんお世話になったので……。だ、大丈夫です！　少し挨拶をするだけですし、ちゃんとヴェルフレム様にいただいた燭台も持って行きますので……っ！」

窓からは薄曇りの空から朝の陽射しが差し込んでいるが、テーブルの上には、煌々と炎が揺れる燭台がひとつ置かれている。ヴェルフレムが手ずから灯してくれた灯りだ。

「お前が見送りたいと言うのなら止めはせんが……。何かあればすぐに俺を呼べ。炎が大きく揺れた時は、呼ばれずともすぐに駆けつける」

「あ、ありがとうございます」

昨日、突然氷狐が現れたからだろう。ヴェルフレムの思いやりを嬉しく感じると同時に、これはレニシャ自身にではなく『聖婚』の聖女への気遣いなのだと思うと、胸が締めつけられるように切なくなる。

「スレイルさんの見送りが終わった後は、温室のお手入れに行ってきますね」

ヴェルフレムに恋心を知られて余計な心労をかけたくない。レニシャは立ち上がって笑顔で言うと、執務室へ行くというヴェルフレムと別れ、部屋を出た。

玄関広間に下りると、待つほどもなくスレイルが荷物を抱えてやってきた。まだラルスレード領に来てから十日も経っていないせいか、荷物の量は来た時と変わらない少なさだ。

他に見送る者はいないのか、玄関広間にいるのはレニシャだけだった。レニシャの姿を見とめたスレイルが意外そうに目を瞬いたかと思うと、すぐに唇を歪める。

「追い出されるわたしを嘲笑いにでも来たのか？」

険のある声にあわててかぶりを振る。

「そ、そんなつもりでは……っ！　スレイルさんにはお世話になったので、せめてお見送りをと思っただけで……。どちらに滞在される予定なんですか？」

「ひとまず近くの宿に泊まるつもりだ」

「そう、ですか……」

スレイルに申し訳ないと思うも、屋敷の主であるヴェルフレムが決めたのなら、レニシャには覆しようがない。しゅんと肩を落とすと、尖った声が降ってきた。

「悪いと思うなら、早々に『聖婚』を成就すればよかったものを。お前のせいで、屋敷を追い出される羽目になったのだぞ」

「す、すみません……っ」

スレイルの言葉がぐさりと胸に突き刺さり、レニシャは身を二つに折るようにして頭を下げる。

スレイルが言う通り、もっとヴェルフレムに認められるように努力して『聖婚』を執り行っておけば、デリエラが現れても、ここまでの衝撃を受けずにいられたのかもしれない。

たとえ、『聖婚』の真実が単なる形式にすぎないとしても、神殿が必要性を認めているのだ。

レニシャがもっと早く『聖婚』を執り行っていれば、神殿はレニシャが『聖婚』の聖女だと承認したに違いない。

いまのレニシャはまるでぐらぐら揺れる梯子の上に立っているかのようだ。『聖婚』の聖女になれと命じられて登らされたかと思えば、土台が崩れて転げ落ちそうになっている。

「……ところで、デリエラのことだが」

「は、はいっ！」

ちょうどデリエラのことを考えていたのを見抜かれたのかと、レニシャは弾かれたように背筋を伸ばす。

「五年間も役目を放棄していたとはいえ、かつては『聖婚』の聖女だったんだ。屋敷に滞在させ、『聖婚』の聖女としての心構えなどを習ったらどうだ？」

「そ……、そうですね……」

心の中では、デリエラに頼りたくはないと感情が叫んでいる。

だが、スレイルが言うことはもっともだ。

まがりなりにも、デリエラは前任の『聖婚』の聖女だったのだ。昨日、本当は『聖婚』には意味がないとヴェルフレムは言っていたが、神殿はきっとそうは受け取らないだろう。『聖婚』を成就できない聖女に用はないと、聖都への帰還を命じられる可能性だってある。

……レニシャがヴェルフレムのそばにいられる理由は、ただただ、「『聖婚』の聖女である」という一点に尽きるというのに。

『聖婚』の聖女にふさわしくないと言われたら、レニシャはもう、ヴェルフレムのそばにいる資格がない。

「そうですね。どこまでお力になれるかはわかりませんが……。デリエラ様が屋敷に滞在できるように、私からもヴェルフレム様に頼んでみます」

ぎこちなく応じたレニシャの声がかすかに震えていたことに、スレイルは気づかなかったらしい。あっさりと頷く。

「ああ、そうしてくれ。お前から頼めば魔霊伯爵も無下にはするまい。男のわたしはともかく、女の身で突然、屋敷から追い出されるのはつらいだろうからな」

「はい……」

もしかしたら、近々屋敷から追い出されるのは、デリエラではなくレニシャかもしれない。

そう考えるだけで、冷たい手で心臓をわしづかみにされたように身体が震える。

「あらぁ。つい最近まで癒やしの力を使えなかったって聞いたけど。心意気だけは聖女のつもりなのね。お優しいこと」

不意に背後から聞こえた声に、レニシャはびくりと肩を震わせて振り返った。今日も華やかなドレスを纏い、女主人のように優雅な仕草で階段を下りてくるデリエラの姿が目に入る。

「あたくしもスレイルの見送りをしようと思って来たんだけれど……。あたくしの滞在をヴェルフレム様に頼んでもらえるなんて嬉しいわ」

階段を下り、レニシャの横に並び立ったデリエラが傲然と微笑む。

「まあ、当然よね。スレイルから聞いたけれど、あなた、まだ『聖婚』を成就させていないんでしょう?」

「っ!? は、い……」

嘲るようなデリエラの声がぐさりと心に突き刺さる。気まずそうに顔を背けたスレイルを横目に、デリエラが愉快そうに喉を鳴らした。

「昨日は急に知らされたあなたの存在に驚いたけれど、よく考えてみれば、ヴェルフレム様はあたくしとの『聖婚』を破棄するとおっしゃっていないもの。ということは、あなたはまだ『聖婚』を成就させていないのだし、正式な『聖婚』の聖女はあたくしってことよね？」

自信に満ちたデリエラの言葉に何も言い返せず、レニシャはきつく唇を噛みしめる。

デリエラの言う通りだ。ヴェルフレムはデリエラとの『聖婚』を解消するとは、一度も言っていない。

「まあでも、あたくしだって血も涙もないわけじゃないわ」

うつむき、震えるレニシャの耳に、優しげなデリエラの声が届く。

「あなたがあたくしの滞在をヴェルフレム様に願い出てくれるお礼に、あたくしもあなたが追い出されそうになったら、屋敷に留めおいてもらえるようにお願いしてあげる。これから本格的な冬ですもの。着のみ着のままで放り出して行き倒れになったら、さすがに寝覚めが悪いものねぇ。屋敷の下働きとしてくらいなら、おいてあげてもいいわよ。っていうか……」

レニシャを見下ろしたデリエラが、こらえきれないと言いたげにぷっと吹き出す。

「いまだに神殿のみすぼらしい作業着を着ているなんて、本当に『聖婚』の聖女の自覚がないのねぇ！　そんな薄汚い格好で伯爵夫人を名乗る気なの？　恥ずかしくないのかしら？　そりゃあ、ヴェルフレム様だって、こんなみっともないのを妻にはしたくないわよねぇ」

何度も繕《つくろ》った跡のある作業着を着たレニシャの全身を見やったデリエラが、ふっと鼻で笑う。

「ヴェルフレム様はあれほどの美丈夫なのだもの。あたくしとあなた、どちらが隣に並び立つのがふさわしいのか、誰が見たって明らかよねぇ？」

くすくすと楽しそうに笑うデリエラの声に、レニシャはさらに強く唇を噛みしめる。

女性としての魅力がデリエラの足元にすら及ばないことは、レニシャが一番痛切に感じている。けれど、間違っても、デリエラの前で涙を見せたくない。

と、デリエラがふと思い出したように口を開く。

「ああでも、ドレスも持っていたんだったわね？　昨夜、着ていたもの。……ねぇ、ひとついいことを教えてあげましょうか？」

含みを持たせた物言いに、レニシャは思わず顔を上げる。デリエラがねずみをいたぶる猫のように目を細めてレニシャを見下ろしていた。

「あなたが着ていたドレスは、いったい誰のものだったと思う？　あたくしの前の、先々代の『聖婚』の聖女のドレスなのよ、あれ」

「先々代の聖女様の……」

レニシャは自分の部屋のクローゼットに入っている何枚ものドレスを思い描く。レニシャにはほんの少し丈が長い淡い色の綺麗なドレス。それらが自分のために用意されたものではないというのは、最初から知っている。だが、デリエラはいったい何を言いたいのだろう。

レニシャの目によぎった不安を見たのか、デリエラが楽しそうに続ける。

「ねぇ知ってる？　彼女の話。先々代の聖女は、恐ろしい魔霊に嫁がされたのが嫌で嫌で……。蛇蝎《だかつ》の如くヴェルフレム様を嫌って、ずっと部屋に閉じこもっていたそうよ。でも、耐えきれずに一緒に来た神官と馬でラルスレード領を逃げようとして……。道に迷って馬ごと谷に落ちて、二人とも亡くなったそうなの。ああっ、なんて恐ろしいのかしら！」

デリエラが我が身を抱きしめ、芝居がかった仕草で身を震わせる。

「つまりね。あなたが着ているドレスは、ヴェルフレム様を嫌っていた聖女のものなの」

優越感に満ちた笑みを刻んだデリエラが、ずいと身を乗り出してレニシャに顔を寄せる。

「あなた、先々代の聖女に似てるわ。自信なさそうにびくびくしているところとか、ほんとそっくり！　ねぇ、新しくドレスを用意する手間さえ惜しむあなたに、ヴェルフレム様が義務感以上の感情を向けると思う？」

噛んで含めるようなデリエラに、レニシャは何も言い返せない。ただ、嗚咽を洩らさぬよう、唇を噛みしめるだけだ。唇を噛みしめるだけだ。レニシャの表情を見たデリエラが満足そうに唇を吊り上げた。

「あらあら、かわいそうに。神殿にいいように言い含められて、何も知らなかったんでしょう？でも、真実を知ったからには……。無謀な望みなんて、抱かないわよね？」

「わ、わかっています……っ。私なんかがヴェルフレム様にふさわしくないことは……っ！」

身体が震えて、自分のものではないようだ。床に底なしの穴が開いたように感じる。

答える声が否応なしに潤み、震える。涙がこぼれなかったのは奇跡に近い。

デリエラが勝ち誇ったように婉然と微笑んだ。

「あたくし、賢い子は好きよ」

「わ、私……っ。すみません、そろそろ温室の手入れに行かないといけないんです……っ。スレイルさん、失礼します」

これ以上、この場にいたらみっともなく泣き崩れてしまいそうだ。

レニシャは震える声でそれだけを口にすると、黙りこくったままのスレイルにぺこりと頭を下げ、返事も待たずに身を翻した。

走らないぎりぎりの早足で屋敷の裏口に向かい、裏庭に出て。枯れつつある草を蹴散らすように駆け抜けて。

温室の扉を開けて入ったところで、レニシャの涙腺は限界を迎えた。

「う……っ、くぅっ」

ぺたりと地面に座り込み、ぼろぼろと涙をこぼす。ぬぐうことも忘れ頬から伝い落ちた雫が、地面に黒い染みを作った。

胸が痛くてたまらない。

自分などがデリエラに敵わないことは、夕べ、出会った時から、頭ではわかっていたというのに。自分とデリエラの差を嫌でも見せつけられて、心が張り裂けそうになる。

美しいデリエラと、みすぼらしいレニシャ。

『聖婚』を成就し、六年もの間ヴェルフレムの隣にいたデリエラと、いまだに『聖婚』の成就さえままならないレニシャ……。

ヴェルフレムと出逢って癒やしの力を使えるようになり、ようやく、聖女として働けると思った矢先だったというのに。

やっぱり自分は期待外れだ。

神殿で自分を蔑んでいた周りの人々はこんな気持ちだったのかと、初めて理解する。

希望を抱いた分、絶望に突き落とされた時の落差がこれほどつらいだなんて。

ぼろぼろぼろぼろと、胸の中におさまりきらない哀しみが涙となってあとからあとからあふれてくる。燭台を地面に置き両手で服を握りしめ、誰もいないのをよいことに、胸の中の痛みも嫉妬も洗い流すかのように声を上げて泣き続ける。

どれだけそうしていただろう。伝い落ちる涙で濡れた服の冷たさに、レニシャはふと我に返った。無意識に視線を向けた先は、地面に置いた燭台だ。

ヴェルフレムの金の瞳を連想させる揺らめく炎は、まるでレニシャを慰めてくれるかのように柔らかなあたたかさを放っている。

「どうしよう……」

呟いた拍子に、頬を伝っていた涙がぽろりと落ちる。

すべての感情を吐き出すように泣いたのに。心がずきずきと痛んで悲鳴を上げているのに。

なのに、心の奥底に灯った恋の炎が、消えてくれそうにない。

たとえ、ヴェルフレムがレニシャを妻として見てくれることがないのだとしても。デリエラのもとで下働きとして仕えるしかないとしても。

それでも、ヴェルフレムのそばにいたい。そのためだったら、何だってできる気がする。

「……よし」

ぐっと拳を握りしめ、手の甲や袖口でごしごしと涙をぬぐう。

涙が心の澱《おり》を洗い流してくれたのだろうか。ほんの少しだが、気持ちが軽くなった気がする。

ヴェルフレムのそばにいたいのなら、泣き崩れている暇なんかない。幸い、レニシャにはラルスレード領でできることがあるのだから。薬草を育てたり、癒やしの力を発揮していたりすれば、ヴェルフレムもレニシャを下働きとして屋敷に置いてくれる気になるかもしれない。

「頑張らないと……っ！」

自分で自分を叱咤して立ち上がる。レニシャを励ますようにゆらりと燭台の炎が揺れた。

温室の手入れを続けるのは当然として、どうしたらもっとヴェルフレムの役に立てるだろう。季節はこれから厳しい冬だ。いくら温室とはいえ、いまの季節では植えられる薬草も、そう多くはない。

温室の中を見回したレニシャの目にとまったのは、一本だけ生えるローゼルの低木だ。誘われるようにローゼルの木へと歩み寄る。

ヴェルフレムの故郷に生えているというローゼルの木。だが、何年も世話をされずに北の地に放置されていたローゼルの木は、かなり葉が落ち、残っている葉もしおれていて、素人目にも元気がないとわかる。

懐かしさにあふれたまなざしでこの木を見つめていたヴェルフレムの横顔を思い出すだけで、切なさに胸が締めつけられる。

もしこの木に花を咲かせることができたら、ヴェルフレムは喜んでくれるだろうか。

けれど、いったいどうすればいいのかと木を見上げ。

ふと、癒やしの力を使ってみたらどうだろうかという考えが、天啓のように閃く。

植物にも効くかどうかはわからない。けれど、やってみる価値はあるかもしれない。

細い枝葉をかき分け、一番太い幹に両手でふれる。目を閉じ、何度か深呼吸してから祈る。

「いと慈悲深き光神ルキレウス様にお祈り申し上げます。癒やしの力をお恵みください。北の地でけなげに生きるこの木が、どうか花を咲かせられますように……」

自分の周りに揺蕩う力が、ローゼルの木に流れ込んでゆくのを感じる。ヴェルフレムを喜ばせたい一心で、祈りを紡ぎ、木に力をそそいでいく。

倒れてしまわない程度で止め、おずおずと目を開け様子を確認するが。

「……だめだ……。ほとんど変わってない……」

祈りを捧げる前とほとんど変わっていない様子に、がっくりと肩を落とす。自分では手応えを感じた気がしたのだが……。人と植物ではやはり違うのだろう。ほんの少しだけ、しおれていた葉の色が明るくなった気がしなくもないが……。期待が見せた錯覚かもしれない。

「で、でも、少しは手応えがあったんだし……っ！」

もしかしたら、続けていけばそのうち効果が出てくるかもしれない。もう一度試してみたいが、少し休まねばロナル村の時のように、また倒れてしまうかもしれない。

「ヴェルフレム様……」

レニシャを抱き上げてくれた力強い腕を思い出すだけで、また涙があふれそうになってくる。

「だめだめっ！　しっかり働かないと！」

両手で頬を軽く叩いて気合いを入れると、レニシャはいつものように温室の手入れを始めた。

◇　◇　◇

温室で午前中の作業を終え、レニシャは手だけを洗って作業着のまま、ヴェルフレムと昼食を摂るためにヴェルフレムの私室に向かった。

昼食のテーブルにつくと、先に席についていたヴェルフレムにいぶかしげに尋ねられる。

「今日は、ドレスに着替えていないのだな」

「そ、その、できれば午後からも温室の手入れをしたいと思いまして……っ」

もごもごと早口で言い訳を口にする。いつもはドレスに着替えて午後からは執務室でヴェルフレムの手伝いをするのだが、今日は午後からも温室の手入れをするつもりだ。

いや、今日に限らない。もう少し心が落ち着かなくては、ヴェルフレムの仕事を手伝える自信がない。それに……。

ヴェルフレムに言わねばならぬことがあるというのに、目の前に恋しい人がいるのだと思うだけで、胸が詰まってうまく言葉が出てこない。

「お前がそうしたいのなら、俺はかまわんが……」

「ありがとうございます。さあ、せっかくのお料理が冷めては悪いですから、いただきましょう」

これ以上問われないうちにと、レニシャは会話を断ち切るようにフォークに手を伸ばす。

もともとレニシャもヴェルフレムも饒舌ではない。それでも、恋心に気づく前は、味つけが好みだとか、この料理に似たものがレニシャの故郷にもあるだとか、はたまた、これから来るラルスレード領の冬はどれほど寒さが厳しいのかとか……。

そんな他愛のない会話を交わす、穏やかな時間が流れていたはずなのに。

いまの食事の時間は、まるで空気が錆びついて軋んでいる心地がする。

ヴェルフレムが変わったわけではない。変わってしまったのはレニシャのほうだ。こんな状態ではいけない、ヴェルフレムに恋心を見抜かれ呆れられるわけにはいかないと、頭ではわかっているのに、実際にヴェルフレムを目の前にすると、否応なしに胸が高鳴って、何も言えなくなってしまう。心を込めて作られた昼食だというのに、味すらよくわからぬほどだ。

朝食に引き続き、昼食も無言のまま、うつむきがちにもそもそと食べていると、食べ終わったところでヴェルフレムに気遣わしげに問われた。

「やはり、具合が悪いのではないか？」

顔を上げると、レニシャを見つめる金の瞳と視線がぶつかった。心配そうなまなざしを見るだけで、胸の奥が喜びと切なさにきゅぅっと痛くなる。

「……お前には、心労をかけてしまっているからな……。だが、心配するな。デリエラのことなら――」

「そ、そのことなんですが……っ！」

頼むとしたら、いましかない。気力を振り絞って声を上げる。

「わ、私、ヴェルフレム様にお願いがあるんです……っ！」

「願い？」

目を瞬いたヴェルフレムの美貌が、柔らかな微笑みを浮かべる。

「何だ？　お前の望みというのなら、俺の力の及ぶ限り叶えよう」

「あ、ありがとうございます……。そ、その……っ」

不意打ちの微笑みに鼓動が跳ねて、ヴェルフレムの顔をまともに見られない。

視線を伏せてもごもごと礼を言ったレニシャの耳に、ヴェルフレムが椅子を引く音が届く。

と、かすかな衣擦れの音がしたかと思うと、大きくあたたかな手にぎゅっと両手を握られる。

「どうした、レニシャ？　お前が憂い顔をしていると、俺の心まで乱れてくる。遠慮などいらん。俺に願いがあるというのなら、何でも言ってくれ」

「ヴェ、ヴェルフレム様っ⁉」

レニシャの隣に片膝をついてひざまずき、顔を覗き込むヴェルフレムに度肝を抜かれる。

「お、お立ちくださいっ！　わ、私なんかにそんな……っ！」

あわてて手を引き抜こうとするが、しっかりと握る大きな手は緩まない。ヴェルフレムの熱が伝わったかのように、瞬時に全身が熱くなる。

「お前を気にかけるのは当然だろう？　何を思い悩んでいる？　昨日、『聖婚』やアレナシスのことを話して以来、ずっと悩ましげな顔をしているではないか」

「い、いえ……っ」

真実を打ち明けたことを悔やむかのような苦い声に、レニシャは反射的にかぶりを振る。

レニシャの苦しみは決してヴェルフレムのせいではない。けれども、恋心を秘めたまま、うまくごまかせる気がしなくて、困り果てて言いよどむ。

いっそう深くうつむき、表情を隠そうとするレニシャを押し留めるかのように、ヴェルフレムが片手を放したかと思うと、そっと頬を包み込んだ。

「魔霊の俺は人の心に疎《うと》い。そのせいで知らぬうちにお前を傷つけたのではないか？　もしそうだとしたら言ってくれ。お前に憂い顔などさせたくない。お前の願いとは何だ？　レニシャ」

（ならば……。デリエラ様が『聖婚』の聖女として返り咲いても、私を下働きとしてお屋敷においていただけますか？）

思いやりにあふれた声に、心の奥に秘めていた願いが反射的に口をついて出そうになり、レニシャは唇を噛みしめる。

そんな願いなんて、口に出せるわけがない。ただでさえ、故郷に援助してもらうというわがままを聞いてもらっているのに、これ以上を望んだら、今度こそ呆れられてしまう。

代わりに、レニシャは別のことを口にする。

「お願いというのは……。その、デリエラ様にお屋敷にずっと滞在していただけないかと……」

「デリエラに？」

ヴェルフレムの眉根がいぶかしげに寄る。レニシャは頷くと、午前中、温室の手入れをしながら考えていた口実を口にした。

「そ、そうです！　デリエラ様にご滞在いただければ、聖女の心得などをお教えいただけるのではないかと思いまして……っ！」

話すたび、心が悲鳴を上げる。聖女の心得を聞いたところで、何になるのか。ヴェルフレムが選ぶのはデリエラで、レニシャなんかが『聖婚』の聖女になれるわけがないのに。

レニシャの考えを裏づけるかのように、ヴェルフレムが顔をしかめる。

「そんなことを頼む必要など……」

「で、ですが、せっかく戻られたデリエラ様をお屋敷から追い出すわけにはまいりませんでしょう？　きっと神殿からも責められるでしょうし……。お願いします！」

ヴェルフレムに却下されたら、デリエラとの約束が果たせない。つまり、デリエラが返り咲いた時に屋敷に置いてもらえなくなるということだ。たとえ、ヴェルフレムがデリエラを選んだとしても……。それでも、ヴェルフレムのそばにいたい。

すがるように手を握り返して深く頭を下げると、諦めたような溜息が降ってきた。

「……確かに、何でも言えと言ったのは俺だからな。それがお前の望みだというのなら叶えよう」

「そ、それと……」

「うん？」

うつむいたまま震え声を紡ぐと、穏やかな声で続きを促された。優しい声に背中を押されて、もうひとつの願いも口にする。

「その……。しばらく、食事を別にさせていただいてもよろしいでしょうか……？」

言った瞬間、頬を包んでいたヴェルフレムの手がぴくりと揺れる。

「それ、は……」

「ち、違うんですっ！　決して、ヴェルフレム様と一緒に食事をするのが嫌というわけではなくて……っ！」

低い声に、はじかれたようにかぶりを振る。あまりの勢いにヴェルフレムの手が外れた。

「その、ベーブルク様に薬の調合についてお教えいただけるようになりましたし、本格的に温室を活用したくて……っ！　ですので、食事の時間がずれてご迷惑をおかけするようになるでしょうし、あと、ヴェルフレム様の執務のお手伝いもできなくなってしまうので……っ！　すみませんっ！　私から言い出したことですのに、こんなわがままを……っ！」

申し訳なさに身を折りたたむように深く頭を下げる。

本当は、ほんのわずかな時間でもヴェルフレムのそばにいたい。

けれど、いまのままではすぐにヴェルフレムに恋心が伝わってしまいそうで……。

見抜かれてヴェルフレムに軽蔑されないように、もう少しだけ、気持ちが落ち着くまでの時間が欲しい。

情けなさに顔を上げられないでいると、ぽふぽふと優しく頭を撫でられた。

「謝る必要はない。温室の手入れに精を出してくれるのは、ラルスレード領のためだろう？　ならば、感謝こそすれ、責める必要がどこにある？」

なだめるような穏やかで耳に心地よいヴェルフレムの声。

「ただ、ひとりでもちゃんと食事はとるのだぞ。それと、決して無理はするな。もしお前が倒れたりしたら……。今度こそ、炎の魔霊だというのに、俺の心が凍りついてしまいそうだ」

からかうような笑い交じりの声。けれども、そこに宿る真摯な響きに、レニシャの心までほわりとあたたかくなる心地がする。

いつだって、レニシャの心をあたためてくれる人。

この方のそばから離れずにいるためならば……。

恋心を封じて下働きとして仕えることになってもかまわない、とレニシャは己の心に誓った。

◇　◇　◇

「あれ……？　もうこんなに暗く……？」

ひとりで温室の手入れをしていた夕方。温室のあちらこちらを侵食していたミントを、根から掘り起こしていたレニシャは、立ち上がって背伸びをした。その拍子に温室の外の暗さに気づいて、驚きの声を上げる。日はほとんど沈みかけており、温室の外には宵闇が迫っている。

ミントを駆逐《くちく》するのに夢中になっていて、まったく気づかなかった。ヴェルフレムが灯してくれた燭台が煌々と明るかったということもある。

繁殖力が高く、他のハーブを植える場所がなくなってしまうため引き抜いたが、ミントも薬効のあるハーブだ。食べ過ぎや飲み過ぎ、食欲不振に効くといわれている。抜いたものをそのまま捨ててしまうのはもったいないので、根の部分はちぎって、葉がついている部分だけを籠に集めておいた。乾燥させれば日持ちがするし、ミントティーにして飲んでもいい。

（ヴェルフレム様は、ミントティーも飲まれるかしら……？）

いつもはカモミールティーを飲んでいるようだが、ミントティーでもかまわないというのなら、ジェキンスに頼んで出してもらおう。

自分が摘んだミントでヴェルフレムを喜ばせられるのかもしれないと思うと、それだけで心がうきうきとはずんでくる。たとえ、どんなささいなことだとしても、ヴェルフレムの役に立てることが嬉しい。

だが、そろそろ屋敷に戻らねば、モリーに心配をかけてしまうだろう。

レニシャはミントを入れた籠を小脇に抱え、もう片方の手に燭台を持って温室の入り口へ向かう。さんざんミントを抜いたせいで、温室の中は清涼感のある香りに満ちていた。

心の憂いを払ってくれるような香りを味わいながら歩を進めていたレニシャは、何気なくローゼルの木を見やって足を止めた。

午前中に見た時よりも、ローゼルの木が生き生きとしている気がする。

気のせいだろうか。それとも、午前中にローゼルの木にそそいだ癒やしの力の効果だろうか。

籠を地面に置き、燭台を掲げてしげしげとローゼルの木を観察する。

やっぱり見間違いではない。しおれていたはずの葉が、青々としている。

「癒やしの力が、効いたの……？」

半信半疑で呟きながら、一枚一枚、丁寧に葉を観察したレニシャは、茂る葉の向こうに、薄紅色の小さな蕾を見つけて息を呑んだ。

見間違いではない。

たったひとつの薄紅色の小さな蕾。けれど、それは確かにヴェルフレムがいつかもう一度見てみたいと懐かしそうに願っていた花だ。

おずおずと手を伸ばし、震える指先でそっと蕾にふれてみる。

この花を咲かせられたら、と心から願う。花ひらくこともなく枯れさせるしかない己の恋心の代わりに、せめてこの小さな蕾だけは咲かせたいと。

そしてヴェルフレムが喜んでくれたなら……。その笑顔だけで、レニシャの恋心もきっと浮かばれるだろう。

「いと慈悲深き光神ルキレウス様……。どうか、御力を賜りください。北の地で咲こうとするこの蕾に、どうか奇跡を……っ！」

燭台を足元に置き、両手で包み込むように蕾にふれて、目を閉じ心からの祈りを捧げる。

恋しい人に喜んでもらいたい。ただ、その一心で。

己の周りに揺蕩う力を惜しみなくローゼルの木にそそぐ。

「光神ルキレウス様、どうか……っ！」

力をそそぎすぎたあまり、くらりと立ちくらみを起こしてたたらを踏む。へたり込みそうになるのを、かろうじてこらえ、目を開ける。

祈るように視線を向けた先で。

そこだけ、時計が早回しになったように、薄紅色の蕾がゆっくりとほどかれてゆく。大きめのめしべ。中央だけ濃い紅色に染まった繊細な花弁はまるで貴婦人のドレスのようだ。

「綺麗……」

これが、ヴェルフレムが見たいと願っていたローゼルの花。

しばし、ぼぅっと見惚れていたレニシャは、はっと我に返る。

すぐにヴェルフレムに知らせなくては。

燭台も籠も地面に放り出したまま、温室を飛び出す。外は宵闇が迫り、ちらちらと雪がちらついていたが、屋敷のいくつもの窓から明かりが洩れているので走るのに支障はない。高揚感に寒さも感じないほどだ。

裏口の扉を乱暴に開け放ち、二階へと続く階段を駆け上がる。

花が咲いたと知ったら、ヴェルフレムはどれほど喜んでくれるだろう。自分に向けられるヴェルフレムの笑みを思い描くだけで、天にも昇る心地になる。

二階の廊下に上がると、ヴェルフレムの執務室の場所はすぐに知れた。ジェキンスが扉を閉め忘れたのだろうか。等間隔に燭台が灯る廊下に、部屋の明かりが細い筋となって洩れている。

ずっと走り続けて息は上がり、癒しの力を使いすぎた身体は気を抜くと転びそうになるが、その程度のことなど、足を止める理由にならない。

勢いよく扉に手をかけようとして。

「どうか、あたくしを『聖婚』の聖女として伯爵夫人の座に戻してくださいな」

部屋の中から聞こえてきたデリエラの声に、凍りついたように動きを止める。

「お前、を……」

ヴェルフレムの答えを聞き終わるまで、その場に留まることは不可能だった。

嫌だ。ヴェルフレムがデリエラを選ぶ言葉を聞きたくない。

震えながら後ずさった背中が、廊下の壁に当たる。次の瞬間、レニシャは身を翻して駆け出していた。二つ隣のレニシャに与えられた部屋に駆け込み、後ろ手に扉を閉める。

ふらついた身体が扉にぶつかり、立っていられずずるずるとへたり込む。

身体の震えが止まらない。視界が狭く暗くなり、ぼやりとにじむ。

ぱたぱた、と作業着を握りしめた手の甲に落ちた雫で、レニシャは自分が泣いているのに初めて気づいた。

「ふっ、く……っ」

胸が痛くてしかたがない。

ヴェルフレムがデリエラを選ぶのは、最初からわかりきっていたことなのに。

実際に耳にしただけで、こんなに動揺してしまうなんて。

ぐっ、と唇を嚙みしめ、乱暴に涙をぬぐう。

こんなことではだめだ。温室で誓ったではないか。たとえ、ヴェルフレムが『聖婚』の聖女にデリエラを選んだとしても、それでもそばにいたいと。

ならば、この程度で泣いている場合じゃない。

「早く、慣れなくちゃ……」

自分に言い聞かせるように涙混じりの声で呟く。

ヴェルフレムとデリエラが仲睦まじくしている姿を見ることなど、これから嫌というほどあるだろう。そのたびに打ちひしがれていては、早晩ヴェルフレムに恋心を気づかれてしまう。

「大丈夫。きっと大丈夫……」

聖都でも六年もの間、期待外れと蔑まれながら過ごしてきたのだから。

心を無にしてやるべきことに打ち込めば、そのうち、何も感じなくなるはずだ。

……きっと、そうに決まっている。

癒やしの力を加減もせずに使ってしまったからだろう。身体が重い。泣いたせいか頭がぼんやりする。

レニシャはのろのろと立ち上がるとソファに歩み寄った。

土で汚れた手を洗って作業着から着替えないと、と頭の片隅で思うが、身体が重くて億劫《おっくう》だ。

ロナル村で気を失いかけた時は、ヴェルフレムの力強くあたたかい腕が抱き上げてくれたのにと思い出してしまい、いっそう胸が切なく痛む。

（いまだけ……。少しだけ休もう。休んだら、きっといつも通りに戻れるはず……）

ソファに横たわり、もぞもぞと自分の身を抱きしめるように身体を丸める。

現実から目を背けるように、レニシャは抗いがたい眠気に身をゆだねた。

◆　◆　◆

「いったい何の用だ？」

　ノックもなしにずかずかと執務室に入ってきたデリエラを、ヴェルフレムは書類から顔を上げ、冷ややかに睨みつけた。窓の外に宵闇が迫るいま、ジェキンスは夕食を摂りに行っており、執務室にいるのはヴェルフレムひとりだけだ。

「あら。つれないこと。あたくしは『聖婚』の聖女なのですもの。夫のもとに来て悪い理由などないでしょう？」

　デリエラが紅を引いた唇で婉然と微笑む。人間の男なら鼻の下を伸ばしたのかもしれない。が、ヴェルフレムの心は髪の毛ひとすじすら動かない。

「昨夜言ったはずだ。お前はもう『聖婚』の聖女ではない。すでにレニシャがいる」

　淡々と告げると「まあ、嫌だ！」とデリエラが芝居がかった声を上げた。

「本気であのみすぼらしい小娘を伯爵夫人として迎える気なの⁉　正気かしら⁉」

「正気か、だと？」

　反射的に胸を焼いた怒りに、地を這うように声が低く、鋭くなる。

「正気を疑うとしたら、お前の所業のほうだろう？　『聖婚』の聖女の役目を放り出して男と出奔したかと思えば、五年も経ってからのうのうと戻って来るとは……。これまで何人もの身勝手な人間を見てきたが、その中でもお前は極めつきだ」

当時の騒ぎを思い出すと、いまでも苛立ちが湧き上がる。

先々代の聖女が事故死したのに続き、デリエラまで失踪したとあって、聖都の神殿はヴェルフレムが聖女達を手にかけたに違いないと、はなから疑ってかかっていた。デリエラと一緒に来た神官が、自分は無実だとヴェルフレムにすべての咎をなすりつけようとしたためでもある。

が、デリエラが行商人の若い男と懇意にしていたというのは多くの証言者がいたため、最終的に、ベーブルクがもしヴェルフレムによからぬ動きがあれば即座に聖都に知らせるということで神殿をなだめ、デリエラとともにラルスレード領に来ていた神官が逃げるように聖都に帰ったことで騒動は収まった。

だが、それ以来、ベーブルクとは疎遠になってしまった。それまでは季節ごとに屋敷を訪れ、ヴェルフレムのほうも神殿に資金などを援助していたのだが、ベーブルクの訪問がなくなったことで途絶えてしまったのだ。

屋敷を訪れなくなった理由は、神殿が迷惑をかけたことに対するベーブルクなりの詫びだったのだろうと、いまならばわかる。当時のヴェルフレムは、用があればあちらから来るだろうと、ベーブルクの考えを察しようという気すらなかった。もう一度、ベーブルクと交流を持てるようになったのは、レニシャのおかげだ。

レニシャが神殿に行きたいと頼んだからというだけではない。

アレナシスと死に別れ、何人もの聖女や神官達を見送るたびにどんどん摩耗していき、人の心に疎くなっていったヴェルフレムに、もう一度、誰かの心にふれたいと思わせてくれたのは……。

レニシャが、そばにいてくれたからだ。魔霊も人と変わらぬと言いたげに無邪気な笑顔を向け、思いやりを示してくれたからだ。

アレナシスに託されたラルスレード領や領民達を大切に思っている。けれど、淡々とこなしていた領主の務めを、義務だけではないと気づかせてくれたのは、レニシャにほかならない。

そのレニシャを蔑む輩を、見逃す気はない。

ヴェルフレムの声に宿る剣呑さに気圧されたかのように、デリエラが化粧をほどこした顔を強張らせた。だが、すぐに嘲るような笑みが口元に浮かぶ。

「あらあら。ずいぶんあの小娘を気に入っているのね。でも……。知っているのかしら?」

「何が言いたい?　お前に割《さ》く時間などない。屋敷への滞在は許してやるが、あくまで滞在を許すだけだ。己の立場をわきまえろ」

にべもないヴェルフレムの声音に、デリエラは楽しそうに唇を吊り上げる。

「ねぇ、ヴェルフレム様。どうしてあの小娘があたくしの滞在を願ったのか……。その理由をご存じ?」

「……何が言いたい?　心優しいレニシャは、お前を追い出すのが忍びなかっただけだろう?　お前から、聖女の心得を学びたいとも言ってはいたが……。お前などに教えを請わずとも、レニシャはすでに心根の清らかな立派な聖女だ」

「心根の清らかな聖女、ねぇ……」

デリエラが嘲りを隠すことなく、おうむ返しに繰り返す。

「あの子がなんと言ってあたくしにすがってきたのか、教えてさしあげましょうか？」

ヴェルフレムの返事も待たず、執務机に片手をついたデリエラが、ずいとヴェルフレムのほうに身を乗り出した。酔いそうに強い甘い香水の薫りが押し寄せてくる。

「あの子、泣きそうな顔であたくしにすがってきたのよ。『聖婚』のために我慢しているけれど、本当は魔霊や氷狐が怖くて仕方がない、こんな寒い北の僻地になんていたくない、って」

「っ！」

デリエラの言葉に、刃で刺し貫かれたように息を呑む。

レニシャがそんなことを言うはずがない。ラルスレード領にいたいと……。ここで人々の役に立ちたいのだとまぶしいほどの笑顔で語ったレニシャが、そんなことを言うとは思えない。

デリエラのでまかせだ。そんなことは決してないと、ひとことで否定できるはず、なのに。

否定の言葉を封じるかのように脳裏に甦るのは、いままでラルスレード領にやってきた幾人もの聖女達の恨み言だ。

いくら贅沢な生活を約束されていても、魔霊の花嫁などになりたくない。娯楽も何もない北の僻地で一生を過ごすなんて真っ平御免だ。華やかな聖都に戻りたい、と。

昨日、氷狐に襲われて震えていたレニシャのことを思い出す。たとえ、ラルスレード領を気に入ってくれたとしても……。

いつ氷狐に狙われるやもしれぬ日々からレニシャが逃げたいと思ったとしても、誰が責めることができるだろう。

まるで不可視の毒のように、デリエラの言葉がヴェルフレムの耳を侵してゆく。

「あの子、ようやく癒やしの力が使えるようになったそうじゃない。聖都では期待外れだって馬鹿にされていたんでしょ？　これでようやく聖都の連中を見返せるんだって喜んでたわよ。あたくしが『聖婚』の聖女として戻ってきたおかげで、聖都に帰ることができます、って……。あたくしの手を握りしめて喜んでたわ」

デリエラの言葉のひとつひとつが刃と化してヴェルフレムの心を貫いてゆく。

昼食の時、レニシャはデリエラに「聖女の心得」を教えてもらいたいと言っていたが、「『聖婚』の聖女の心得」とはひとことも口にしなかった。

あれはつまり、聖都に戻って聖女としてやっていくための心得をデリエラに教えてもらおうという意図だったのか。

「あの子はまだ成人したばかりなんですもの。あんな若い娘を、北の僻地に閉じ込めて一生を過ごさせるなんて、可哀想でしょう？　あなただってそう思わない？」

同情もあらわに言ったデリエラがゆったりと微笑む。

「あの子のためを望むなら……。どうか、あたくしを『聖婚』の聖女として伯爵夫人の座に戻してくださいな」

絡みつくように甘い声。

「お前、を……」

呟いた言葉は最後まで声にならない。嵐の海のように、さまざまな感情が胸の中で暴れ回る。

レニシャと過ごす時間は、悠久の時を持つヴェルフレムにとってはひとときに過ぎないというのは、最初からわかっていたことだ。

だからこそ、レニシャが『聖婚』を望むたび、それが形式的なものでしかないことを知っているゆえに、複雑な気持ちになっていた。素直なレニシャは、神殿に命じられたがゆえにヴェルフレムのそばにいるのではないかという思いがぬぐえないでいる。

だが……。そう疑う心とは裏腹に、レニシャと過ごす時間は心に炎が灯るように優しくて。

レニシャの存在がこれほど己の心を癒やしてくれるようになるとは、想像もしていなかった。

種族を超えたただひとりの親友だったアレナシスを亡くしてからも、友人と呼べる神官や聖女なら何人か現れた。けれど、彼等や彼女達はみな、あくまでヴェルフレムを力ある魔霊として敬い、ヴェルフレムの心の中にまで踏み込もうとはしなかった。

アレナシスによく似た、けれども決して同じではないレニシャとのやりとりが、どれほどヴェルフレムの心を潤したのか……。レニシャ本人は知らぬだろう。

だが、ほんのいっときの寂しさを癒やすためだけに、レニシャの人生をヴェルフレムが奪っていいわけがない。

デリエラが戻ってきたのだから、レニシャが聖都へ戻りたいのなら、彼女を自由にしてやるべきだと、それがレニシャのためにほかならないと、理性が告げる。けれど。

嫌だ、と心の奥底から感情が叫ぶ。レニシャを、決して手放したくないと。

あの天真爛漫な笑顔が、ヴェルフレムを気遣う優しいまなざしが、他の誰かのものになるなど、耐えられない。

　胸の奥に、炎の魔霊であるヴェルフレムでさえ知らぬ小さな灯火がほわりと灯る。

　その灯火の名にヴェルフレムが気づくより早く。

「……ねぇ、あなた」

　甘く囁きながら、デリエラが吐息がふれそうなほど、さらに身を乗り出した。

「あたくしこそが、『聖婚』の聖女でしょう？」

　美しく手入れされた指先がヴェルフレムの髪にふれ、頬の輪郭をなぞろうとする。

「やめろ」

　ヴェルフレムは反射的に嫌悪感を覚え、デリエラの手を摑んで引きはがした。

「お前のしでかしたことをあっさり水に流す気はない。レニシャに確かめもせずにお前の言を鵜呑みにする気もな」

「なら、好きなだけあの子を問い詰めたらいかが？　でも……。あなたに怯えるあの子が素直に望みを口にするかしらねぇ……」

　からかうようにデリエラが喉を鳴らす。揶揄《やゆ》を含んだ声に、ヴェルフレムは言葉に詰まって奥歯を噛みしめた。デリエラに指摘されるまでもなく、レニシャがなかなか望みを口にしないことはヴェルフレムとて知っている。

　それが慎み深い性格からなのか、それとも魔霊であるヴェルフレムの機嫌を損ねてはと怯えているからなのか、ヴェルフレムには、判断がつかない。

けれど、レニシャの望みが何であれ、ただひとつ確かなことは。

心優しいあの娘が、どうか幸せであるようにと。

十日にも満たない短い日々でヴェルフレムに気づきを与え、心を満たしてくれた純真な彼女が、明るく幸せな未来を歩めますようにと。

そのためならば、ヴェルフレムの持てる力をすべて尽くそう。

――たとえ、それがラルスレード領を離れ、聖都に戻ることであろうとも。

「……ああ、そうか」

これが、アレナシスが望んでいたことなのかと、三百年の時を超え、ようやく気づく。

誰かに恋をすることは、乾いた心をこれほど満たすことなのかと。

「だが、やはり余計なお節介だったな……」

まさか、恋心を自覚すると同時に、それが実らぬと思い知らされるとは、さすがのアレナシスでさえ予想だにしていなかっただろう。

「何を、おっしゃりたいの？」

ヴェルフレムの呟きに、デリエラが細い眉をいぶかしげに寄せる。ヴェルフレムは身勝手な思惑をはねつけるようにデリエラを見据えた。

「お前が『聖婚』の聖女に戻るも戻らぬも、すべてはレニシャ次第だ。レニシャが聖都に戻るのが望みだというのなら、お前を『聖婚』の聖女にしてやろう。だが……。もう二度と、好き勝手ができると思うなよ」

冷ややかなヴェルフレムの宣言に、デリエラが紅を引いた唇を噛みしめる。

「……そう。でしたら、あたくしが『聖婚』の聖女に返り咲くのもすぐですわね」

絞り出された低い声は、このままおとなしく引き下がる気はないと言外に告げていた。

「あの小娘が正直に話すとは思えないけれど……。せいぜい問い詰めて、怖がらせたらいかが？」

ヴェルフレムが咎める間もなく、捨て台詞を吐いたデリエラが、さっと身を翻す。

絡みつくような甘い香りを残し、薄く開いたままの扉から出ていくデリエラの後ろ姿を、ヴェルフレムは無言で見送った。


「伯爵様、ご相談がございまして……。お夕食の時間になりましたので、レニシャ様をお呼びしたのですが、ソファでうたた寝をしていらっしゃるのです。いかがいたしましょうか？」

執務室に訪れたモリーが困り顔でヴェルフレムに報告したのは、デリエラが去ってしばらくしてからのことだった。

モリーが言うには、夕食の支度ができたとレニシャの部屋をノックしても応答がなく、断って扉を開けたところ、作業着から着替えもせずソファで寝ているレニシャを見つけたのだという。

「あの……。差し出がましいとは承知しているのですが……」

戸惑いを見せていたモリーが、ためらいを振り切るように両手を握りしめてヴェルフレムを見つめる。

「昨夜、デリエラ様が戻られて以来、レニシャ様のご様子がふだんと違うようにお見受けします。昨日の昼間、ベーブルク様をお見送りした際に氷狐に襲われた後もかなり動揺されておりましたが、一夜経った今朝も沈んだ顔をしてらして……」

「レニシャは何と言っていた？」

鼓動が轟くのを感じながら、間髪入れず問いかける。

氷狐に襲われるようなこんな暮らしは嫌だと嘆いていたか、ヴェルフレムが恐ろしいと怯えていたのか……。どちらにしろ、よい内容ではあるまい。

ヴェルフレムの問いに、モリーが力なくかぶりを振る。

「いいえ、レニシャ様は何もおっしゃっておられません……」

打ち明けてもらえなかった己の不甲斐なさを嘆くようにうなだれたモリーが、不意にきっ！と顔を上げる。

「ですが、きっとデリエラ様のせいに違いありません！　あんなことをしでかしたというのに、悪びれもせず突然戻ってきて……っ！　まだご自分を『聖婚』の聖女だと思ってらっしゃるんですよ！　この屋敷の女主人は自分だと言わんばかりに偉そうに使用人達に命令して……っ！　今日だって肉だのデザートだの贅沢極まりない料理を要求したんですよ⁉　そればかりか、やれ宝石商を呼べだの、新しいドレスを仕立てたいだの……っ！　慎み深いレニシャ様とは大違いです！　きっとラルスレード領を食い潰す気ですよ！」

話しているうちに怒りが再燃したのか、モリーの眉が吊り上がる。

「今朝、神官様を見送った時に、レニシャ様だけでなくデリエラ様もいたのを見た者がおりますし、きっと心無いことを言われたに違いありませんっ！」

モリーは、デリエラがレニシャをいじめたと信じて疑っていないらしい。モリーが『聖婚』の聖女に侍女として仕えた期間は、デリエラの六年に対し、レニシャはたった十日ほどしかないというのに、モリーは自分が仕えるべき主人は、レニシャだとすでに定めているようだ。

「……だが、レニシャは何もお前に打ち明けてはいないのだろう？」

なだめるように問いかけると、モリーが釈然としないと言いたげな顔をした。

「レニシャ様はわたくしにもお気遣いくださるお優しい方ですから、デリエラ様に何か言われたのだとしても、表立って口には出されないに決まってます！　ですから、こうして伯爵様に申し上げているのです！　伯爵様でしたら、レニシャ様も打ち明けられるのではありませんか？」

『俺にこそ、正直に話してくれるはずがないだろう』

とっさに口をついて出そうになり、あわてて唇を引き結ぶ。デリエラの言葉に含まれていた毒が、すっかり心を侵しているらしい。

「ともあれ、レニシャを放っておくわけにはいかんな。夕食はいったん下げたのか？」

「いえ、ひとまずレニシャ様の部屋のテーブルに置いております」

モリーの言葉に頷いて立ち上がる。

「では、俺がレニシャの様子を見てこよう。何か用があれば呼ぶゆえ、お前はいったん下がるといい」

一礼し、執務室を出ていくモリーを見送って、ヴェルフレムは内扉へと歩を進めた。私室を通り過ぎ、レニシャに与えた部屋に通じる内扉の前で立ち止まる。

「レニシャ？」

呼びかけながらノックするが、予想通り返事はない。

「開けるぞ」

ひとこと断ってから、扉を押し開ける。モリーがつけたのだろう燭台だけが灯る薄暗い部屋を見て、ヴェルフレムは思わず眉をひそめた。

レニシャがひとりでいる際に万が一氷狐が現れた時のために、ヴェルフレムが手ずから灯した燭台を渡しておいたのだが、どうやら、ここにはないようだ。だが、いったいどこへやったのだろう。

ヴェルフレムに監視されているようで嫌だと捨てられたわけではないと思いたいが……。

薄暗い部屋の中をソファに歩み寄る。モリーが言った通り、レニシャはソファで眠っていた。胸の前で両手を握りしめ、身体を丸めて眠るさまは小動物のようだ。

ふとヴェルフレムの脳裏に、レニシャがラルスレード領に来た翌朝のことが甦る。あの朝も、レニシャはこんな風にソファの上に丸まって眠っていた。

ちゃんとした寝台があるのに、なぜソファで寝ているのかと呆れて起こすと、寝台を奪ってはヴェルフレムに申し訳ないからと言い……。

『聖婚』のことも魔霊のことも、何も知らされずに来た愚かな娘なのだと呆れたというのに。

レニシャを好いているのだと自覚したいまは、その純朴さも愛しくて仕方がない。

「こんなところで寝入って、どうした？」

温室の手入れに精を出しすぎて疲れたのだろうか。無意識に声が甘くなるのを感じながら、眠るレニシャの頬にそっと指を伸ばす。

起こした時にレニシャがヴェルフレムを見て、怯えた表情を浮かべるかどうか。起き抜けの無防備な反応を見れば、デリエラの言葉が真実か否か、わかるに違いない。

「レニシャ？」

なめらかな頬にふれ、乱れて頬にかかる栗色の髪をかき分けようとして。

「っ!?」

指先にふれた冷たさに息を呑む。

レニシャの髪が、しっとりと濡れている。ひとつに束ねた髪に濡れた様子はない。濡れているのは顔にかかった髪だけだ。

ということは、これは……。

「泣いて、いたのか……？」

己の呟きに、刺し貫かれたように胸が痛む。

『あの子、泣きそうな顔であたくしにすがってきたのよ。「聖婚」のために我慢しているけれど、本当は魔霊や氷狐が怖くて仕方がない、こんな寒い北の僻地になんていたくない、って』

デリエラの言葉が脳裏に甦る。

もしや、ヴェルフレムのいないところで、いつもこんな風に泣いていたのだろうか。

そう考えるだけで、罪悪感に胸が締めつけられる。泣くほどヴェルフレムのそばにいるのが嫌なのなら、やはり、レニシャを聖都に帰してやるべきかもしれない。

レニシャを手放したくないと、痛む心が叫ぶのを、意志の力で封じ込める。

ヴェルフレムの感情など、二の次でよいのだ。愛しい少女が、幸せになれるというのなら。

「レニシャ……」

起こすのを諦め、そっと華奢な身体を抱き上げる。抱き上げられても、レニシャは目覚める様子がない。こてんとヴェルフレムにもたれかかる様子は無防備この上なかった。

腕の中の重みとあたたかさが、かけがえのない宝物のように思える。

寝台についてもレニシャを下ろす気になれない。いつまでもこうして己の腕の中に閉じ込めておけたら……。と、埒もない願いが浮かぶ。

ひとつ吐息して、未練を振り切るようにそっとレニシャを寝台に下ろす。掛布を引き上げかけてやると、「んぅ……」とレニシャが不明瞭な声を上げて身じろぎした。が、起きることなくすやすやと眠り続ける。

ほっ、と安堵の息を吐き、眠るレニシャをまじまじと見つめる。

愛らしい寝顔を見るだけで、あたためられた蜜のように、気持ちがとろりと融ける心地がする。

枕元に手をついて身を乗り出しても、レニシャは起きる様子がない。

「レニシャ」

胸にあふれる愛しさのまま、無意識にあえかな寝息をこぼす唇に己のそれを重ねようとして、自分にはそんな資格はないのだと、寸前で止める。

初めて出逢った夜も。ロナル村で癒やしの力を使えるようにした時も。何のためらいもなく、たやすくくちづけられたというのに。

レニシャへの想いを自覚してしまったいまは、かえってくちづけられない。

拳を握りしめ、己の中で暴れ回る衝動を抑え込んだヴェルフレムは、身を起こすと寝台のそばに置かれていた燭台に炎を灯す。身の中で燃え立つ激情を示すかのように、煌々と光る炎が冷えかけていた部屋をあたためる。

「どうか、よい夢を……」

愛しい少女が、せめて夢の中では幸せな時間を過ごせるようにと。

祈りをこめてレニシャの柔らかな髪を撫でたヴェルフレムは、このままレニシャのあどけない寝顔を見ていたいという誘惑を振り切るように踵を返した。

◆　◇　◆

「どうして……っ⁉　どうしてよ……っ⁉　誰が考えたって、あんな小娘よりあたくしのほうがいいに決まっているでしょう……っ⁉」

己に与えられた客室の中をうろうろと歩き回りながら、デリエラは悔しそうに唇を噛みしめた。

『聖婚』の聖女だった間、ヴェルフレムは何だってデリエラの好きにさせていた。どんな贅沢をしても嫌な顔ひとつしなかったのだ。代わりにあれこれと口うるさかったのは、ヴェルフレムの周りに仕える者達だ。

いま思い出しても腹が立つ。デリエラはヴェルフレムが好きにしてよいと言ったから好きにしていたというのに、いつも責めるようなまなざしでデリエラを見ていた使用人達。

そうだ。『聖婚』の聖女に返り咲いたら、気に食わない使用人達を解雇してやろう。寒い冬のさなか、行き場をなくして哀れっぽくデリエラにすがってくる姿を想像するだけで愉快だ。そのためにも、一日も早く目障りな小娘を追い出さなければいけないというのに――！

「あの小娘とあたくしと、どちらが魅力的かもわからないなんて、やっぱり魔霊なんてろくでもないわね！　人間の男なら、このあたくしがねだれば、一も二もなく頷くというのに……っ！」

苛立ちがおさまりきらず、ソファに置かれていたクッションを荒々しく放り投げる。

ぼふんっ、と窓に当たるが、分厚い窓硝子はびくともしない。窓の外はすでに闇が凝り、横殴りの風に翻弄されるように雪が舞い踊っていた。

間もなく寒くて陰鬱《いんうつ》な冬が来る。ほとぼりを冷ますためとはいえ、ひと冬の間、こんな辺鄙な田舎にいなければならないかと思うと、さらにふつふつと苛立ちが湧いてくる。

「あの小娘さえいなければ……っ！」

憎悪を隠さず呪うようにこぼすと、不意にクッションを投げつけた窓の外で、白い何かが揺らめいた。

「あら……。あなたも、あの聖女が目障りなの？」

「だ、誰……っ!?」

窓の外から聞こえてくる声に、デリエラはかすれた声で誰何《すいか》する。

ここは二階だ。しかも、窓の外では雪交じりの風が吹きすさんでいるというのに。

「誰だって、よいではないの」

デリエラの怯えを楽しむように、窓の外の玲瓏《れいろう》たる声の主が笑い声を上げる。

「あなたも、あの聖女が目障りなのでしょう？　手を、貸してあげましょうか？」

「手を……？」

まるでデリエラの心を見透かしたような申し出に、おうむ返しに声を洩らす。

頭の片隅ではがんがんと理性が警告を発している。

かつて、六年もラルスレード領で暮らしたのだ。知らないはずがない。ラルスレード領のかつての支配者。ヴェルフレムに追いやられてなお、毎年、悪あがきをする氷の魔霊レシェルレーナ。

聖女がそんな魔霊などと手を組むなんてありえない、と理性ががなり立てている。けれど。

「本当に、あの小娘を追い払ってくれるというの……？」

「ええ、もちろん」

疑わしげなデリエラの問いかけに、こともなげに声が答える。

「あの小娘が目障りなのは、わたくしも同じだもの。氷狐の爪で引き裂いたくらいでは物足りないわ……っ！　氷で貫いて、紅い血潮も凍りつかせて……。うふふふふ、楽しみだわ……っ！」

喜悦を宿してレシェルレーナが語る。声音はどこまでも柔らかなのに、そこに潜む凶悪な激情に、氷を押しつけられたようにデリエラの背筋が凍る。

なぜ、レシェルレーナがデリエラに目をつけたのかはわからない。だが、もしこの申し出を断れば、レニシャより先に、デリエラが無事ではいられまい。

何より、レニシャは必ず排除しなければならないのだ。猶予《ゆうよ》はあまり残されていない。

魔霊伯爵の妻の座に収まれば、デリエラを追う者達とて簡単には手を出せないだろう。

そうだ、あの小娘が悪いのだ。少しデリエラに言われただけで、泣きそうな顔をするくせに、下働きでもいいから屋敷にいたいだなんて、馬鹿げたことを言う小娘が。

そのせいで、ヴェルフレムも変な慈悲をかけているに違いない。

あの小娘さえいなければ、『聖婚』の聖女はデリエラただひとりだというのに。

「……わかったわ。あなたが望む通り、手を組んであげる。その代わり……。確実にあの小娘を潰してちょうだいよ」

デリエラはゆっくりと窓辺に歩み寄る。

鍵を外し、薄く窓を開けた途端。

ひゅおおっ、と一陣の雪交じりの風が吹き込んだ。

第六章　いつまでも、あなたのそばに

朝、レニシャが目覚めると、なぜかソファではなく寝台の上にいた。

いったいいつの間に移動したのかと驚いていると、扉がノックされる。「どうぞ」と答えると、入ってきたのは案の定モリーだった。手にはほかほかと湯気の立つ桶を抱えている。

「レニシャ様はよほどお疲れだったのですねぇ。夕べはお夕食も食べずに寝られて……。どこかお加減が優れないところはございませんか？　心配申し上げたんですよ」

「ごめんなさい……。温室の手入れについ夢中になってしまって……」

モリーに話した言葉は、半分以上、嘘だ。温室の手入れに精を出したのは本当だが、疲れてしまったのはローゼルの木に癒やしの力を使ったからだし、ソファで寝入ってしまったのは……。

夕べ、執務室の前で盗み聞きしてしまったデリエラの言葉を思い出した途端、ずきりと強く胸が痛む。

ヴェルフレムはデリエラに何と答えたのだろう。

知りたい。けれども、知りたくない。知ってしまえば、ヴェルフレムとデリエラの『聖婚』を祝福するほかない。

もう決まっていることだというのに、無駄なあがきをしようとする己の愚かさに、情けない気持ちになる。

「さあさ、お着替えいたしましょう。身を清めるお湯もお持ちいたしましたよ」

レニシャの重い気持ちを吹き飛ばそうとするかのように、モリーが明るい声を上げる。

「ごめんなさい。昨日、うっかり作業着のまま寝入ってしまって……。寝台やソファを汚してしまったんじゃないかしら……？」

モリーに促されるまま、服を脱ぎながら詫びると、湯につけた布を絞ったモリーが「大丈夫ですよ！」と笑顔でレニシャの心配を吹き飛ばした。

「もし汚れていたとしても、土の汚れくらいわたくしにお任せいただければ、すぐに落としてみせます！　何より、レニシャ様が温室で作業してくださっているのは、ラルスレード領のためなんですから！　ですが、どうかご無理はなさらないでくださいね。わたくしでお力になれることなら、何でもおっしゃってくださいませ」

遠慮するレニシャをよそに、濡れた布で身体をぬぐいながらモリーが真摯に言う。心から案じてくれているとわかる声音に、レニシャの心もじんわりとあたたかくなる。

厚意に甘え、背中はモリーに拭いてもらう。身体を清め、清潔な作業着に着替えていると、桶を持っていったん下がっていたモリーが、次は朝食を載せた盆を持ってきてくれた。

「さあさあ、今朝はレニシャ様のお好きなものばかりにいたしましたから。たんと召し上がってくださいませ」

ヴェルフレムへの恋心を自覚して以来、ろくに食事が喉を通らなかったが、昨日は一食抜いたためだろう。今朝はふだん通りに食べられそうだ。

モリーが言う通り、干し葡萄を練りこんだパンも、ベーコンと豆のスープも、チーズ入りの炒り卵も、全部レニシャの好物ばかりで、心づくしが嬉しくてたまらない。

きっと、沈んでいたレニシャを気遣ってくれたのだろう。それだけ心配をかけていたのだと思うと、申し訳なくて、身を縮めて詫びたくなる。久々の緊張しないゆったりした食事を楽しんでいると、そろそろ食べ終わるというところで、モリーが気遣わしげに口を開いた。

「レニシャ様。もし何かご不満ですとか、わたくしにできることがございましたら、何でもおっしゃってくださいね！　伯爵様に直接伝えづらいことでしたら、わたくしから伯爵様にお伝えすることもできますので！」

「伯爵様」という単語だけで、どきりと鼓動が跳ねる。同時に、夕べヴェルフレムに伝えそこねたことがあるのを思い出した。

「ヴェルフレム様はどちらにいらっしゃるのかしら……？」

「伯爵様でしたら、おそらく執務室かと思いますが」

「そう……。ありがとう」

昨日は喜びの勢いで執務室へ向かうことができたが、一晩経ったいま、執務の邪魔をしていいものだろうかと思い悩んでしまう。けれど、少しでもヴェルフレムを喜ばせられるかもしれないのなら、黙っているわけにはいかない。

……たとえ、その場で、昨日のデリエラとのことを聞かされるかもしれないとしても。

「ヴェルフレム様の執務室へ、行ってくるわ」

決意が挫けぬように声に出して宣言すると、モリーの顔に晴れやかな笑みが浮かんだ。

「ええ！　どうかそうなさってくださいまし！　どうしましょう？　ドレスにお着替えなさいますか？」

「大丈夫。少しお話しした後は、すぐに温室の手入れをする予定だもの」

勢い込んで尋ねるモリーに小さく笑んで、席を立つ。

「いってらっしゃいませ！」

と励ますように見送るモリーの声を背に部屋を出て、ヴェルフレムの執務室へと廊下を歩んだレニシャは、ぴったりと閉まった扉の前で逡巡した。

もし、今日も中にデリエラがいたらどうしよう。二人が仲睦まじく歓談していて、ヴェルフレムに迷惑そうな顔をされたら……。

頭の中でむくむくと湧き上がる嫌な想像を、かぶりを振って追い払う。

ほんの少しの間、温室に来てもらうだけだ。だからきっと、大丈夫なはず。

すぅ、と息を吸い、遠慮がちに扉を叩く。

「あの、ヴェルフレム様……。少し、よろしいでしょうか……？」

どんな反応が返ってくるかと、祈るような気持ちで待っていると、扉の向こうであわただしい気配がし、すぐに勢いよく扉が引き開けられる。

「どうした⁉　何かあったのか⁉」

「えっ、いえ……っ」

ヴェルフレムの勢いに驚いて、あわてて謝る。

「も、申し訳ありません。執務中だというのにお邪魔を……」

「お前の訪問が邪魔などであるものか」

反射的に一歩退きそうになったレニシャの手を、引きとめるようにヴェルフレムが摑む。

「どうした？　俺に用があるのだろう？」

あたたかな手のひらと柔らかな声音に、ぱくぱくと鼓動が速くなる。優しく微笑む美貌から目が離せない。

「レニシャ」

どこか甘い声で名前を呼ばれるだけで、かぁっと頰が熱くなる。

「そ、そのっ！　ヴェルフレム様にお見せしたいものがあって……っ！　温室へ来ていただけないかと……っ！」

見上げていると恋心があふれてしまいそうで、ぎゅっと目を閉じ、うつむきながら声を上げると、あっさりと返事が返ってきた。

「温室？　ああ、かまわん。すぐに行こう」

言うなり、レニシャの手を摑んだまま、ヴェルフレムが歩き出す。

「あ、あの……っ。よ、よろしいのですか……？　デリエラ様がいらっしゃったのでは……？」

おろおろと口にした途端、自分の愚かさに泣きたくなる。わざわざ自分からデリエラの名前を出す必要などないのに。

「デリエラは俺の執務を手伝ったことなど一度もないぞ。それより、お前こそ、その……」

珍しく口ごもったヴェルフレムに、心臓が不安で轟く。

「な、何でしょうか……？」

いったい何を言われるのだろうか。不安のあまり震えそうな声で問うと、ヴェルフレムがためらいがちに口を開いた。

「俺が渡した燭台はどうした？　昨夜、部屋にはなかっただろう？」

「あっ、それは……っ」

昨日、嬉しさのあまり、燭台を持つのも忘れて駆け出してしまったので、温室に置きっぱなしだったと思い出す。同時に、レニシャをソファから寝台へ運んでくれたのはやはりヴェルフレムだったのだと知って、恥ずかしさに全身が熱くなった。

屋敷の裏口から裏庭に出ると、夕べ降った雪が薄く積もっている。だが、恥ずかしさのせいか、ヴェルフレムと手をつないでいるせいか、寒さを感じる余裕もない。

「す、すみません……っ。うっかり温室に置き忘れてしまって……。せっかく、ヴェルフレム様がご用意してくださったというのに……」

「いや、置き忘れただけだというのならいいんだが……」

身を縮めて詫びたところで温室に着く。

「あのっ、こちらです！」

今度はレニシャが先に立ち、ヴェルフレムの手を引いて温室に招き入れる。

「昨日、ローゼルの花が咲いたんです！　ですから、どうしてもヴェルフレム様にお見せしたくて！」

ローゼルの木の根元に、置き忘れた燭台が昨日と同じように煌々と燃えているのを見て、ほっとしながら視線を上げる。

「ほら！　一輪だけですけれども、ここ、に……」

つないでいないほうの手で指さしながら上げた声が、急速にしぼむ。

青々と茂るローゼルの葉陰にあったのは――。

一夜にして、すっかりしおれてしまった花の残骸だった。

「そんなっ、どうして……っ⁉」

衝撃のあまり、ふらりとかしいだ身体をヴェルフレムに抱きとめられる。だが、礼を言うどころではない。

夕べは確かに、美しく咲いていたはずなのに。

己が見たものが信じられず、がくがくと震えるレニシャの耳に、申し訳なさそうなヴェルフレムの低い声が届く。

「ローゼルの花の寿命は短い……。咲いても、たった一夜でしおれてしまうのだ……」

「っ！」

ヴェルフレムの言葉が刃のようにレニシャの胸を刺す。

では、レニシャのせいなのだ。レニシャが昨日、泣いて逃げずにヴェルフレムに話していたら、ちゃんと見られていたはずなのに……っ！

「申し訳ありません……っ！」

こらえようとしてもこらえきれぬ嗚咽《おえつ》が口からこぼれる。申し訳なさ過ぎてヴェルフレムの顔を見られない。

うつむき、ぼろぼろと涙をこぼしながら嗚咽混じりの謝罪を紡いでいると、くるりと後ろを振り向かされた。かと思うと、あたたかな腕にぎゅっと抱きしめられる。

「どうした？　なぜ泣く？　……俺が、知らぬうちにお前を傷つけてしまったか？」

「ちが……っ、違います！」

胸を締めつけるような苦い声に、懸命に謝罪を紡ぐ。

「私が夕べのうちにお伝えしていれば、ローゼルの花を見ていただけたのに……っ！　申し訳ありません……っ！」

泣きやまねばと思うのに涙が止まらない。

「お前が見せたいと言っていたものは……。ローゼルの花だったのか……？」

戸惑いがちに問われて、泣きながらこくんと頷く。

「元気がなかったので、癒やしの力を使ってみたんです。どうしても、花を咲かせたくて……っ。なのに……っ！　せっかく花が咲いたのに、お見せできなくて申し訳ありません……っ！」

やっぱりレニシャは期待外れだ。ヴェルフレムに期待させておいて裏切ってしまうなんて、あまりに情けなくて涙と一緒に消え去ってしまいたい。

いくら詫びてももう一度花を咲かすことはできないと知りつつ、謝罪の言葉を紡ぐ。と、ヴェルフレムの低い声に遮られた。

「癒やしの力まで使って……。俺に見せるために花を咲かせようとしてくれたのか……？」

「その……っ、少しでもヴェルフレム様に喜んでいただきたく――、っ⁉」

不意に強く抱きしめられ、言葉に詰まる。

「レニシャ……っ！　お前がそれほど俺のために心を砕いてくれるとは……っ！」

喜びがこらえきれぬと言いたげに、ぎゅっと強く抱きしめられる。

「で、ですが……っ、結局、ヴェルフレム様に花を見ていただくことが叶わず……っ！」

潤んだ声を上げると、「いいんだ」と穏やかな声が降ってきた。

「お前が、俺のために癒やしの力を使ってくれたというだけで、十分だ。……ありがとう、レニシャ。これほど嬉しいことはない」

包み込むようにレニシャを抱きしめる腕は、哀しみを融かすかのようにあたたかい。

「だから、泣いてくれるな。お前の涙を見るだけで、どうすればいいのかわからなくなる」

片腕をほどいたヴェルフレムが、そっとレニシャの面輪を上げる。困ったようにレニシャを見下ろす金の瞳は、どこまでも優しい。

「ローゼルの花よりも、お前の優しさが嬉しいんだ。だから、そんなに自分を責めるな」

あたたかな指先が、優しく涙をぬぐう。

「お前の癒やしの力のおかげで、ローゼルの木も力強く繁っている。どれほど礼を言えばいいの

か……。きっと、来年には何輪もの花を咲かせてくれるだろう」

「では……。来年こそ、ヴェルフレム様とローゼルの花を見ることができますか……？」

力強い言葉に誘われるように、秘められた願いがほろりと口からこぼれ出る。

途端、ヴェルフレムが目を見開いた。口にしてはいけなかった願いを言ってしまったことに気づき、レニシャは弾かれたようにかぶりを振る。

「そ、その……っ、これは……っ！」

「……来年もラルスレード領に……。俺のそばにいたいと願ってくれるのか……？」

信じられないと言いたげなかすれた声。

やはり、ヴェルフレムはずっとレニシャをこの屋敷に置こうとは思っていないのだ。

胸の奥がずきんと痛む。けれど。

「ヴェ、ヴェルフレム様さえお許しくださるのでしたら……」

たったひとつの想いを胸に、冀《こいねが》う。

たとえ、ヴェルフレムがデリエラを選んでも。『聖婚』の聖女になれなくても。

それでも、恋しい人のそばにいたい。

震えながら告げたレニシャの言葉に、ヴェルフレムが息を呑む。かと思うと。

「許すに決まっているだろう⁉　お前にそばにいてほしいと願っているのは、俺のほうだ！」

息が詰まるほど、強く抱きしめられる。

「てっきりお前は聖都へ帰りたいのだと……。俺のそばにいるのは恐ろしくて嫌なのだと思っていた……。だが、お前がそばにいてくれると言うなら、これほど嬉しいことはない」

心の芯まで届くような力強い声。喜びを伝えきれないとばかりに、ヴェルフレムの腕に力がこもる。

だが、レニシャはたったいま自分が聞いた言葉が信じられなかった。驚きと混乱で頭がくらくらする。息もできないほど強くヴェルフレムに抱きしめられながら、震える声で問いかける。

「ほ、本当によろしいのですか……っ⁉　だ、だって、デリエラ様が……っ⁉」

何か聞き間違いをしたのではないだろうか。想いが昂じすぎて、自分に都合がよい夢を見ているのではないかと。けれど、レニシャを抱きしめる力強い腕も、身体を融かすようなあたたかな熱も、まぎれもなく現実で。

「本当、に……？」

かすれた声で呟くと、力強い頷きが返ってきた。

「なぜここでデリエラの名が出てくる？　デリエラなど、どうでもいい。俺がそばにいてほしいのは――」

「あらぁ？　どうでもいいだなんて、ひどい言いようだこと」

不意に、温室の入口から聞こえた声に、ヴェルフレムが素早く振り返る。

次いで視線を向けたレニシャが捉えたのは、開け放しの入口で、ほどいたままの髪やドレスの裾を雪交じりの風になぶられながら立つデリエラの姿だった。

「ひどいわ、ヴェルフレム様。『聖婚』の聖女にふさわしいのは、そんな小娘ではなく、あたくしでしょう？」

微笑みながら、デリエラが甘ったるい声で問う。だが、レニシャを睨みつける目は一片も笑っていない。抱き寄せていた腕をほどいたヴェルフレムが、さっと一歩踏み出し、庇うようにレニシャを背に隠した。

「勘違いするな。昨夜、はっきりと言ったはずだ。お前はもう、『聖婚』の聖女ではないと。レニシャがラルスレード領に留まりたいと言ってくれるのなら、お前が返り咲く可能性は万にひとつもない」

きっぱりと断言したヴェルフレムに、だが、デリエラは何がおかしいのかくすくすと笑う。

「まあ嫌だ。そんな小娘の言うことを素直に信じるだなんて。魔霊であるヴェルフレム様に怯えて嘘をついているだけでしょう？」

「ち、違いますっ！　ヴェルフレム様に嘘をつくなんて……っ！」

ヴェルフレムへの恋心だけは疑われたくない。

広い背中から顔を出し、思わず反論すると、憎しみのこもった目で睨みつけられた。

「お黙り！　そもそも、お前みたいな小娘が『聖婚』の聖女だなんて、滑稽《こっけい》極まりないわ！　あたくしのほうがふさわしいに決まっているでしょう⁉」

「っ⁉」

デリエラの言葉が刃のように胸を貫く。

言われなくとも、そんなこと、レニシャ自身が一番よく知っている。それでも。

「私なんかが『聖婚』の聖女にふさわしくないのはわかっています！　それでも……っ！　たとえ、『聖婚』の聖女になれないとしても、ヴェルフレム様のおそばにいたいんです……っ！」

ヴェルフレムが、嬉しいと言ってくれた。それだけで、信じられないほど身体の中に勇気があふれてくる。

「レニシャ……っ！」

感極まったように声を上げたヴェルフレムが唇を引き結び、デリエラに鋭い視線を向ける。

「聞いただろう？　いま言った通りだ。お前が『聖婚』の聖女になることはありえん。……変な気配を纏わせているお前などがな」

「変な……？」

ヴェルフレムの陰からデリエラを見やるが、ヴェルフレムが何を言いたいのかわからない。

と、デリエラが弾かれたように音程が外れた笑い声を上げた。

「本当に、目障りな小娘だこと……っ！　あなたみたいなみすぼらしい小娘に、あたくしが邪魔されるなんて……っ！」

身を折り、ひとしきり笑い転げていたデリエラがゆらり、と顔を上げる。美しい面輪は、隠しきれない憎しみで歪んでいた。

「やっぱり、あなたは排除するべきね……っ！」

「デリエラ……様？」

レニシャがいぶかしげな声を上げると同時に、ひょおっ！　と開け放したままの温室の入口から、雪交じりの寒風が吹き込んでくる。

あまりの強風に反射的に目をつむったレニシャが目を開けた途端、視界に飛び込んできたのは、憎々しげな面輪のデリエラの姿と。

「ああ、本当に忌々しい聖女だこと……っ！」

デリエラのすぐそばの空中に、険しい表情で浮かぶ白銀の美女だった。

まるで雪を凝り固めたような白い肌。白いドレス。白銀の髪はさらさらと揺れるたび、まるで髪飾りのようにあちらこちらについた霜が、光を反射して宝石のようにきらめく。

そして、人ではありえない。絶世の美貌。

「レシェルレーナ……」

教えられずともわかる。呟いた声は驚きにかすれ、震えていた。

「お前ごときにわたくしの名を呼ぶ資格があるとでも？」

レシェルレーナの銀色の瞳が、憎悪に燃える。

「そもそも、わたくし以外にヴェルフレムのそばにいられる資格を持つ者など、いないでしょう？　ねぇ、あなたもそう思わない？」

同意を求めるようにレシェルレーナの白い腕が後ろからデリエラを抱きしめる。

途端、先ほどまでの激昂が嘘のように、デリエラから表情が抜け落ちた。くたり、とくずおれそうになった身体を、レシェルレーナがなんなく片腕で抱きとめる。

魔霊であるレシェルレーナは、ヴェルフレムと同じく、見た目通りのたおやかな乙女というわけではないらしい。

　まるで、生身の人間が等身大の人形と化したようなデリエラの激変に息を呑んだレニシャを、レシェルレーナが睨みつける。貫かんばかりの視線は氷柱のようだ。不可視の刃に貫かれたように、無意識に身体が震える。

「うふふふふ……。この聖女も同意しているようよ」

　まるで幼子が人形遊びでもするように、無造作にデリエラの身体を揺らしたレシェルレーナが楽しげに笑う。首が折れそうなほど深くうつむいたデリエラの瞳は、やはり何も映さないままだ。

　レニシャを庇うように前に立つヴェルフレムが、レシェルレーナを睨みつける。

「何を言う？　氷の魔霊であるお前が、炎の魔霊の俺のそばにいるなど、それこそありえんだろう？　俺の炎で、一片も残さず融かされたいのか？」

　にべもない拒絶の声に、だがレシェルレーナはひるむどころか、うっとりと笑みを浮かべる。

「あなたの炎で融かされるなら本望だわ！　あなたの炎とわたくしの氷……。お互いに融かしあい、消しあって……。うふふふ、わたくしの胸の中であなたの炎の最期の吐息を味わえたら、どれほど甘美かしら……っ！」

　妄執を瞳に宿し、レシェルレーナがうっとりと告げる。

「お前の氷で、俺の炎が消せるとでも？」

　ヴェルフレムの声が怒りと警戒に低くなる。と、レシェルレーナが歓喜に身を震わせた。

「ああっ！　夜空の星よりもまばゆく輝く、炎を宿した金の瞳……っ！　その熱い瞳で、もっともっとわたくしだけを見つめてちょうだい……っ！」

雪よりも白い肌を紅潮させ、レシェルレーナが身悶えする。

「嬉しい……っ！　やっぱりあなたにふさわしいのはわたくしだけ。待っていて。あなたを惑わす小娘なんて、すぐに引き裂いてあげる……っ！」

「っ⁉」

息を呑んだレニシャをよそに、レシェルレーナがにこやかにヴェルフレムに微笑みかける。

「その小娘を倒して、紅い血潮を浴びたなら……。あなたがどんな風にわたくしだけを見つめてくれるのか……っ！　想像するだけでぞくぞくしちゃうわ……っ！」

「そんなことを許すわけがないだろう！」

激昂の叫びと同時に、ヴェルフレムが右腕を振るう。

人の頭ほどもある真紅の火球が放たれたかと思うと、レシェルレーナに迫る。

右腕に抱えたデリエラを避け、レシェルレーナの左半身に命中するかに見えた瞬間。

レシェルレーナが白い繊手を軽くひと振りする。白く渦巻いた冷気が、一瞬にしてヴェルフレムの火球をかき消した。

最初から、その程度でレシェルレーナを傷つけられるとは思っていなかったのだろう。動揺した様子もなく、ヴェルフレムがレニシャの頭をひと撫でし、一歩踏み出す。

「ここにいろ。決してお前に手出しはさせん」

決然と告げたヴェルフレムの両手を揺らめく炎が包み込む。両腕に炎を纏わせたヴェルフレムが、ゆっくりとレシェルレーナに歩を進める。

「ああっ！　ヴェルフレム……！」

対するレシェルレーナは構えるどころか、デリエラを抱えたまま、歓喜に身を震わせる。

「ついに、わたくしだけのものになってくれるのね……っ！」

感極まったようなレシェルレーナの視界には、ヴェルフレムしか入っていないに違いない。

自分に向けられていた憎悪の視線が外れ、レニシャは詰めていた息を吐き出す。恐怖に凍りついていた身体が動くようになったのは、きっとヴェルフレムが頭を撫でると同時に残していってくれた炎のおかげだ。レニシャの不安をなだめるように、空中に浮かんだ炎がふよふよと躍る。

炎のおかげで、レシェルレーナの冷気もレニシャのところまで届かない。炎に守られながら、レニシャは祈るようにヴェルフレムの背中を見つめる。

いったい何が起こっているのか、レニシャにはすべては理解できない。けれど、ヴェルフレムの無事を心から祈る。

「どうか光神ルキレレウス様、ヴェルフレム様にご加護を賜りください……っ！」

◆　◆　◆

「さあ……っ！　早く来て！　愛しいひと……っ！」

ヴェルフレムが一歩踏み出すたび、レシェルレーナの瞳がふくれあがる歓喜に輝きを増す。

デリエラを抱えていないほうの腕をヴェルフレムに差し伸べるさまは、まるで恋人の訪れを待つ乙女のようだ。決して血を通わせることのない白い頬が紅潮している幻覚さえ見える。

両腕に炎を纏い、ゆっくりとレシェルレーナへと歩みながら、ヴェルフレムは燃え立つ怒りを理性で抑えつけ、思考を巡らせていた。

ヴェルフレムの背後にはレニシャがいる。彼女を守るためには、できる限りレシェルレーナの意識をヴェルフレムに引きつけておかねばならない。しかも、ヴェルフレム達がいるのは温室の中だ。もし、レシェルレーナが温室を破壊すれば、砕けた硝子がレニシャを傷つけぬとも限らない。何より、レニシャが心をこめて手入れした温室をレシェルレーナなどに荒らさせるわけにはいかない。

「急かさずとも、行ってやる」

あえて傲慢なほどの強気を見せて、レシェルレーナに提案する。

「だが、まずは外へ出てからだ。ここでは、俺とお前が踊るには狭すぎるだろう？」

「うふふ、そうね。せっかくのあなたとの最初で最後のダンスなのだもの。心おきなく楽しまなくてはね」

空中に浮いていたレシェルレーナが片腕にデリエラを抱えたまま、ふわりと後ろに飛ぶ。降り立ったのは裏庭の中央だ。ふれてもいないのに、レシェルレーナの足元に生える草木がぱきぱきと凍りつき、氷に閉じ込められてゆく。

「さあ、愛しいあなた！　思う存分、楽しみましょう！」

レシェルレーナの歓喜の声を合図に、空中に数十本もの氷の槍が現れる。人の身丈ほどもある氷の槍は、貫かれれば身体に穴が空くだろう。

レシェルレーナが軽く手を振ると、弩砲《どほう》から放たれた矢のように氷の槍がヴェルフレム目がけて一斉に放たれる。だが、ヴェルフレムにとってはこの程度の氷など、何ほどのものでもない。

一歩も動くことなく、己に迫る氷の槍だけを炎を纏わせた拳で打ち砕く。ヴェルフレムの周囲に砕け散った氷の欠片が散らばり、ヴェルフレムが放つ熱気で瞬時に蒸発していく。

「さあ、お前達も遊んでもらいなさいな」

レシェルレーナの声に呼応して、百匹に及ぼうかという氷狐の大群が空中に現れる。

ふぉ――――ん！　と甲高い鳴き声とともに、視界を白く染めるほどの雪が舞う。

かつて、レード村をレシェルレーナの支配下から解き放つために、アレナシスとともに戦った時しか、これほどの氷狐の大群は見たことがない。

雪崩のように襲いかかってくる氷狐の大群に、こちらも火球を呼び出し迎撃する。だが、すべての氷狐を融かすには足りない。

火球をかわし、牙を突き立てようとする氷狐を炎を纏わせた拳で殴り飛ばす。ぎゃおんと悲鳴を上げて吹き飛ばされた氷狐が氷の槍に叩きつけられ、氷の槍もろとも砕け散る。

だが、あっという間に氷の槍を取り込み、元の姿に戻ったかと思うと、ふたたびヴェルフレムに襲いかかってきた。

「うふふふふっ、あははははっ！」

レシェルレーナの哄笑が響くたび、炎で融け去ったはずの氷狐達がふたたび形を成して襲いかかかってくる。

おかしい。何かが、ヴェルフレムの知るレシェルレーナと、決定的に違っている。

これまで相手をしてきた氷狐達であれば、ヴェルフレムが呼び出した炎で軽く一掃できた。

だが、いま襲いかかってくる氷狐達は、ヴェルフレムが炎を収束させた拳を全力で叩きつけても、なお復活して向かってくる。しかも、楽しそうに嗤うレシェルレーナは、疲れた様子ひとつ見せない。魔霊は肉体の疲労とは無縁とはいえ、これはあまりにおかしい。

だが考えを巡らせようにも、息つく間もなく氷狐が間断なく襲い掛かってくる。いくつかの牙や爪がヴェルフレムを掠め、服の布地が裂ける。人間ならば一瞬で凍りつくだろう冷気が、ヴェルフレムの命ともいえる熱を削り取ってゆく。

デリエラを抱えたレシェルレーナが、まだ融けきらぬ氷の槍のひとつにふわりと降り立つ。氷狐達に翻弄されるヴェルフレムを見やる面輪は、心の底から楽しそうだ。

「ああっ！　感じるわ、あなたの炎を……っ！　なんて素敵なのかしら……っ！　燃えるほどにわたくしを愛してくれるなんて……っ！」

ヴェルフレムには理解不能な歓喜の叫びを上げるレシェルレーナに無言を貫き、襲い来る氷狐達を迎撃し続ける。次々と生み出した火球をぶつけ、己の拳で打ち砕き――。

猛攻に耐え、氷狐達の数を減らした刹那、レシェルレーナに通じる道が開く。

一瞬の好機を逃さず、地を蹴りレシェルレーナに肉薄する。

振りかぶった右の拳を、レシェルレーナが身をひねってよけた。

「嫌だわ。情熱的なのは嬉しいけれど、恋人を抱きしめる時は、もっと優しくするものでしょう？」

レシェルレーナの唇が優位を確信して吊り上がる。

「お前の恋人になど、なる気はないな」

言うと同時に、振り抜いた拳で裏拳を叩き込む。すんでのところでレシェルレーナが躱す。

「そもそも、俺以外の者を腕に抱いておいて何を言う？」

左の拳で、デリエラを抱くレシェルレーナの腕を打ち抜く。

ぼっ、と激しく炎が燃え立ち、一瞬にして融けたレシェルレーナの左腕から抜け落ちたデリエラが、降り積もった雪の上に倒れ伏す。同時に、甦ろうとしていた氷狐達がそのまま雪となって崩れ落ちた。

「デリエラの聖女の力を吸い上げていたんだろう？　共鳴は断ち切った。もう力は奪えんぞ」

地面に降り立ったヴェルフレムは、片腕を失いながらもなお悠然と氷の槍の上に立つレシェルレーナを睨み上げる。

「奪ったなんて、人聞きが悪いわ。わたくしはただ、邪魔者を排除したいというこの聖女の望みを叶えてあげようと思っただけ。その代償に力をもらって何が悪いというの？　目障りなあの小娘を葬ったら、次に消すのはこの聖女なんだもの。どうせ殺すのなら、先に力を奪って、わたくしのために役立てたほうがよいでしょう？」

何が悪いのか理解できないと言いたげにレシェルレーナが無邪気に笑う。

もしデリエラが正気だったら、レシェルレーナの言葉に血相を変えて反論していただろう。だが、デリエラは呼吸をしているのはわかるものの、倒れ伏したまま、ぴくりとも動かない。

レシェルレーナに根こそぎ奪われたのだろう。その身に宿していたはずの聖女の力は、今はもう感じることさえできない。心優しいレニシャならば哀しんだかもしれないが、ヴェルフレムは同情してやる気すら起きない。己の欲望のためにレシェルレーナを利用し、レニシャを傷つけようとしたのだ。自業自得というほかない。

「うふふふふ、嬉しいわ……っ！　これであなたを永遠にわたくしのものにできるのよ……っ！　あなたも嬉しいでしょう？　あなたの炎の最期のひと欠片が消えるまで、ずっとわたくしが抱きしめていてあげる」

ヴェルフレムが拒絶するとは微塵も疑っていない様子で、レシェルレーナが楽しそうに告げる。

「たとえ、デリエラの力を得たところで、氷の魔霊であるお前が俺に勝てるはずがないだろう？」

ヴェルフレムはあえて挑発的に唇を吊り上げる。

左腕を失ったレシェルレーナと、いくつものかすり傷を負いながらも五体満足で立つヴェルフレム。第三者が見れば、優位に立っているのはヴェルフレムだと思うだろう。

だが、実際のところは五分どころか、ヴェルフレムのほうが分が悪い。

現に、デリエラの魔力を奪ったレシェルレーナは左腕を失ってもまったく痛痒《つうよう》を感じていないようだが、ヴェルフレムはこれまでの攻防で明らかに魔力を消費しすぎている。

　だが、レシェルレーナの毒牙にかかる気など欠片もない。万が一ヴェルフレムが倒れれば、レシェルレーナは必ずやレニシャを次の標的にするだろう。

　レシェルレーナがヴェルフレムを倒すだけで満足する性格でないことは、ヴェルフレムが誰よりも知っている。レニシャを守るためにも、決してレシェルレーナに屈するわけにはいかない。

　ヴェルフレムは振り返ってレニシャの様子を確認したい衝動を、理性で抑え込む。下手に振り返らずとも、レニシャを守るために渡した炎が燃え続けているのは感じ取れる。下手に振り返ってレシェルレーナの意識をレニシャに向けるわけにはいかない。

　炎の魔霊であるヴェルフレムでさえ、レシェルレーナが放つ冷気に押されつつあるのだ。ヴェルフレムの炎がなければ、人間のレニシャは寒さに耐えきれまい。

「次はこちらの番だ」

　デリエラの力を奪ったレシェルレーナと、レニシャに炎を分け与えたヴェルフレムがこのまま応酬しあっても、ヴェルフレムがじり貧になるのは見えている。

　そうなる前に決着を着けるべく、畳みかけようとした瞬間。

「あらぁ。お楽しみがまだでしょう？」

　ヴェルフレムをじらすように、レシェルレーナがゆったりと口を開く。

「お楽しみ？　まだ小競り合いをしたいのか？」

　ヴェルフレムの残りの魔力が少ないと踏んで、いたぶるつもりか。眉根を寄せたヴェルフレムに、楽しくて仕方がないと言わんばかりに、レシェルレーナが唇を吊り上げる。

「わたくしは、あなたのすべてを味わい尽くしたいの。燃え盛るあなたの炎をひとつ残らず……。三百年前、忌々しい神官と戦った時もこんな風だったわよね？　わたくしに神官を傷つけられたあなたは激昂して……。ああっ、あの激しい炎を思い出すだけでぞくぞくしちゃう……っ！」

レシェルレーナが恍惚の表情を浮かべて身を震わせる。

「残念ながら神官は殺せなかったけれど、怪我をさせただけで、あれほど激昂したんだもの」

うふふふ、と笑みを刻んだまま、レシェルレーナが赤い舌で唇を舐める。

「あなたが大切に守っている聖女を葬ったら、いったいどれほどの感情をわたくしに抱いてくれるのかしら？」

「させるかっ！」

怒りが一瞬で思考を白く染める。

激昂に我を忘れ、地を蹴り、炎を纏わせた拳でレシェルレーナに殴りかかる。

「うふふふふっ！　素敵！　素敵よ、ヴェルフレム！　わたくしだけを見つめてちょうだい！」

ひらりとヴェルフレムの拳をかわし、レシェルレーナが歓喜の叫びを上げる。

「もっと、もっとよ！　あなたのすべてを感じさせてちょうだい！　でないと――」

飛びすさり、大きく距離を取ったレシェルレーナの周囲に、何十本もの氷の槍が生み出される。

「あなたの心が全部わたくしに向くまで、邪魔なものをひとつひとつ壊していくわ！」

レシェルレーナが右手を振るうと同時に、氷の槍が矢のように放たれる。

だが、狙われたのはヴェルフレムではない。妄執を宿す瞳が睨みつける先は――。

「レニシャ！」

考えるより早く、身体が動く。

駆け引きも計算も、何もない。ただ、大切な少女を守らねばと――。

その想いだけが、ヴェルフレムを突き動かす。

レシェルレーナの突然の攻撃に驚き、温室の入口を出た辺りで凍りついたように立ち尽くすレニシャに駆け寄る。

レニシャを守るためなら、氷の槍に身を晒すことに一片のためらいも感じなかった。

腕にまとわせた炎を消し、大切な少女を胸元に抱え込む。次の瞬間、無防備なヴェルフレムの背中に何本もの氷の槍が突き立った。同時に、槍に貫かれた温室の硝子が砕け散り、水晶のように破片がきらめく。

「ぐぅ……っ！」

炎の魔霊であるヴェルフレムでさえ全身が凍りつくような冷気に、こらえきれずに呻き声が洩れる。

「ヴェルフレム様っ！」

レニシャがいまにも泣き出しそうな悲痛な声を上げる。

「お放しくださいっ！」

悲鳴を上げて腕の中で暴れるレニシャを、逃すまいと抱きしめる。

アレナシスと死に別れてから、もう二度と出逢うことはないと思っていた心を照らす小さな光。

このぬくもりを失えば、ヴェルフレムの炎も潰《つい》えるだろう。

レニシャがいる限り、レシェルレーナがどれほど暴威を振るおうと、決して膝をつきはしない。

「身を挺してまで庇うなんて、そんな小娘のどこにそれほどの価値があるというの⁉」

レシェルレーナが怒りに満ちた声を上げる。

「わたくしがこんなに恋焦がれているのに、なんてひどい人なのかしら。そんな仕打ちをされたら……っ！」

レシェルレーナの声が、抑えきれない愉悦に高くなる。

「動けなくなったあなたの目の前で小娘を嬲《なぶ》って、絶望に嘆く姿を味わいたくなるわ……っ！」

言葉と同時に、ごうっ！　と背後で冷気が渦巻く。

「させるかっ！」

レニシャを抱きしめていた腕をほどき、レシェルレーナに向き直る。放す際、レニシャを守る炎を増やすことも忘れない。

「大丈夫だ。何があってもお前だけは守る」

ふたたび両手に炎を纏わせ、背に庇ったレニシャに力強く告げる。

決してレニシャを傷つけさせはしない。

たとえ、ヴェルフレムがレシェルレーナと相打ちになろうとも――。

拳を握りしめ、心の中で決意を固めた瞬間。

「だめです……っ！」

不意に、ぎゅっと背後からレニシャに抱きつかれる。

「ヴェルフレム様はラルスレード領に必要な方なんですからっ！　私なんかより、ご自身の身を大事にしてくださいっ！」

涙交じりの潤んだ声。押しつけられた華奢な身体はこらえきれぬ恐怖に震えていて。

それでも、心からヴェルフレムを想って紡がれた言葉に、心の中に炎が灯る。

「私の力なら、いくらだってさしあげます！　だから……っ！」

祈るような声と同時に、あたたかな力が流れ込んでくる。

「光神ルキレウス様。どうぞこの方に癒やしの奇跡をお与えください……っ！」

レシェルレーナの冷気を春の陽だまりのように融かしてゆく柔らかなあたたかさ。レニシャの祈りとともに、氷の槍に貫かれた傷がどんどん癒えてゆく。いや、それだけではなく。

身体の奥底から、自分でも信じられぬほどの力があふれてくる。レニシャが聖女の力を分け与えて癒やしてくれるからだけではない。

誰よりも大切な少女が己を想ってくれているのだという喜びが、胸の中の炎を燃え上がらせる。

三百年前も、そうだった。遥か昔の日のことを、色あざやかに思い出す。

アレナシスと肩を並べ、レシェルレーナと戦ったあの日。ヴェルフレムもアレナシスも、負けるなんて、露《つゆ》ほども考えていなかった。

「レニシャ」

愛しい少女の名を呼ぶ。

「すまんが、もう少しだけ力を貸してくれ」

「はいっ！」

ヴェルフレムに力を分け与え、立っているのもつらいだろうに、喜色に満ちた声でレニシャが応じる。

「いと慈悲深き光神ルキレウス様！　どうか、ヴェルフレム様にお力を……っ！」

レニシャの祈りに応じるように、ヴェルフレムの拳の炎が燃え上がる。

「来い、レシェルレーナ。今度こそ、決着をつけてやる」

「うふっ、うふふふふっ！　ようやくわたくしだけを見てくれたわね……っ！　ええっ、待っていて！　あなたの炎が燃え尽きる最期まで、わたくしの腕の中で抱きしめてあげる……っ！」

歓喜の叫びとともに、レシェルレーナが地を蹴る。

雪混じりの豪風が吹きすさび、視界を真っ白に閉ざす。

「ああ……っ！　ヴェルフレム……っ！」

レシェルレーナの叫びが吹雪にまぎれ、ほどけ散る。

ごっ、と吹雪を切り裂いて岩ほどもある氷塊が眼前に迫り、ヴェルフレムは氷塊がぶつかる寸前で、抱きつくレニシャを庇いながら真横へ飛んだ。

「っ⁉」

息を呑んだレシェルレーナの貫手が先ほどまでレニシャがいた空間を貫き、氷塊に突き刺さる。

吹雪を目くらましにヴェルフレムではなくレニシャを狙うだろうことは、最初から読んでいた。

ヴェルフレムに執着するレシェルレーナが、己の計画を途中で覆すはずがない。腕をほどいた途端、力を与えすぎて気を失いかけているレニシャの身体がふらりとかしぐ。それを確かめる余裕もなく。

「おおおぉぉっ！」

雄叫びとともに、炎を宿した拳をレシェルレーナの胸元に突き立てる。

「あ……。あぁ……っ！」

信じられないと言いたげに、己の身体を見下ろしたレシェルレーナの面輪が歓喜に歪む。

「熱い……っ！　わたくしの中にヴェルフレムの炎が……っ！　嗚呼っ！　これが愛しいあなたの……っ！」

驚愕とも喜びともつかぬ声を震わせたレシェルレーナの身体が、ヴェルフレムの拳の周りからみるみる融けてゆく。レニシャを傷つけられそうになった怒りのままに、一滴の水も残さず蒸発させようとして。

「ヴェルフレム、様……」

かすかなレニシャの声に、ヴェルフレムはすんでのところで我に返った。

◇　◇　◇

癒やしの力を使いすぎて、身体に力が入らない。雪の降り積もる地面にへたりこみそうになったレニシャは、力強い腕に抱きとめられた。

冷え切った身体を包むあたたかさに、見上げずとも誰に抱きとめられたのかわかる。

「すまん！　俺を癒やしてくれたばかりに……っ！」

こちらの胸まで締めつけられるような自責の声に、レニシャはあわてて答える。

「いいえ、私は大丈夫です！　それよりも、ヴェルフレム様は……っ⁉」

あれほどの激しい戦いだったのだ。傷は癒やしたとはいえ、人間と魔霊では勝手が違うかもしれない。レシェルレーナの氷の槍を受けた衣服はぼろぼろになり、あちらこちらから浅黒い肌が覗いている。

羞恥も忘れて引き締まった身体に手を伸ばそうとすると、ぎゅっと強く抱きしめられた。

「お前が癒やしてくれたおかげで、俺は怪我ひとつない。それよりも、お前は無事か⁉」

「は、はい……っ！　ヴェルフレム様が守ってくださいましたから……っ！」

強く抱きしめられていて、ろくに動かせない頭でこくこく頷く。

「よかった……っ！　ヴェルフレム様がご無事で……っ！」

安堵のあまり、声が潤み目頭が熱くなる。と、そこで大切なことに気がついた。

「デリエラ様はご無事なのですか⁉」

戦いの途中でレシェルレーナの手から離れ、倒れていたはずだ。

「デリエラ？　かろうじて生きているだろうが、レシェルレーナと手を組んでお前を害そうとした奴のことなど――」

きつく眉根を寄せ、口を開いたヴェルフレムの声に、別の声が重なる。

弱々しく、高いこの声は――。

「ヴェルフレム様！」

突然、大声を上げたレニシャに、ヴェルフレムが目を瞠る。かまわずレニシャは身じろぎしてヴェルフレムの腕の中から抜け出すと、よろめきながら声のしたほうへ歩み寄った。

「レニシャ⁉」

ヴェルフレムが引き留めるより早く、膝をつき、地面に横たわって弱々しい声を上げるそれを抱き上げる。

――白銀の髪の赤ん坊を。

ふやあふやあ、と弱々しく泣く赤子は驚くほど冷たい。ということは、これはやはり……。

「レニシャ、離せ！　いま俺が始末を――」

「だ、だめですっ！」

自分でも驚くほど強い声が出る。ヴェルフレムの視線から隠すように身をよじる。

「この子はレシェルレーナなのでしょう⁉　どうしてこんな姿になったのかはわかりませんが、でも、こんな小さな子を手にかけるだなんて……っ！」

レニシャの腕の中でむずかる赤ん坊は、あの恐ろしかったレシェルレーナと同一人物とは信じられないほど弱々しくて、なんとしても守ってやらなくてはという衝動が湧き起こる。

吐息をこぼしたヴェルフレムが、言い聞かせるように口を開いた。

「いくら弱々しく見えても、そいつはれっきとした氷の魔霊だ。いまは滅される寸前まで弱らせられたために、赤ん坊の姿をしているが……。時間が経てば、またレシェルレーナと同じ力を取り戻す」

「レシェルレーナと同じ……。では、またヴェルフレム様を襲うのですか……？」

赤子の冷たさにか、先ほどの恐怖を思い出してか、自分でも理由のわからぬ震えが身体に走る。

「いや……」

ためらいがちにかぶりを振ったヴェルフレムが、そっと後ろからレニシャを抱きしめた。それだけで、凍えそうだった身体がゆるやかにほどけてゆく。

「それは、成長してみないことには何とも言えん。ここまで弱体化していると、レシェルレーナであった頃の記憶がどこまで残っているか……。現状ではわからんとしか言えん」

「では、私がこの子のお世話をします！」

勢いよくヴェルフレムを振り返り、人外の美貌を見上げる。

「何を馬鹿なことを！」

告げた瞬間、厳しい声で叱責される。

「言っただろう⁉　そいつは氷の魔霊だぞ⁉　それを世話しようなど……っ！」

「ですが、手にかければ自然や天候に異変が起こってしまうかもしれないのでしょう？」

以前、食事をしながらヴェルフレムに教えてもらったことを思い出す。

ヴェルフレムが聖アレナシスとともにレシェルレーナと戦った際、レシェルレーナを滅ぼさなかったのは、滅ぼしてしまうと気候が大きく変わる懸念があったからだと聞いている。それゆえ、力を削ぎ、支配地域を奪うだけにとどめたのだと。

「このままこの子を放置したら、成長してのち、ふたたびラルスレード領の脅威になる可能性が高いのではありませんか？　ですが、この子を優しい子に育てることができたなら……っ！」

「そんなことが可能だと思っているのか？」

金の目が厳しい光を宿して細くなる。詰問にひるみそうになる心を叱咤し、レニシャは力強く頷いた。

「ヴェルフレム様がそうだったではありませんか。ヴェルフレム様も、最初から領民思いの領主様ではなかったのではないですか？　聖アレナシス様と出会ってともに過ごされたから、いまのヴェルフレム様でいらっしゃるのでしょう……？」

レニシャの言葉に、ヴェルフレムが目を瞠る。しばしの沈黙ののち。

「まったくお前は……。本当に……」

身体中から絞り出すような声に、レニシャはびくりと身体を震わせた。と、腕の中の赤ん坊ごと、そっとヴェルフレムに抱き寄せられる。

「そんな風に言われたら、却下できるわけがないだろう？」

そっ、とヴェルフレムの大きな手が優しくレニシャの髪を梳く。

「お前ひとりに苦労や責任を押しつけるつもりはない。育てるのなら、ふたりでだ。俺とお前とでこの子を育てよう」

力強い声できっぱりと告げたヴェルフレムが、次いで眉根をきつく寄せる。

「だが、これでは、順番が逆だな」

「順番……？」

きょとんとするレニシャから腕をほどいたヴェルフレムが、不意に目の前で片膝をつく。

「子育ての話を最初にしては、順番が逆だろう？　先に求婚をしなくては」

「え……？」

呆然と声を洩らしたレニシャの片手を、ヴェルフレムが恭しくとる。

「戦いの前に言った通りだ。『聖婚』の聖女は……。いや、『聖婚』など関係ない」

きっぱりと言い切ったヴェルフレムの金の瞳が、真っ直ぐにレニシャを見つめる。

「俺がそばにいてほしいのは、お前だけだ。レニシャ」

「っ⁉」

息を呑んだレニシャにヴェルフレムが言を継ぐ。

「傲慢極まりない願いだとわかっている。それでも……。俺は、お前とラルスレード領を守っていきたい。お前の命が尽きるまで……。いや、お前の命が尽きる時が、俺の命も尽きる時だ。俺はもう、大切な者と死に別れるのは御免だ」

「だ、だめですっ！　そんなこと……っ！　ヴェルフレム様がいなくなったら、誰がラルスレード領を導いていくのですか⁉」

ヴェルフレムの言葉に泡を食って反論する。と、ヴェルフレムが悪戯っぽく微笑んだ。

「ならば、俺とお前との子に継がせればよい」

「……え？　えぇぇぇぇっ⁉」

予想だにしていない言葉に面食らう。頭がくらくらする。ヴェルフレムを癒やして力を使い果たしたからなのか、それとも突然の求婚に思考が止まったからなのか、自分でもわからない。

言葉にならない声を洩らしていると、不意に裏庭が騒がしくなった。

「ヴェルフレム様！　レニシャ様！　凄まじい音が屋敷まで聞こえてまいりましたが……っ！　何があったのですか⁉」

使用人達とともに駆けつけてきたのはジェキンスだ。後ろには、警邏官《けいらかん》らしき服を着た見知らぬ男も二人いる。

「これはいったい……っ⁉」

裏庭の惨状を見たジェキンスが愕然とした表情になる。当然だろう。裏庭の草木はなぎ倒され、温室の入口付近は硝子が砕けて散乱している。しかも、融けきらぬ雪や氷があちらこちらにまだらに残っているのを見れば、レシェルレーナと何かあったと思うのは想像に難くない。

立ち上がったヴェルフレムがジェキンス達に向き直る。

「レシェルレーナがデリエラと組んで、レニシャを害そうとしたのだ。……だが、すでに脅威は去った」

「デリエラがレシェルレーナと……っ⁉　あのっ、デリエラを捜して先ほど警邏官が……っ！」

ジェキンスが、背後の警邏官を振り返る。上官らしき男が一歩進み出て、恭しくヴェルフレムに一礼した。

「こちらに滞在している聖女デリエラをお引渡しいただきたい。彼女は、同居していた男を殺害し、逃亡した罪人なのです。証拠もそろっております」

レニシャは警邏官の言葉に息を呑む。特に動じた様子もなく頷いたのはヴェルフレムだ。

「五年も経って突然戻ってきたのには、何か理由があるだろうと思っていたが、なるほどな。ラルスレード領に戻り、『聖婚』の聖女の座に返り咲けば、官憲もおいそれと手を出せないと考えたのだろうが……。愚かな」

ヴェルフレムが軽蔑も露わに吐き捨てる。

「デリエラが『聖婚』の聖女だったのは、五年も前のこと。すでに、ラルスレード領と関係が絶たれて久しい。連れて行くというのなら好きにしてくれていい。その辺に転がっているだろう」

「こいつか……？」

警邏官のひとりが、地面に倒れ伏すデリエラの腕を引っ張って起こそうとする。

「うぅ……」

呻いて身を起こそうとするデリエラの姿を見たレニシャは息を呑んだ。見事な長い黒髪だったのに、雪のように真っ白くなっている。

「何、が……」

かすれた声をこぼしたデリエラが、自分の手を摑む警邏官を見た途端、悲鳴を上げて手を振り払う。

「放して！　あたくしは伯爵夫人よ！　こんな狼藉《ろうぜき》を働いて、ただで済むと思っているのっ⁉」

「伯爵夫人だと？　何を馬鹿なことを言う？　お前はもう、『聖婚』の聖女でも伯爵夫人でもない。ラルスレード領とは何の関わりもない、ただの罪人だ」

氷よりも冷ややかなヴェルフレムの声に、デリエラが、きっ！　と目を吊り上げる。

「馬鹿なことを言っているのはそっちでしょう⁉　あたくしこそが『聖婚』の聖女よ！　あの小娘は――」

「レニシャならば、無事だぞ」

言葉と同時に、ぐいと肩に手を回され抱き寄せられる。腕に抱いた赤ん坊を取り落としては大変だと、レニシャはしっかりと抱き直した。

「レニシャを傷つけようとした罪は万死に値するが……」

怒りに満ちたヴェルフレムの声は地を這うように低い。

「お前は先に償わねばならん罪があるようだな。……手にかけたのは、一緒に駆け落ちした男か？」

ヴェルフレムの問いかけに、デリエラの目に憎しみの炎が燃え上がる。

「あの男が悪いのよ！　このあたくしを捨てようとするなんて！　あたくしは聖女よ⁉　もっと敬われてしかるべきなのよ⁉　なのに……っ！」

ひび割れた声で叫びながら、デリエラが激しくかぶりを振る。元の髪型がわからぬほど乱れていた髪がばらばらと肩や背中に散った。と、不意にデリエラの動きが止まる。

「な、なに、これ……？」

信じられぬと言いたげにデリエラが己の髪を震える手で摑む。

「あたくしの……っ！　あたくしの自慢の黒髪が……っ！　いやぁぁぁっ！」

黒髪が老婆のように真っ白になっていることにようやく気づいたデリエラが、錯乱して悲鳴を上げる。

デリエラにとって、豊かでつややかな長い黒髪は自慢のひとつだったに違いない。悲痛な響きにレニシャの胸が思わず痛むが、ヴェルフレムはどこまでも冷ややかだった。

「レシェルレーナに力を奪われたためだな。もうお前の周りには、聖女の力も見えん。今後は、聖女を名乗ることもできんだろう」

ヴェルフレムの言葉に、デリエラが愕然と目を見開く。

「嘘よ……っ⁉　聖女の力まで失うなんて……っ！　そんなことレシェルレーナは言ってなかったっ！　信じないわ……っ！」

髪を振り乱して叫ぶデリエラは鬼気迫っていて恐怖さえ感じるほどだ。落ち窪んだ両目は獣のようにぎらぎらと輝き、美貌は見る影もない。

「信じるも信じないも好きにしろ。もう、お前が俺やレニシャと関わることは決してない」

断ち切るように言い捨てたヴェルフレムが警邏官達に顎をしゃくる。

「これ以上、罪人の言葉を聞く気はない。連れていってくれ」

「かしこまりました。ご協力感謝します」

「嫌よ、嫌っ！　放してっ！　牢獄なんていやぁ……っ！」

泣きわめくデリエラを警邏官達が力ずくで連行していく。

デリエラに同情の余地などないとわかっていても、悲痛な声にレニシャの心も痛くなる。泣き声に感化されたのか、むずかり始めた赤ん坊をよしよしと優しくあやす。

レニシャの育て方次第では、この子も誰かに仇《あだ》なす存在になるとも限らないのだ。自分が背負おうとしている責任の重大さに、腕の中の赤ん坊の重さが増したような気がする。と、レニシャの不安を読んだかのように、肩に手を回していたヴェルフレムが、さらにレニシャを抱き寄せる。

「大丈夫だ。俺がついている」

大きくあたたかな手のひらと力強い声に、雪が融けるようにゆるやかに不安も消えてゆく。長身を振り仰ぐと、包み込むようなまなざしがレニシャを見下ろしていた。

「はい……っ！」

そうだ。レニシャはひとりきりではない。それだけで、どれほど心強いことだろう。

ヴェルフレムがそばにいてくれれば、どんなことも乗り越えられる気がしてくる。

信頼をこめてヴェルフレムを見上げていると、ジェキンスに戸惑いがちに問いかけられた。

「あの、ヴェルフレム様……。レニシャ様が抱いている赤ん坊は……？」

「ああ、こいつは……」

説明しかけたヴェルフレムが、ふと言葉を止める。

「いや、その前に肝心の返事が聞けていなかったな」

きょとんと瞬きしたレニシャに、ヴェルフレムがとろけるような笑みを浮かべる。

「お前が俺の求婚を受けてくれるのか……。まだ、返事を聞けてない」

「っ⁉」

とんでもないことを口にしたヴェルフレムに、レニシャだけでなく、ジェキンス達も息を呑む。

ざわめくジェキンス達には目もくれず、レニシャだけを見つめてヴェルフレムが言を継ぐ。

「俺がそばにいてほしいと願うのは、お前しかいない。お前の人生の時間を全部、俺とともに生きてくれるか？」

祈るように、ヴェルフレムが真摯な声で紡ぐ。

「愛している、レニシャ。どうか、俺の妻になってくれ」

「ヴェルフレム、様……」

呟いたきり、それ以上言葉が出てこない。と、レニシャの目を覗き込んだ金の瞳が悪戯っぽくきらめいた。

「言葉だけでは足りんか？　……もう一度、ひざまずいて求婚したほうがいいのならそうするぞ」

「そ、そんなこと……っ！」

弾かれたようにかぶりを振った拍子に、ようやく声が出る。

喜びに涙があふれて、ヴェルフレムの美貌がにじむ。

「私も、ヴェルフレム様と一緒に生きたいです……っ！　この命が尽きるまで、ラルスレード領で……っ！」

「レニシャ……！」

感極まったように声を洩らしたヴェルフレムが、やにわにレニシャを横抱きに抱き上げる。

「ヴェルフレム様っ⁉　危ないです！」

ぎゅっと赤ん坊を抱きしめて抗議したが、ヴェルフレムは聞き入れない。

「こうでもせねば、喜びがあふれて抑えきれん。いまなら、ラルスレード領中の雪を融かしてしまえそうだ」

いままで聞いたことのないはずんだ声と優しくレニシャを包み込むあたたかな熱に、レニシャの心にも喜びが満ちてくる。

「私も……っ！　気が遠くなりそうなほど幸せです……っ！」

いや違う。幸せのあまりくらくらしているのは確かだが、全身が鉛のように重い。

だが、レニシャの腕の中には赤ん坊がいるのだ。気を失うわけにはいかない。

「ヴェルフレム様。すみません、私……」

弱々しい声で詫びると、レニシャを見たヴェルフレムの表情が凍りついた。

「ジェキンス！　すぐに寝台の用意をしろ！　モリーはこの赤ん坊を……っ！」

「は、はいっ！」

モリーがあわてた様子で駆け寄り、レニシャの手から赤ん坊を受け取ってくれる。

ほっとすると同時に、抗いようのない虚脱感に襲われ――。

レニシャは、ヴェルフレムの腕の中で気を失った。

◇　◇　◇

「レニシャ、ここにいたのか。そろそろ準備をせねばならない時間だろう？」

ヴェルフレムの声に、ローゼルの木の様子を確認していたレニシャは温室の入口を振り返った。

「すみません。修理が完了したと聞いたので、様子を確かめたくて……」

半月前、レシェルレーナとの戦いで入口付近の硝子が粉々に割れてしまった温室は、ヴェルフレムがすぐに手配をしてくれ、職人達が入ったおかげですっかり元通りに修理されている。ぴかぴかの新しい硝子がはめられて、前よりも立派になったほどだ。

修理をしている間、温室の中の植物が冬の寒さで弱ってしまうのではないかと心配だったが、応急処置で布を張り、ヴェルフレムが炎を灯し続けることで寒さから守ってくれた。

修理と同時に、庭師が中心となって雑草抜きを手伝ってくれたので、温室の中もすっかり整えられている。一ヶ月前、荒れ放題だったのが嘘のようだ。毎日のように癒やしの力をそそいでいるおかげで、ローゼルの木も青々とした葉を茂らせていた。

レシェルレーナと戦った際は力を使いすぎて気を失ってしまったが、ゆっくり休んだおかげで体調はすっかり元に戻っている。というか、ヴェルフレムが心配してほぼつきっきりだったので、無理をしようにもできない状況だったのだが。

ローゼルの木の前にいるレニシャのもとへ、ヴェルフレムが歩み寄る。

「お前が温室やローゼルの木を気にかけてくれるのは嬉しいが……。今日くらいはよいだろう？

モリーがどこへ行ったのかと探していたぞ?」

「す、すみません……っ」

苦笑交じりの穏やかな声に、レニシャは身を縮めて詫びる。

「その、今日だから来たと言いますか……。温室で作業をしていると心が落ち着くので……」

ヴェルフレムの沈黙に、レニシャはあわててぶんぶんと手を振りながら言を継ぐ。

「い、いえあのっ! 決して今日が嫌だというわけではなくてっ! むしろ嬉しくて仕方がなくて、温室の手入れとか何かしてないと落ち着かなくて……っ!」

「心配せずともわかっている」

一歩踏み出したヴェルフレムがレニシャの腕を引いて抱き寄せる。香草を燃やしたような香りがふわりと揺蕩い、柔らかな熱がレニシャを包み込んだ。

「俺も、お前と似たような気持ちだからな」

「ヴェルフレム様も……?」

いつも泰然としているヴェルフレムが、レニシャと同じく何も手につかぬ気持ちだとは予想の埒外すぎて、驚いて見上げる。ヴェルフレムが甘い笑みを浮かべた。

「当然だろう? 何百年と生きてきたが、今日のような日を迎えるのは初めてだからな。朝からずっと、胸がはずんでいる」

レニシャを抱き寄せる腕にぎゅっと力がこもる。

「今日からお前と——」

「だんな様！　レニシャ様をすぐにお呼びくださるとおっしゃっていたではないですか！」

温室の入口からモリーの声が響く。驚いて振り向くと、モリーが両手を腰に当て目を尖らせていた。

「お二人が仲睦まじいのは喜ばしいことでございますが、申し訳ありませんが今日だけはあとにしてくださいませ！　だんな様と違って、女性であるレニシャ様はお支度にも時間が必要なんですよ⁉」

「すまん。レニシャの愛らしさに、つい用件を忘れてしまった」

モリーの剣幕に苦笑したヴェルフレムが腕をほどく。

「だんな様、レニシャ様のお綺麗さに見惚れるのは早うございますよ。お着替えはこれからなんですから！」

楽しみで仕方がないと言いたげに声をはずませたモリーがレニシャを促す。

「ごめんなさい、あなたにまで探しに来させて。シエルはどうしているの？」

「お嬢様でしたら、たっぷりとミルクを飲まれて、いまはぐっすり眠っておられますよ」

シエルというのは、ヴェルフレムに倒されたレシェルレーナが変化した赤ん坊だ。

ラルスレード領にとって因縁のあるレシェルレーナという名前では、周りの人間から偏見の目で見られかねないということで、レニシャとヴェルフレムが話し合って名づけた。

ひやりと身体が冷たいのと、大泣きした時に周囲に冷気をまき散らすのを除いては、シエルは人間の赤ん坊とほとんど変わらない。

ヴェルフレムの炎があれば、シエルの冷気の影響も受けないので、モリーをはじめとした何人かの侍女達がレニシャと一緒に世話をしてくれている。愛くるしいシエルは、いまや屋敷中の人気者だ。

「お目覚めになったら、きっとレニシャ様を探して泣かれることでしょう。眠られているいまのうちに支度をなさいませんと！」

「モリーの言う通りだな。もし、シエルが目を覚ましたら、俺が相手をしよう。レニシャ、お前は自分の用意をしてくるといい」

ヴェルフレムが優しい笑みを浮かべて申し出てくれる。

「ありがとうございます」

感謝を述べ、レニシャは急かすモリーと一緒に温室を出た。


よく晴れた晩秋の午後の澄んだ光が降りそそぐアレナシスゆかりの神殿は、初めて訪れた時よりもさらに神聖な空気を纏っているように見えた。

「レニシャ」

一足先に馬車を降りたヴェルフレムが、柔らかな声とともに振り返り、レニシャに手を差し伸べてくれる。

「ありがとうございます」

素直にヴェルフレムの手のひらに己の手を重ね、馬車を降りると、陽射しよりもまばゆい金の瞳が真っ直ぐにレニシャを見下ろしていた。

「とても綺麗だ。俺はこの上ない果報者だな」

「あ、ありがとうございます……っ」

一瞬で頬が熱をもったのがわかる。レニシャがいま着ているのは、初めてラルスレード領を訪れた時と同じ、聖女の正装である白い絹のドレスだ。

あの時は魔霊伯爵とはどんな人物なのだろうという不安が心を占めていて、こんな日が訪れるだなんて、夢にも思っていなかった。

こうしてヴェルフレムと手をつなぎ、見つめあっているだけで、幸せすぎて気が遠くなってしまうのではないかと心配になる。

――これから、『聖婚』を行い、正式にヴェルフレムの妻になれるだなんて。

「行こうか」

「はい……っ！」

手を重ねたまま、一緒に歩き出す。開け放たれている神殿の扉をくぐると、わぁっ！　と歓声が湧いた。

真ん中の通路を残し、両脇に配置された長椅子に腰かけているのは、ジェキンスを筆頭とした屋敷の侍女や下男達だ。モリーは目が覚めたシエルを抱っこして何やら熱心に話しかけている。ヴェルフレムの姿がどんなに立派で素敵か、教えてあげているのだろう。

レニシャはそっと隣を歩むヴェルフレムの長身を見上げる。

金糸で刺繍が施された真紅の衣装を纏うヴェルフレムは思わず見惚れてしまうほど凛々しくて、一度見れば目が離せなくなる。

列席者は屋敷の面々だけではない。ロナル村からは村長とトラス、ターラが来ており、両親に連れられたタックの姿も見える。一番後ろの長椅子の端にひとりで座っているのは神官服姿のスレイルだ。

レニシャとヴェルフレムからすべての事情を説明されたスレイルは、驚愕し、いままでの言動を深く謝罪した。式が終われば、スレイルは明日にでも聖都へ戻ることになっている。

今後は『聖婚』は不要だと……。ヴェルフレムは唯一の伴侶と添い遂げるのだと、神殿の上層部に伝え、説得するために。

同時に、ヴェルフレムがレシェルレーナを倒して生まれ変わったシエルをラルスレード領で育てられるよう、神殿に働きかけてくれるらしい。スレイル曰く、罪滅ぼしだそうだ。

手をつないでゆっくりと歩む二人を祭壇の前で出迎えてくれたのはベーブルクだった。

「これより、『聖婚』を執り行います」

ベーブルクが厳かに宣言し、式が始まる。

心に沁み入るような穏やかな声でベーブルクが光神ルキレウスへ祈りを捧げるのを、レニシャは頭《こうべ》を垂れて敬虔な気持ちで聞く。

聖都の神殿で何度も聞き、またレニシャ自身も何度も捧げてきた祈りの言葉。

それをこれほど幸せな気持ちで聞ける日が来るなんて、思いもしなかった。

祈りを捧げ終わったベーブルクがヴェルフレムに向き直る。

「ヴェルフレム・ラルスレード伯爵。あなたはレニシャ・ローティスを『聖婚』の伴侶とし、生涯添い遂げることを誓いますか？」

ベーブルクの穏やかな問いかけに、ヴェルフレムがきっぱりと頷く。

「もちろんだ。俺の伴侶はレニシャしかいない。レニシャの命が尽きる時が、俺のヴェルフレムとしての時を終える時だ。その日まで、レニシャを愛し、大切に慈しもう」

真摯な声音で告げられた言葉に、幸せのあまり気が遠くなるのではないかと思う。

「しかとうかがいました」

きっぱりと言い切ったヴェルフレムに、ベーブルクが深い皺が刻まれた顔をほころばせる。次いでベーブルクがこちらを振り向き、レニシャは緊張に背筋を伸ばした。

「レニシャ・ローティス。あなたは魔霊伯爵ヴェルフレム・ラルスレードを伴侶とし、生涯添い遂げることを誓いますか？」

「はいっ、誓います！」

気合いをこめるあまり、かぶせ気味に答えてしまった。神聖で大切な『聖婚』の儀式だというのに、呆れられただろうかとベーブルクを見やると、温和な微笑みが返ってきた。

「では、誓いのくちづけを」

ベーブルクの声に、ヴェルフレムと向かい合う。が、どきどきして顔を上げられない。

ヴェルフレムはいつも凛々しくて格好よいが、盛装に身を包んだ今は美貌がさらに引き立てられていて、見つめているとどんどん鼓動が速くなってしまう。恥ずかしさと緊張に耐えられなくなり、ぎゅっと目を閉じると、ヴェルフレムの左手が包むようにレニシャの肩にふれた。レニシャの強張りをほどこうとするかのようなあたたかく大きな手。

もう片方の手がそっと顎にかかり、上を向かせられる。

ふわりと香草を燃やしたような香りが揺蕩ったかと思うと、あたたかな唇が下りてきた。

ラルスレード領に到着した夜、初めてかわしたくちづけとも、ロナル村で癒やしの力を使うためにしたくちづけとも違う、身も心も融かすかのような優しいくちづけ。

ヴェルフレムの熱が伝わったかのように、くちづけた唇から、レニシャの全身に熱が広がっていく。頭がくらくらして、あたためられた蜜のようにとろりと融けてしまいそうだ。

柔らかな熱が離れ、おずおずとまぶたを開けると、こちらを見下ろす金の瞳とぶつかった。

愛しさにあふれたまなざしに、ぱくぱくとさらに鼓動が速くなる。時が止まったようにヴェルフレムを見つめるレニシャの耳に、ベーブルクが高らかに宣言する声が届く。

「ここに、光神ルキレウス様の御名のもと、魔霊伯爵ヴェルフレムと聖女レニシャの『聖婚』が成ったことを宣言します！　二人に末永く光神ルキレウス様のご加護があらんことを！」

わぁっ、と列席者から歓声と拍手が上がる。ジェキンスが嬉しくてたまらないと言いたげに拍手し、その横ではシエルを抱いたモリーが、娘の結婚式に出席した母親のように嬉し涙をこぼしている。なぜか悔し泣きしそうな顔で拍手を送っているトラスは、隣に座る祖母のターラに小突

かれ、何やら言われていた。いつも仏頂面のスレイルですら、口元に薄く笑みを浮かべて拍手してくれている。

「いやはや、長年、神官を務めていれば、結婚式の立ち会い人は何度も行うものですが、『聖婚』の立ち会い人は初めてですよ」

大役を終えてほっとしたのだろう。ベーブルクが肩の荷が下りたと言いたげに、安堵の吐息を洩らす。

「安心しろ。『聖婚』を執り行う神官は、おそらく、おぬしが最初で最後だ。俺はもう、この先レニシャ以外を娶る気はないからな」

あっさりと断言したヴェルフレムに、レニシャはあわてて声を上げる。

「ヴェルフレム様！　お気持ちは嬉しいことこの上ありませんが、勝手におひとりで決められては困ります！　ヴェルフレム様と違って、私はこれからどんどん年をとっていって……。いつか、ヴェルフレム様を遺してゆかねばならないのですから……」

話すうちに、ずきずきと心が痛みだし、涙があふれそうになる。

いまならば、『聖婚』の取り決めを定めたアレナシスの気持ちがわかる気がする。きっとアレナシスは、自分亡き後ひとりで取り残されるヴェルフレムが心配で仕方がなかったに違いない。

レニシャだって同じ気持ちだ。最期の時までともに過ごすことができないのならば、せめて、自分がいなくなった後も愛しいひとに幸せでいてもらいたい。

ヴェルフレムを見上げ、祈るような気持ちで告げると、ヴェルフレムがふっと微笑んだ。

「先ほどの誓いの言葉でも言っただろう？　俺は、お前以外の者を娶る気はないと。お前の命が尽きる時が、俺の力も尽きる時だ。次代の魔霊に力を遺して、俺の心はお前とともに逝こう」

「ですが、未来に何が起こるかなんて、たとえヴェルフレム様でも、おわかりにならないでしょう……？」

ヴェルフレムの言葉を素直に信じればよいと感情が誘惑する。けれど。

「『聖婚』のために、ヴェルフレム様を縛りつけたくないのです……っ」

告げた瞬間、ぐいと腕を引かれて抱き寄せられた。

「確かに、お前に出逢うまで『聖婚』を行う日が来るとは、夢にも思わなかった。自分で自分の変わりように驚いているほどだ」

ヴェルフレムの耳に心地よい声がしみじみと呟く。

「お前が言う通り、これからもいろいろなものがどんどん変わっていくだろう。状況も環境も、人の心も……。シエルも、もっと大きくなるだろうしな。だが」

腕を緩めたヴェルフレムが、レニシャの顔を覗き込む。

「お前を一生大切に愛したい気持ちだけは変わらん。もし、変わるとすれば、ますますお前を愛しく思う気持ちが深くなるに違いない」

ヴェルフレムが甘く微笑む。真っ直ぐに見つめる金の瞳に宿る光は、レニシャの不安を融かすかのようだ。

「お前が不安に思う気持ちもわかる。だが……。俺は、この先苦難が待ち受けていたとしても、お前と一緒に乗り越えてゆきたい。だから――」

ヴェルフレムが愛しさにあふれた声で問いかける。

「俺と一緒に、最期の時まで歩んでくれるか？　レニシャ」

「はい……っ！」

大きく頷き、レニシャからヴェルフレムに勢いよく抱きつく。首飾りや綬章がしゃらりと鳴った。

「私も……っ！　ずっとヴェルフレム様と一緒に歩んでいきたいです……っ！」

そうだ。不安に足を止めていては何もできない。

たとえ、この先どんなことが起ころうとも、ずっとずっとヴェルフレムのそばにいたい。

「愛している、レニシャ」

愛しさが抑えきれないと言いたげに名を呼んだヴェルフレムが、レニシャの身体に腕を回す。頼もしい腕は融けてしまいそうに熱く、力強い。

ジェキンスやモリー達の喜びの声を聞きながら、レニシャは愛しい人のあたたかくたくましい体躯をぎゅっと抱きしめ返した。

おわり

novel スピラ

追放された期待外れ聖女ですが、聖婚により魔霊伯爵様に嫁ぐことになりました

発行日 2024年6月17日　第1刷発行

著者　綾束乙

イラスト　甘塩コメコ

編集　定家励子（株式会社imago）

装丁　しおざわりな（ムシカゴグラフィクス）

発行人　梅木読子

発行所　ファンギルド
〒160-0022 東京都新宿区新宿2-19-1ビッグス新宿ビル5F
TEL 050-3823-2233　https://funguild.jp/

発売元　日販アイ・ピー・エス株式会社
〒113-0034 東京都文京区湯島1-3-4
TEL 03-5802-1859 / FAX 03-5802-1891
https://www.nippan-ips.co.jp/

印刷所　三晃印刷株式会社

　ISBN 978-4-910617-24-4　Printed in Japan